KAREN DUVE

Regenroman

Ullstein

Besuchen Sie uns im Internet:
www.ullstein-taschenbuch.de

Umwelthinweis:
Dieses Buch wurde auf chlor- und säurefreiem Papier gedruckt.

Jubiläumsausgabe Januar 2003
Ullstein Verlag
Ullstein ist ein Verlag des Verlagshauses Ullstein Heyne List GmbH & Co. KG
© Eichborn GmbH & Co. Verlag KG, Frankfurt am Main, Januar 1999
Umschlagkonzept: Sabine Wimmer, München
Umschlaggestaltung: Thomas Jarzina, Köln
Titelabbildung: DYADEsign, Düsseldorf, nach einer Idee von
Christina Hucke
Druck und Bindearbeiten: Ebner & Spiegel, Ulm
Printed in Germany
ISBN 3-548-25620-1

»Denn wisse wohl: ich will die Sintflut über die Erde kommen lassen, um alle Geschöpfe, die Lebensgeist in sich haben, unter dem ganzen Himmel zu vertilgen; alles, was auf
der Erde lebt, soll umkommen.«

(1.Mose 6, 17)

»Es gibt kein schlechtes Wetter, es gibt bloß falsche Kleidung.«

(Englisches Sprichwort)

Das Böse gedeiht an feuchten Stellen.

(Schwester Mary Olivia)

*Starke Bewölkung und vereinzelte, zum Teil heftige
Schauer, Höchsttemperaturen zwischen 11 und 14 Grad.
Wind aus Nord-West, abnehmend 2 bis 3.*

1

»Was sagst du? Was …?«

Die dünne junge Frau sah angestrengt die Böschung hinunter und lauschte. Sie stand allein auf dem öden Parkplatz einer Landstraße, allein mit einem schwarzen 300er Mercedes, einer überquellenden Mülltonne und einem zugenagelten Wohnwagen ohne Räder, auf dessen Dach ein Holzschild mit der Aufschrift IMBISS befestigt war. Die dünne junge Frau hieß Martina Ulbricht. Sie hatte vor wenigen Wochen geheiratet, und ihr Mann, Leon Ulbricht, mit dem sie unterwegs war, um ein Haus zu besichtigen und eventuell zu kaufen, war vor einer Viertelstunde im Gebüsch verschwunden und nicht wieder aufgetaucht. Sie hatte im Auto gewartet, weil es stark regnete. Aber dann hatte sie sich Sorgen gemacht, und als der Regen etwas nachließ, war sie ausgestiegen. Es war kalt. Für Ende Mai war es sogar entschieden zu kalt. Martina trug bloß einen kurzen gelben Wildlederrock (einen von der Sorte, die mit einer Druckknopfleiste zusammengehalten wird), dünne Nylonstrumpfhosen und ein viel zu großes lappiges grünes Sweatshirt. FIT

FOR

LIFE stand auf der Rückseite des Sweatshirts. Schon nach einer Minute klebten Martina die kinnlangen, roten Haare im Gesicht. Aus dem kalligraphischen Schnörkel, den eine Strähne auf ihrer Stirn beschrieb, leckte Wasser auf ihren Mund herunter. Sie hatte einen großen Mund – Zähne wie Würfelzucker, die Lippen in den Winkeln wund und ein bißchen ausgefranst. Er gab ihrem Gesicht einen beängstigenden Zug ins Raubtierhafte. Aber über diesem Mund saß eine ganz gerade und durchschnittlich große Nase. Und die Augen lagen so nackt und verschreckt in ihren Höhlen, als wären diese nicht ihr angestammter Platz, sondern nur ein vorläufiger Zufluchtsort, und es könnte jederzeit der rechtmäßige Besitzer kommen, Ansprüche geltend machen und sie wie zwei Murmeln in die Tasche stecken. Alle Details ihrer Physiognomie zusammengenommen erweckten einen derart vorteilhaften Eindruck, daß wo immer Martina erschien, die Männer sich strafften wie Vorstehhunde, die Witterung aufnehmen, während die Frauen bei ihrem Anblick zusammensackten wie mißratene Kuchen.

Der Regen fiel jetzt leise und gleichmäßig und verteilte sich auf dem glatten Belag, ohne Pfützen zu bilden. Der Parkplatz war erst vor kurzem geteert worden. Als Martina zu der Stelle ging, wo Leon mit einer Packung Tempotaschentüchern in der Faust verschwunden war, knirschte Rollsplit unter ihren Schuhen. Hinter einer kniehohen Abzäunung aus einfachen Holzbalken führte ein Trampelpfad abwärts. Er war so schmal und überwuchert, daß man nicht erkennen konnte, ob er schon nach wenigen Metern endete, oder ob er die steile Böschung hinunter bis zu dem Fluß reichte, der die Landstraße seit einigen Kilometern begleitete. Martina rief nach Leon. Aus unerwartet großer Entfernung kam eine Antwort, die so ähnlich wie »Komm runter« klang.

»Was sagst du? Was ... ?«

Er rief noch einmal etwas, aber im selben Moment ratterte auf der anderen Seite des Flusses ein Zug vorbei, und Martina verstand wieder nichts. Unschlüssig schabte sie mit einer nylonbestrumpften Wade über die andere und stellte ein bißchen Reibungswärme her. War es ein Fehler, den Mercedes unbewacht zurückzulassen? Er stand offen; den Schlüssel hatte Leon eingesteckt. Martina lief ein paar knirschende Schritte auf die Kurve zu, in der die Landstraße auf den Parkplatz abzweigte, und reckte den Hals, ob nicht gerade ein Auto mit einem möglichen Dieb darin einbog. Ein weißer Kleinbus näherte sich – hektische Scheibenwischer, Gardinen vor den Seitenfenstern – und rauschte Fontänen spritzend vorbei. Dann war es wieder still bis auf den Regen und das Klopfen des Eisenbahnzugs in der Ferne. Martina ging zur Böschung zurück und machte sich an den Abstieg. Der Weg war so zugewachsen, daß sie unter einem Dach aus triefendem Laub und zwischen Wänden aus Brennesseln, Holunder und riesigen rhabarberähnlichen Blättern ging. Ein Tunnel, eine grüne Röhre. Tropfen raschelten in den Blättern. Fette, kalte Pflanzenstengel streiften ihre Hände. Es roch nach Schlamm, verfaultem Holz und Pilzen. In dem breiweichen Lehmboden hatte sich das Profil von Leons Stiefeln erhalten wie das geriffelte Fossil eines Gliederfüßlers aus dem Paläozoikum. Martina faßte rechts und links in die Büsche, hielt sich an den Zweigen der kleinen Birken fest, damit ihre flachen, gelben Wildlederschuhe beim Auftreten möglichst wenig einsanken. Aber ihre Sohlen waren glatt, und sie hatte kaum zehn Schritte auf dem steilen Abhang zurückgelegt, da rutschte sie auch schon aus. Sie fiel in weiches, altes Laub und glitschigen Lehm, landete auf dem Rücken, die Beine idiotisch verdreht, den Rock bis über die Hüften hochgeschoben, zwischen Fanta-Dosen, grauen Papierklumpen, leeren Haribo-Tüten und halbverwesten Kothaufen. Einen Moment blieb sie betäubt liegen, biß sich auf die Unterlippe und betrachtete den Zweig, den sie mit der rechten Hand umklammert hielt. Als sie ihn losließ, schnellte er zurück, und ein Trommelfeuer schwerer Wassertropfen prasselte auf sie herunter. Martina rappelte sich hoch, zog den Rock zurecht und begutachtete den Schaden. Das Sweatshirt klebte ihr wie eine Fangopackung auf dem Rücken, ihre linke Seite war von oben bis unten verschmiert: ihr Arm, der Rock, die Strumpfhose – alles! Der linke Schuh war vermutlich ruiniert. Er hatte sich regelrecht in den Boden hineingebohrt und sah jetzt aus, als hätte sie ihn als Förmchen benutzt, um Schlammkuchen zu backen.

»Verdammte Scheiße«, murmelte Martina und wischte die linke Hand an einem weißen Baumstamm ab, dessen unteres Ende mit Pilzen in Farbe und Form von Kinderohren bewachsen war.

Weniger vorsichtig, und ohne sich noch an irgendwelche Pflanzen zu klammern, ging sie weiter. Als der Weg nicht mehr steil bergab führte, sondern eben wurde, endete auch das Dickicht. Danach waren es nur noch ein paar Meter über Sand und Steine bis zu dem Fluß. Breit und glanzlos schleppte er sich unter dem Regenhimmel dahin, und seine Oberfläche krausten unzählige, sich zitternd von ihren Mitten entfernende Ringe. Am Ufer, fast im Wasser, stand Leon. Er trug klobige, schwarze Stiefel mit Metallringen an den Seiten, eine schwarze Jeans und einen schwarzen Anorak, dessen Kapuze er unter dem Kinn fest zugeschnürt hatte. Er wirkte vor der Landschaft wie ein Tintenfleck auf einem Foto. Leon hielt einen abgebrochenen Ast in der Hand und betrachtete etwas, das vor ihm im Fluß lag. Überrascht wandte er sich zu Martina um. Über sein rundes Gesicht und die runden Brillengläser, die darin steckten, rannen Tropfen. Er war achtunddreißig Jahre alt. Martina war vierundzwanzig.

»Ich habe doch gerufen, daß du nicht herunterkommen sollst. Wieso bist du jetzt trotzdem hier?« sagte er.

»Ich habe ewig auf dich gewartet. Ich dachte schon, dir wäre etwas passiert. Was hast du denn die ganze Zeit gemacht?«

Martina wischte sich mit dem Handrücken eine Haarsträhne aus dem Gesicht und hinterließ einen braunen Streifen auf ihrer Stirn. Sie sah an Leon vorbei, sah in das Wasser hinter ihm, ins Schilf, dorthin, wo monströs und ekelhaft ein großes, weißes, weiches Etwas lag.

»Was ist *das*?«

Leon wendete den Kopf, als müßte er sich vergewissern, was sie meinte, und antwortete nicht. Das war auch nicht nötig. Martina sah selber sehr gut, was da ins Schilf geschwemmt war: eine nackte Frau.

»Ist sie tot? Sie ist tot, nicht? Oh, mein Gott, da liegt eine Leiche. Was machen wir denn jetzt? Was sollen wir denn jetzt machen?«

»Sieh dir das nicht an«, sagte Leon, »besser, du gehst jetzt wieder zurück: Ich komme auch gleich nach.« Dann fragte er plötzlich: »Bist du hingefallen? Du bist ja ganz dreckig. Hast du dir weh getan?«

Martina trat einen Schritt zurück, sah ihn an, sah auf die Wasserleiche runter, sah wieder ihn an.

»Was willst du mit dem Stock in der Hand?« fragte sie leicht hysterisch. »Wozu brauchst du einen Stock? Sie ist tot, nicht?«

Leon ließ den langen Ast, mit dem er sich nervös gegen seine Stiefel geklopft hatte, fallen, schnürte seine Kapuze auf und schob sie sich vom Kopf. Er hatte kurze braune Haare – vorn weniger als hinten –, die an den Seiten bereits grau durchsetzt waren. Er legte einen Arm um Martinas Schultern und küßte sie auf die Schläfe, wofür er sich etwas recken mußte.

»Komm schon. Du bist ja völlig durchnäßt. Ich möchte nicht, daß du das siehst. Ich bringe dich jetzt zum Wagen, und wir fahren weg.«

Seine Stimme sollte fürsorglich klingen, aber sie klang bloß heiser. Seine Lippen fühlten sich so naß-kalt an, als hätte er selbst einige Zeit im Fluß zugebracht. Martina starrte weiter auf die Leiche. Die tote Haut war bleich und aufgequollen, besonders dort, wo sie zuvor am härtesten gewesen war: an den Fußsohlen, den Händen, an den Knien und Ellenbogen. Das Fleisch sah mürbe aus – als ob man es mit bloßen Händen reißen könnte. Martina fragte sich, ob die Frau jung gewesen war, als sie starb. Wahrscheinlich war sie jung. Wahrscheinlich war sie gutaussehend gewesen, bevor sie sich in einen Haufen

Glibber verwandelt hatte. Sie besaß unerhört lange Haare. Schwarze Haare. Pechschwarze Haare, die ihr einmal bis auf die Hüften gefallen sein mußten. Jetzt wiegten sie sich in der trägen Strömung. Die Leiche lag auf dem Rücken. Sie sah zu Martina hoch – falls man von Sehen überhaupt sprechen konnte. Die Augäpfel fehlten. Zuerst dachte Martina, daß bloß die Lider geschlossen wären, denn die Augenhöhlen waren nicht rot und blutig, sondern genauso weiß wie der ganze übrige Leib. Er sah so weich aus, dieser Leib, so verletzlich. Im Schamhaar wuchsen feine grüne Algenfäden.

Von den Hüften abwärts lag die Frau im Schilf. Die Füße im Schilf. Die Zehen waren rundum benagt. Zwischen den Hautfetzen ragten einzelne Knöchel hervor. Martina wurde übel. Und gleichzeitig mußte sie plötzlich an ihre alte Handarbeitslehrerin denken und an die Spitzendeckchen, die sie in der dritten Klasse der Grundschule mit einer Nagelschere aus weißem Papier geschnitten hatte. Erst faltete man das Papier ein paarmal, dann schnitt man Zacken und Halbkreise aus dem Rand. Und wenn man das Papier auseinanderfaltete, hatte man eine Spitzendecke mit durchbrochenem Rand. Jedenfalls war das bei allen anderen Schülern so gewesen. Wenn Martina ihre Spitzendecken auseinanderfaltete, dann hatten diese in der Mitte ein großes Loch oder sie fielen in zwei Teile.

»Nun Martina, was werden wir als nächstes falsch machen?« hatte Frau Weber gefragt.

»Sag mal, hast du den Wagen da oben einfach so offen stehen gelassen?« riß Leons Stimme sie wieder in die Gegenwart. »Das ist doch wohl nicht dein Ernst. Bist du völlig bescheuert?«

Er wirbelte herum, rannte über den Uferstreifen, daß der Sand nur so aufspritzte, und stürzte die Böschung hinauf. Martina lief hinterher. Als sie oben auf dem Parkplatz ankam, umkreiste Leon bereits den Mercedes, der genauso dastand, wie sie ihn verlassen hatte. Der Regen klopfte in erhöhter Frequenz auf das schwarze Dach. Martina öffnete die Beifahrertür, aber Leon drängte sich zwischen sie und den Wagen und schlug die Tür wieder zu.

»Willst du mir die ganzen Polster eindrecken?«

Er machte die hintere Tür auf und begann, auf dem Rücksitz zu wühlen. Äpfel, sein Fotoapparat, eine Tüte mit drei Pfund Spargel, die sie am Straßenrand gekauft hatten und aus der Erde rieselte, als er sie anhob; ein Netz mickriger Apfelsinen, der Atlas, ein seidenes Halstuch mit Schmetterlingsaufdruck, die Abfalltüte, aus der es weihnachtlich nach Apfelsinenschalen roch, sein Notizbuch und ein Buch mit dem Titel DU KANNST MICH EINFACH NICHT VERSTEHEN. Es gehörte Martina. Seit Leon mit ihr zusammen war, stieß er ständig auf solche Bücher, mit denen sie das Rätsel Mann auszuloten versuchte. Er hatte schon mehrere Anläufe gestartet, ihr *richtige* Bücher schmackhaft zu machen, hatte ihr abends im Bett vorgelesen, ihr welche geschenkt und darauf geachtet, sie nicht gleich zu Anfang zu überfordern, hatte versprochen, ihr den Rücken zu massieren, wenn sie wenigstens DAS PARFÜM zu Ende lesen würde. Umsonst. Wann immer er sie mit einem Buch in der Hand antraf, war es ein Ratgeber für Frauen.

Unter DU KANNST MICH EINFACH NICHT VERSTEHEN lag eine Wochenzeitung, die Leon noch nicht gelesen hatte. Er entschied sich

für den Reiseteil und breitete ihn auf dem Beifahrersitz aus.

»Wie für einen Hund«, sagte Martina, während
sie auf dem Reiseteil Platz nahm, und fügte hinzu:

»Wir müssen die Polizei anrufen.«

Leon wollte nicht, denn sie waren einen weiten
Weg gefahren, um dieses Haus zu besichtigen, und
jetzt hatten sie es beinahe erreicht. Er hatte keine
Lust, sich von der Polizei aufhalten zu lassen.

»Sie ist schon tot, verstehst du? Die hat es nicht
mehr eilig. Morgen findet sie jemand, der scharf darauf ist, sich wichtig zu machen, und der mit Begeisterung stundenlang Fragebögen ausfüllt. Warum
willst du ihm die Freude verderben?«

Er startete das Auto. Der Scheibenwischer
schwappte Wasser zur Seite.

»Aber wir *müssen* die Polizei anrufen«, wiederholte Martina und knisterte auf dem Zeitungspapier.
»Wir müssen einfach. Wenigstens anonym.«

Zehn Minuten später hielt der schwarze Mercedes in einem Ort, der Freyenow hieß und so still und
leer wie nach einer Atomkatastrophe dalag. Leon
ging in eine Telefonzelle und stieß seinen Zeigefinger dreimal knapp oberhalb der Eins auf das Blech
der Tastatur.

»Ja, eine Leiche«, sagte er mit deutlichen Lippen-
bewegungen zu dem knisternden Telefonhörer und
sah durch das Glas seiner Brille, die Glasscheibe der
Telefonzelle und durch die Seitenscheibe des Mercedes, die alle zunehmend beschlugen, Martina an.
Martina klappte die Sonnenblende herunter und
wischte ihr Gesicht vor dem Schminkspiegel mit einem Taschentuch sauber, beobachtete ihn aber

gleichzeitig aus den Augenwinkeln. Als Leon wieder in den Wagen stieg, kniff er sie freundlich in die Wange.

»Na? Zufrieden?«

Sie nickte.

»Wenn wir nicht angerufen hätten, hätte ich wahrscheinlich jede Nacht von der Frau geträumt.«

Leon nahm ein Ledertuch aus dem Handschuhfach und wischte erst seine Brille trocken und dann die Fahrerseite der Windschutzscheibe frei. Er drückte das Leder Martina in die Hand, drehte den Zündschlüssel um und stellte das Gebläse auf volle Leistung. Das Auto sprang wie immer an, die Gebläsedüsen röhrten, aber das Wischerblatt rührte sich nicht. Leon probierte die verschiedenen Geschwindigkeitsstufen durch, schaltete den Scheibenwischer aus und wieder ein.

»Geht er nicht?« fragte Martina.

»Das siehst du doch!«

Auf den Fenstern zogen die Regentropfen Schlieren hinter sich her, flossen zitternd ineinander und rollten schwer geworden abwärts. Leon kannte sich mit Autos nicht aus. Er hielt sich für einen mehr als guten Fahrer, aber er verstand überhaupt nichts von Reparaturen. In seinem ganzen Leben hatte er noch nie einen Ölwechsel gemacht oder auch nur einen Reifen montiert. Für jede Kleinigkeit brachte er sein Auto in eine Werkstatt. Er erinnerte sich, kurz hinter dem Ortsschild von Freyenow eine grau-violette Tankstelle gesehen zu haben. Also wendete er und fuhr zurück.

An der Kasse der Tankstelle saß ein dünner, siebzehnjähriger Junge mit Ohrring und kurzen, blonden Stoppelhaaren, die nur im Nacken lang herunterhingen. Er blätterte in einer Motorradzeitschrift und sah nicht auf, als Leon hereinkam. Leon räusperte sich und nahm die Brille ab, die schon wieder beschlug. Er entschied sich, den Jungen zu duzen.

»Kannst du mal nach meinem Wagen sehen? Der Scheibenwischer tut's nicht mehr.«

Der jugendliche Tankwart hob den Kopf. Sein schwarzes Heavy-Metal-T-Shirt war mit einem Totenkopf und Äxte-schwingenden Barbarenweibern bedruckt. Er betrachtete den vor Nässe dampfenden Mann, der vor dem Tresen wartete und seine Brille mit den Daumen putzte, und er brauchte nur eine Sekunde, um zu wissen, daß er diesen Typen verachtete. Schon wie der da stand.

»Haben Sie die Sicherungen nachgesehen?«

»Die Sicherungen?«

Der Junge legte eine Folie auf den Tisch, in die längliche blaue, rote und gelbe Plastikstücke eingeschweißt waren.

»Wechseln Sie erstmal die Sicherung. Meistens liegt es daran.«

Er beugte sich wieder über sein Heft.

Leon holte tief Luft und setzte ein gequältes Grinsen auf.

»Kannst du das für mich tun? Ich kenne mich damit nicht aus.«

Der Junge lehnte sich zurück.

»Nein, ich kann hier nicht weg«, sagte er mit ruhiger Schadenfreude. »Ich bin ganz allein im Laden. Sie werden doch wohl noch eine Sicherung wechseln können?«

In diesem Moment kam Martina herein und stellte sich verlegen hinter Leon.

17

»Wo kann ich mir denn hier die Hände waschen?« murmelte sie.

Der Junge sprang auf und schlug seine Zeitschrift zu. Er nahm einen Schlüssel vom Haken, der mit einer Schnur an einem großen, ausgehöhlten Markknochen befestigt war.

»Hier. Bitteschön«, sagte er. Die Toilette ist links bei der Waschanlage. Oder warten Sie – ich zeige Ihnen, wo es ist.«

Er hielt ihr die Tür auf.

»Sieht ja echt übel aus«, sagte er. »Sind Sie hingefallen? Wenn Sie wollen, gebe ich Ihnen mein T-Shirt.«

Der Junge lachte, er schwitzte, er suchte verzweifelt in seinem Kopf nach irgend etwas Witzigem, das er noch sagen konnte. Er streifte Leon nicht einmal mit einem Blick.

Für einen schwachen, jämmerlichen Augenblick wünschte Leon sich, er wäre eine Frau, er wäre eine langbeinige Blondine mit rotlackierten Vampirkrallen, von der niemand erwartete, daß sie Sicherungen wechseln konnte oder allein den Weg zur Toilette fand. Dann zog er seine Brieftasche aus der Jacke, und als der halbwüchsige Tankwart zurückkam und sich wieder vor seine Zeitschrift setzten wollte, legte Leon einen Fünfzigmarkschein auf den Tresen.

»Okay, fahren Sie Ihr Auto zur Garage! Ich schließe nur eben zu.«

Der Junge brauchte vier Minuten, um die Sicherung auszutauschen. Er arbeitete demonstrativ lässig und starrte Martina, die auf dem Beifahrersitz saß, auf die langen, inzwischen wieder sauberen Beine, ohne sich um Leons Anwesenheit zu kümmern.

Dann wischte er seine Hände an einem Lappen ab, der viel schmutziger als seine Hände war. Er legte in diesen Vorgang die ganze Bitterkeit, die er darüber empfand, daß jemand, der nicht in der Lage war, eine Sicherung zu wechseln, einen 300er Mercedes fahren konnte, während er, der alles über Autos wußte, noch nicht einmal den Führerschein machen durfte.

»Das war's«, sagte er und baute sich mit dem Lappen über der Schulter vor Leon auf. »Ich hoffe, Sie haben mitgekriegt, wie man's macht, und können es das nächste Mal selbst.«

Leon bückte sich in den Wagen, schaltete den Scheibenwischer an, der – flapp … flapp – zwei Schläge tat, und schaltete ihn wieder aus. Dann richtete er sich langsam auf und packte den schlaksigen und nur wenig größeren Jungen ruhig am Kragen.

»Hör zu«, sagte er so leise, daß es fast ein Flüstern war, und zog ihn zu sich heran. »Ich muß solche Dinge nicht können. Ich nicht. Ich werde meinen Kopf nicht mit Proletenwissen vollstopfen, nur weil du das sagst. Ich glaube nämlich an die arbeitsteilige Gesellschaft; und für Autoreparaturen gibt es Leute wie dich, Tausende von Leuten wie dich – alle mit einem Ohrring und Stoppelhaarschnitt mit Nackenspoiler. Und es gibt Leute wie mich, die Leute wie dich bezahlen, damit sie ihnen die Autos reparieren und dabei die Schnauze halten – ist das klar?«

»Ist ja gut, Mann! Ist ja gut.«

Leon ließ den Tankwart wieder los, stieg in seinen Mercedes und setzte rückwärts aus der Garage, ohne ihn noch einmal anzusehen. Martina kicherte anerkennend und küßte Leon auf die Wange. Er legte ihr seinen Arm um die Schultern. Geld zu haben machte vieles wieder wett.

Leon Ulbricht konnte sich noch sehr genau daran erinnern, wie es war, *kein* Geld zu haben, denn er war diesem Zustand gerade erst entkommen. Er war Schriftsteller. Er schrieb Kurzgeschichten über enttäuschte Männer, die ihm ähnelten, und Gedichte, die sich nicht reimten und nicht gut verkauften.

»Ich hasse Gedichte, die sich reimen«, sagte Leon, »ich frag mich, was das soll.«

Er wohnte in Hamburg, bis vor kurzem in einer muffigen Wohnung im dritten Stock eines vernachlässigten Altbaus ohne Stuck und Schnörkel. Er hatte sie mit einem Schlachtergesellen geteilt, mit dem er weiter nichts gemein hatte, als daß sie die einzigen Westeuropäer unter den Mietern dieses Hauses waren. Der Schlachter war zuerst dagewesen und bewohnte das größere und bessere Zimmer, das nach hinten auf den Hof hinaus lag. Leons Zimmer lag auf der Straßenseite, gegenüber war der Schlachthof. Von seinem Fenster aus konnte Leon einen Teil des Geländes überblicken. Wenn er die Nacht durchgearbeitet hatte, sah er dort die Lastwagen ankommen, an deren Lüftungsschlitzen sich Tiernasen drängten, manchmal meterlange Doppeldecker voller Schweine. Sie kamen früh morgens, wenn es in der Stadt am ruhigsten war, seifenrosa Schweine mit absurd langen Körpern und obszönen Hinterteilen, deren Schwänze abgebissen waren. Einmal hatte er gesehen, wie eines entwischt und stolpernd über das Gelände geirrt war, bis blutbespritzte Männer es wieder eingefangen und an den Ohren zurückgezerrt hatten. Wenn er das Fenster zum Lüften öffnete und der Wind ungünstig stand, roch er Blut und Tod – besonders im Sommer.

An so einem Sommerabend im letzten Jahr war plötzlich Harry bei ihm aufgetaucht. Harry Klammt war Leons einziger und bester Freund. Daß sie sich fast nie sahen, tat nichts zur Sache. Leon wußte, daß er Harry jederzeit – auch wenn es morgens um drei war – anrufen konnte und sagen: »Du mußt kommen und mich abschleppen; ich bin mit meinem Wagen auf der Autobahn liegengeblieben«, und daß Harry dann sofort losfahren würde – und zwar gern –, auch wenn er fünfhundert Kilometer entfernt war.

Als es an der Tür klingelte, lag Leon auf seinem Bett, dem einzigen bequemen Möbelstück in seinem Zimmer, und sah sich im Fernsehen einen Film über Komodowarane an. Die Wohnung hatte sich während des Tages stark aufgeheizt, und er ließ das Fenster geöffnet, obwohl die Luft, die hereinsickerte, so mit Blut gesättigt war, daß er die ganze Zeit einen Geschmack im Mund hatte, als hätte er soeben zwei rohe Steaks vedrückt. Leon ließ den Schlachter öffnen, weil Besuch sowieso fast immer zum Schlachter wollte. Leon kannte zwar eine Menge Frauen, aber wenn er mit ihnen ins Bett ging, dann lieber in ihren Wohnungen als bei sich zu Hause. Er fand es leichter, einfach abzuhauen, als eine Frau hinauszuwerfen.

Als die Zimmertür aufging und Harry hereinkam, waren die Komodowarane gerade dabei, einen Hirsch gegen eine Felswand zu treiben. Harry trug einen zementgrauen Anzug mit einer weiten Hose, der gleichzeitig teuer und unseriös aussah. Der Bart, der bisher den rücksichtslosen Zug um seinen Mund gemildert hatte, war abrasiert. Seine Haare hatte er jetzt zu einem Pferdeschwanz gebunden und mit grünen Pfeifenreinigern umwickelt. Harry war dünner geworden. Seine Wangenknochen standen eckig vor, und das Weiße in seinen Augen hatte sich gelblich verfärbt.

»Hey, Alter«, sagte er, und Leon sprang auf und rief: »Mensch!«

Sie pufften sich gegen die Oberarme und faßten einander an die Schultern. Harry war einen Kopf größer als Leon. Auch sonst sahen sie sich nicht gerade ähnlich. Der untersetzte Leon hatte weichliche Gesichtszüge, wirkte mitunter fast weinerlich, weil er an Allergien litt und seine Augen dann gerötet und geschwollen aussahen. Die einzigen klaren Konturen in seinem Gesicht stammten von seiner Brille. Er trug auch an diesem Tag, was er fast immer trug: eine schwarze Hose und ein schwarzes T-Shirt. Leon wollte den Fernseher ausstellen, aber als er nach der Fernbedienung griff, kam Harry ihm zuvor und nahm sie ihm weg.

»Nee, laß mal! Laß mal an! Das sind doch diese komischen Biester. Das sind doch diese Viecher, wo sie immer eine ganze Ziege vom Felsen schmeißen, und die Viecher reißen die dann in Stücke. Ohne Ende. Ich hab' das schon mal gesehen. Die können einem mit einem Schwanzschlag die Beine brechen.«

Sie setzten sich beide auf das Bett und lehnten sich gegen die Wand, und Leon, der den Anfang des Films bereits kannte, konnte noch ergänzen, daß Komodowarane auch Leichen auf Friedhöfen ausbuddelten.

»Lecker«, sagte Harry, »aber bei dir stinkt es auch nicht schlecht. Ich hoffe, das kommt von draußen.«

»Das bin ich«, sagte Leon, »ich wasch mich jetzt nicht mehr.«

Noch so etwas, was Leon an der Freundschaft mit Harry schätzte: Auch wenn sie sich jahrelang nicht gesehen hatten, gaben sie keine langen Erklärungen ab, sondern benahmen sich, als hätten sie sich erst am Abend zuvor getrennt.

Die Komodowarane hatten den Hirsch gestellt und machten sich zu sechst über ihn her. Aber sie brachen ihm nicht gleich das Genick, sondern wälzten sich bloß über ihn und bissen kleine Fetzen aus ihm heraus, während der Hirsch schrill schrie. Einer der großen Drachen lag schluckend auf einem Bein des Hirsches, einer fraß Stücke aus seiner Brust, und einer riß ihm den Bauch auf, wühlte seinen Schlangenkopf hinein und kam mit blutig glänzenden Schuppen wieder heraus. Und die ganze Zeit schrie der Hirsch und schrie und schrie, bis ihn die Warane vollständig unter sich begraben hatten und seine Schreie erstickten.

»Drecksviecher«, sagte Harry, »tolle Drecksviecher.«

Auf dem Bildschirm tauchte eine blonde Forscherin auf. Sie inspizierte die Erdlöcher, in denen die Echsen wohnten, lotete die Höhlentiefe aus, indem sie sich mit den Beinen voran hineinschob. Sie hatte Glück; alle Komodowarane waren unterwegs, um Hirsche zu killen. Ein paar Kameraeinstellungen später schlich die Forscherin sich mit einer Plastiktüte an eine dösende Warangruppe heran, warf Eier und Fleisch auf den Boden und blieb neben den Tieren stehen, während sie fraßen. Ein Waran verschluckte ein ganzes Huhn mit Federn, Füßen und Schnabel, und als die Frau wieder ein Ei aus der Tüte nahm und ihn noch mit dem Huhn beschäftigt glaubte, stürzte er sich auf sie. Sie konnte gerade noch zur Seite springen, aber der Waran entriß ihr die Plastiktüte und verschluckte sie samt Inhalt so schnell wie vorher das Huhn.

»Hähä«, machte Leon.

Die Frau gab nicht auf. Immer wieder fütterte sie die unheimlichen Drachen und rückte ihnen dabei jedesmal näher. Sie goß ihnen Wasser aus einer Plastikflasche über den Kopf, um ihnen Kühlung zu verschaffen, und schließlich saß sie auf einem und streichelte seinen faltigen Hals.

»Scheiße, was macht die da«, sagte Harry. »Was soll das? Warum macht die blöde Kuh das?«

Der Waran ließ eine lange, gespaltene Zunge aus seinem Maul zischeln, und die Frau streichelte auch die Zunge, ließ ihre Hand davon umwinden und lobte den Drachen für sein schönes Organ.

»Die ist doch pervers«, sagte Harry.

»Komodowarane wollen das gar nicht«, sagte Leon. »Reptilien legen überhaupt keinen Wert darauf, daß man mit ihnen rumknutscht. Das nervt die bloß.«

Die Frau nahm eine Pinzette und entfernte abgestorbene Hautschuppen und Dreck aus der Drachenhaut. Dann küßte sie den Komodowaran auf den Mund.

»Schalt aus«, sagte Harry. »Ich kann die aufdringliche Fotze nicht mehr sehen. Außerdem will ich dir etwas zeigen.«

Leon stand auf und stellte den Fernseher aus. Er nahm einen zerknitterten Hundertmarkschein aus einer Schreibtischschublade und steckte ihn in die Hosentasche. Harry wartete schon an der Tür.

»Wir gehen ins MAI TAI«, sagte er.

Das beunruhigte Leon etwas. Das MAI TAI war eine Kneipe in einer der Seitenstraßen der Reeperbahn. Es war Harrys Welt, nicht Leons. Ins MAI TAI gingen – abgesehen von der Bedienung – ausschließlich Männer – Männer, die auch größere Summen stets in bar beglichen und deren Berufe alle in irgendeiner Weise mit Prostitution, Drogen oder Sonnenstudios zusammenhingen. Es war ein Ort, an dem das deutsche Rechtssystem sich gegen das viel ältere und erbarmungslose Recht des körperlich Stärkeren, des Schnelleren und Brutaleren nicht richtig durchzusetzen vermochte, und an dem es gut war, Harry neben sich zu wissen. Er arbeitete dort als eine Art Geschäftsführer. Leon ahnte, daß Harry wieder mit einer bestimmten Absicht aufgetaucht war. Das letzte Mal, als Harry mit ihm ins MAI TAI gegangen war, hatte Leon für ihn eine Falschaussage vor Gericht machen sollen. Er hatte wenig Lust, so etwas noch einmal zu tun. Aber falls Harry ihn darum bat, würde er ohne zu zögern wieder ja sagen.

Doch diesmal schien es um etwas anderes zu gehen, denn sie stiegen zu dem Boxring hinunter, der sich im Keller der Kneipe befand.

»Das ist Pfitzner«, flüsterte Harry und wies mit dem Kinn auf den älteren der zwei Männer, die in kurzen, weiten Hosen und mit solariengebräunten Oberkörpern einander umtänzelten. Leon nickte, obwohl ihm der Name nichts sagte. Pfitzner hatte silbergraues, schulterlanges Haar, eindrucksvoll und furchteinflößend wie das Altersprachtkleid eines Pavians. Er war bestimmt über sechzig Jahre alt und wog mindestens zehn Kilo zuviel. Ein dicker Speckreifen hing über seine goldene Hose. Er bewegte sich deutlich langsamer als der junge Türke, gegen den er kämpfte. Aber sogar Leon konnte erkennen, daß Pfitzner einmal ein richtig guter Boxer gewesen sein mußte. Er machte dem Türken ganz schön zu schaffen. Leon sog den Geruch von frischem Männerschweiß ein, lauschte andächtig dem leisen Trampeln weicher

Turnschuhe und dem Klatschen von Leder auf Fleisch, das hin und wieder von einem Keuchen begleitet wurde. Jedesmal wenn Pfitzners massiger, haariger Schädel seitlich wegtauchte, duckte sich auch Leon. Ein einziges Mal in seinem Leben hatte er selbst zu boxen versucht – gegen Harry – und war sofort zu Boden gegangen. (Merkwürdigerweise war es ein angenehmes Gefühl gewesen, K.O. zu gehen. Es hatte überhaupt nicht weh getan.)

»Gut jetzt«, sagte Pfitzner schließlich, und der junge Türke hörte sofort zu kämpfen auf. Beide hielten die Handschuhe in Kopfhöhe und knufften sie leicht aneinander. Der Türke stieg zwischen den Seilen durch, nahm seine violett und schwarz gestreifte Tasche auf und verschwand hinter einer Tür, die Leon zuvor gar nicht aufgefallen war, weil sie wie die Wände mit Boxplakaten tapeziert war. Pfitzner kam mit geblähten Nasenflügeln in die Ecke, an der Harry und Leon standen und ließ sich von Harry die Handschuhe aufbinden und abstreifen. Auf seinen Fingerknöcheln waren Narben. Harry reichte ihm das Handtuch, und Pfitzner rieb sich damit den Nacken und wischte seinen Bauch ab.

»Ist er das?« fragte er, nachdem er einen beiläufigen Blick auf Leon geworfen hatte. Pfitzners Augenlider hingen so tief, daß sie einen Teil der Iris verdeckten, was seinem Gesicht den Ausdruck einer melancholischen Natter verlieh.

Harry nickte und lachte nervös.

»Und du sagst, er ist in Ordnung?«

»Is' mein bester Freund«, sagte Harry.

Leon schluckte. Was auch immer Harry da angeleiert haben mochte, er würde ihn auf keinen Fall blamieren.

»Trägt gern schwarz, dein Freund, was?« sagte Pfitzner. Er rotzte ins Handtuch, betrachtete den Schleim im Frottee, und dann sagte er zu Leon:

»Okay, Blacky, bring mir mal meine Tasche!«

Etwas in Leon empörte sich. Sein Stolz verlangte, daß er ruhig an seinem Platz stehenblieb und den alten Sack seine Tasche selber holen ließ. Aber gleichzeitig spürte er, daß Harry nicht gezögert hätte, den Befehl auszuführen. Und jetzt erwartete Harry von ihm, daß er ihn nicht blamierte. Leon ging zurück zur Treppe, wo eine hellblaue Adidas-Tasche stand, und brachte sie dem alten dicken Boxer in den goldenen Hosen. Er tat es für Harry. Pfitzner griff nach der Tasche. Er öffnete den Reißverschluß, nahm ein Bündel Banknoten heraus und drückte sie Leon in die Hand.

»Hier sind 50.000.-«, sagte er. »Das ist der Vorschuß. Die zweiten 50.000.- kriegst du, wenn das Buch fertig ist.«

Leon sah Harry an. Harry grinste, als wäre ihm ein entscheidender Teil des Gehirns herausoperiert worden. Dann starrte Leon auf das Geld, das Pfitzner ihm in die Hand gedrückt hatte. Er wunderte sich, was für ein dünnes Bündel 50.000 Mark in bar waren, und er wunderte sich, daß dieses dünne Bündel in seiner Hand lag.

Von da an war alles anders gewesen.

Leon nahm die Hand von Martinas Schultern und legte sie wieder auf das Lenkrad, denn vor ihnen tauchte die Brücke auf, die der Makler in seiner Wegbeschreibung erwähnt hatte. Es war eine gerade Holzbrücke, aus dicken dunkelbraunen Balken roh zusammengefügt. Sie zweigte wenige Kilometer hinter Freyenow nach links ab und führte über einen

Kanal. Hinter der Brücke begann eine Straße, die niemand für wichtig genug gehalten hatte, um einen Wegweiser aufzustellen. Sie wurde von zwei Gräben flankiert, aus denen rostigtrübes Wasser in den Kanal quoll. Die Fahrbahn war mit runden Steinen bepflastert. In die Straßenmitte hatte man zwei Spuren aus flachen Steinen eingefügt, auf denen es sich ein wenig komfortabler fuhr. Bedrückt betrachteten Leon und Martina, was hinter nassen Scheiben an ihnen vorbeirumpelte. Rübenfelder wechselten mit fetten Wiesen, auf die wieder Rübenfelder folgten. Dann blieben die Rübenfelder aus, und die Wiesen waren von langen Stechgräben durchzogen, in die der Boden sein rotbraunes Wasser blutete. Leon schaltete das Radio ein. Er mußte zweimal den Sender wechseln, bis er die Musik ertragen konnte. Er wartete, daß Martina sich über das alte Reggae-Stück, das jetzt lief, beklagen würde, aber statt dessen fing sie wieder von der Wasserleiche an.

»Wozu hast du den Stock in der Hand gehabt? Du hast mir immer noch nicht gesagt, was du mit dem Stock gemacht hast.«

»Na, hätte ich sie mit der Hand anfassen sollen?«

»Wozu mußtest du sie denn überhaupt anfassen?«

Er zuckte mit den Schultern. Er wollte ihr lieber nicht erklären, daß er den Ast gebraucht hatte, um den Arm der toten Frau unter Wasser zu drücken und zu beobachten, wie er wieder auftrieb; daß er ihn gebraucht hatte, um herauszukriegen, ob die Haut reißen würde, wenn er mit dem Ast hineinstach. (Sie war nicht gerissen.)

»Herrgott, ich mußte doch prüfen, ob sie tot ist. Sie ist tot. Tot, verstehst du? Sie hat doch gar nichts mehr gemerkt.«

»Das hättest du auch sehen können. *Jeder* konnte sehen, daß sie tot ist. Und du bist so lange geblieben.«

Leon antwortete nicht. Martina drehte sich von ihm weg und sah wieder aus dem Fenster. Es regnete aus immer dunkleren Wolken. Die Dämmerung setzte am ganzen Himmel zur gleichen Zeit ein. Auch der Anblick der Tierwelt erheiterte nicht. Einmal drängten schwarz-bunte Bullenkälber ihre dreckverkrusteten Leiber gegen ein Metallgatter. Auf einer anderen Wiese stand regungslos ein einsames braunes Pferd, das rechte Hinterbein zur Schonung angewinkelt. Es machte einen schlaffen Eindruck. Die Ohren zeigten zur Seite, und obwohl das Pferd seine Zähne zusammenbiß, hing die graue Unterlippe schwer herunter und bildete einen kleinen, weichen Napf, in den es zweifellos hineinregnete. Martina seufzte schwer.

»Bei Sonnenschein sieht das hier ganz anders aus«, versuchte Leon sie und auch sich selber zu trösten. Aber Martina blickte ihn so mürrisch an, als wäre er und nur er allein schuld – am Regen und daran, daß die Gegend so trostlos war, und überhaupt an allem.

Martina war hübscher als sämtliche Frauen, mit denen Leon vor ihr zusammen gewesen war. Trotzdem hatte er sich nie darüber gewundert, daß die langbeinige Schönheit mit der Rennpferd-Eleganz sich ausgerechnet in ihn, den kleinen und kurzsichtigen Dichter, verliebt hatte. In einem Interview hatte er einmal auf die Frage »Was halten Sie für Ihr größtes Talent?« geantwortet:

»Ich kriege jede Frau, die ich haben will.« Woraufhin die Zeitschrift einen Haufen empörter Leserbriefe erhielt – überwiegend von Frauen, die Leon

Ulbricht als arrogantes Schwein, bebrillten Zwerg und widerlichen Chauvinisten beschimpften. Ihm gefiel es, wenn er so angegriffen wurde. Dieser hilflose Haß. Auf sein größtes Talent war er allerdings weniger stolz, als es den Anschein hatte. Natürlich freute es Leon, wenn andere Männer ihn beneideten; wenn Männer sich den Kopf darüber zerbrachen, wie dieser kleine, häßliche Kerl, der noch nicht einmal reich war, es anstellte, ihnen die Frauen auszuspannen. Vielleicht war das sogar das beste an der ganzen Geschichte. Trotzdem gab ihm das kein Gefühl von Überlegenheit. Im Gegenteil. Leon selbst kamen seine erotischen Begabungen – sein Charme, sein Einfühlungsvermögen und selbst die technische Geschicklichkeit, mit der er Frauen befriedigte – ja, besonders diese Geschicklichkeit – ein bißchen unwürdig vor. So erstrebenswert wie die Fähigkeit, mit Tellern jonglieren zu können oder, freihändig auf einem Einrad fahrend, ein Tablett mit zwanzig gefüllten Gläsern auf dem Kopf zu balancieren. Ein Mann – und er dachte dabei noch nicht einmal an Harry oder Pfitzner – mußte andere Qualitäten haben. Ein Mann war jemand, der einen Haufen Geld verdiente, ein Haus besaß, Kinder zeugte, Autos reparieren konnte und jedes Gurkenglas aufbekam. Ein Mann war jemand, der einen stehen hatte, wenn es darauf ankam – und damit fertig.

Martina hatte er bei der Talkshow eines Lokalsenders kennengelernt, zu der Leon eingeladen worden war, um seinen neuesten Gedichtband SCHREIB ODER SCHREI vorzustellen. Die Fragen des Moderators betrafen dann allerdings weniger den Gedichtband, sondern mehr das Gerücht, Leon Ulbricht würde von einem Zuhälter dafür bezahlt, daß er ihm seine Biographie schrieb. Martina saß im Zuschauerraum. Eigentlich war sie die Redaktionsassistentin, aber der Aufnahmeleiter setzte sie während der Talkshows immer mit zu den Zuschauern, weit nach vorn, wo sie oft im Bild war. Deswegen hatte Leon sie zuerst für eines der Fotomodelle gehalten, die über ihre Agenturen Freikarten bekamen, damit sie ihre langen Beine in die Kameras hielten und sich hin und wieder die Haare aus den außerordentlichen Gesichtern strichen. Neben den branchenüblichen Vorzügen ihres Körpers hatten ihm vor allem Martinas Augen gefallen.

»Du hast Augen wie ein angefahrenes Reh«, hatte Leon zu ihr gesagt, als er nach dem Ende der Sendung neben ihr am Buffet stand. Er sagte grundsätzlich allen Frauen, daß er sie für unglücklich hielt. Einem Doktor, der die richtige Diagnose stellt, vertraut man auch die weitere Behandlung an. Und Leons Erfahrung nach waren schöne Frauen keineswegs glücklicher als andere. Tatsächlich unterschied sich ihr Unglück nur insofern vom Unglück häßlicher Frauen, als häßliche Frauen die Ursache ihres Kummers zu kennen glaubten.

Vier Wochen später hatte Leon seine Bücher, seinen Computer, seinen Schreibtisch, sein Zebrafell und einen Koffer in einen gemieteten VW-Transporter gepackt und war in Martinas helle, große Wohnung gezogen. Dem überraschten Schlachtergesellen vermachte er die übrigen Möbel und seine alte Musikanlage samt Schallplatten (die CDs nahm er mit) und erklärte ihm, daß alle wirklich großen Schriftsteller in geordneten Verhältnissen gelebt hätten. Bei Leistungssportlern sei das ja auch nicht anders.

Vier Monate später heiratete er Martina. Leon sah sich in einem kleinen Haus weitab von den Oberflächlichkeiten der Großstadt ein stilles und ernstes Leben führen. Er würde keine Lesungen mehr geben. Und er würde keine Zeitschriftenartikel mehr schreiben, sondern nur noch Bücher. Dicke, schwere Bücher eines abgeklärten, gereiften Mannes. Erst das über Benno Pfitzner, und dann andere. Und nebenbei würde er seine Kinder aufwachsen sehen. Er und Martina fingen an, die Immobilienanzeigen der Zeitungen nach einem billigen Haus auf dem Land zu durchsuchen. Zwei Häuser hatten sie schon besichtigt. Eines war eine Bruchbude gewesen, und das andere hatte keine zweihundert Meter von einer Autobahn entfernt gelegen. Aber die letzte Anzeige, die Martina ihm vorgelesen hatte, hörte sich gut an, obwohl sie von einem Makler aufgegeben worden war. Das Haus sollte das letzte in einem kleinen ostdeutschen Dorf sein; dahinter lag nur noch Moor, unbebaubar, Naturschutzgebiet. Und es sollte nur 40.000 Mark kosten. Also hatten sie sich wieder auf den Weg gemacht, der sie diesmal ein ganzes Stück in die ehemalige DDR hinein führte. Es hatte geregnet, als sie aufgebrochen waren.

Und es regnete immer noch, als sie Priesnitz erreichten. Priesnitz war so klein, daß es weder Schule noch Kirche besaß. Sechsundzwanzig Wohn- und Bauernhäuser und ein Lebensmittelgeschäft reihten sich an die einzige Straße. Hinter Drahtzäunen wuchsen Johannisbeerbüsche und krumme Obstbäume. Kurz vor dem Gestell, an dem einmal das Ortsschild gehangen hatte, stieg das Gelände leicht an, ohne es jedoch zu einem richtigen Hügel zu bringen. Die Straßengräben endeten hier. Rechts des Wegs plätscherte Leon und Martina stattdessen ein lebhafter Bach entgegen, der bei jeder Auffahrt in einem unterirdischen Betonrohr verschwand. Wie eine flinke Nadel wechselte der Bach mehrmals den oberirdischen mit dem unterirdischen Aufenthalt. Abgesehen von dem frisch verputzten Lebensmittelladen, unter dessen tropfendem Vordach ein Jugendlicher auf seinem Mofa saß und rauchte und dem vorüberfahrenden Mercedes lange nachblickte, und abgesehen von einem Schuppen, den ein unausgelasteter Landwirt mit zerschnittenen und weiß gespritzten Autoreifen verziert hatte, zeigten alle Gebäude eine entschiedene Tendenz zum Melanismus. Einige Dächer waren mit schwarzen Planen geflickt. Ein breiter, roter Plastikstreifen, der an einem Haus diagonal über ein Fenster geklebt war und der in weißen Buchstaben versprach, daß hier Videokassetten ausgeliehen werden konnten, wirkte in dieser Umgebung erschreckend grell. Wo die Straße nicht mehr von Häusern gesäumt wurde, standen hohe Birken Spalier, und dahinter lag ein hundert Jahre altes, schloßähnliches Gebäude, dessen rechte Hälfte verfallen, mit Efeu und Druckwurz überwachsen, und dessen linke Hälfte mit sieben Satellitenschüsseln bestückt war. Bei den Birken schlug sich der Bach in die Felder, das heißt – da er ihnen ja entgegen floß – kam er dort aus den Feldern heraus. Die gepflasterte Straße setzte sich als Schotterpiste fort und führte auf den Gutshof zu, als wollte sie mitten hindurch. Vor der Flügeltreppe machte sie im letzten Moment eine scharfe Kurve nach rechts, verlief noch ein paar hundert Meter geradeaus und endete dann in einem Feld kniehoher Maispflanzen. Am Feldrand gurgelte wieder der Bach. Vor dem Maisfeld führte links ein Weg in die Wiesen hinein zu einem grauen Haus, das ein Stück entfernt lag. Der Weg war nicht befestigt. Er war noch nicht einmal ein richtiger Weg. Nach einigen Metern bestand er bloß noch aus zwei tiefen Reifenspuren, die ein Trecker in die nasse rote Erde gewühlt hatte. Dazwischen wuchs hohes Gras. Das schlurfte und schabte unter dem Mercedes. Leon hatte Angst, aufzusetzen und den Unterboden an einem Stein aufzureißen, etwas Wichtiges, etwas Teures zu zerstören. Den Tank. Das Getriebe!

Den Mercedes hatte er von Pfitzner. Nach dem Treffen am Boxring hatte er Pfitzner jede Woche mindestens zweimal aufgesucht. Meistens waren sie in das Hinterzimmer einer Spielhalle gegangen. Nicht einmal Harry durfte dabeisein. Das Zimmer war rot tapeziert, und an den Wänden hingen Aluminiumrahmen mit Schwarzweißfotos von nackten und halbnackten Frauen, die entweder auf dem Bauch lagen oder dem Betrachter den Rücken zukehrten und allesamt den Hintern so weit herausstreckten, daß man für ihre Wirbelsäule fürchten mußte. Hier zelebrierte Pfitzner die Klischees, die einer Existenz wie der seinen anhafteten und die ihm allesamt zu gefallen schienen. Stets ließ er sich in einen abgewetzten gelben Samtsessel plumpsen, streifte seine geflochtenen Schuhe ab, öffnete den obersten Knopf seiner Hose und nahm eine Toscani-Zigarre aus einem der Zedernholzkästen, die in dem schlecht beleuchteten und belüfteten Raum verteilt standen. Runzelig schmiegten sich seine Lippen um die Zigarre, er paffte einige Male, dann klemmte er die Toscani zwischen seine mit Ringen gepanzerten Finger und begann zu erzählen. Und Leon, der in dem gegenüberstehenden Samtsessel kauerte, schlug sein Ringbuchheft auf und notierte die Geschichten des großen Benno Pfitzner, des Kiezfürsten, des Bordellbesitzers, des ehemaligen Boxers, der einmal beinahe einen Weltmeisterschaftskampf bekommen hatte. Ein prachtvolles Leben, das ein prachtvolles Buch abgeben würde – bunt und hart und auch ein bißchen sentimental.

Leon fühlte sich geschmeichelt, daß Pfitzner sich ausgerechnet ihm anvertraute. Es machte ihn glücklich, daß seine Arbeit – die Arbeit eines Schriftstellers – in den Augen eines ehemaligen Boxers einen Wert besaß. Manchmal stellte er sich vor, daß Pfitzner, der ihm in allen Bereichen, auf die es für einen Mann ankam, überlegen war, auch ihn für überlegen halten könnte – wenn auch nur auf diesem einen, einzigen Gebiet – und ihn vielleicht sogar bewunderte. Zwar lieferten Benno Pfitzners Lebenserinnerungen nicht den geringsten Anhaltspunkt, daß er jemals irgend jemanden außer sich selbst bewundert hatte, aber bei ihrem vorläufig letzten Treffen, nachdem Pfitzner auch noch den Rest von sich erzählt hatte und Leon gesagt hatte, daß er wahrscheinlich aufs Land ziehen würde, in den Osten, drückte Pfitzner ihm plötzlich den Autoschlüssel für den schwarzen Mercedes in die Hand.

»Damit du zwischendurch immer mal wieder schnell nach Hamburg kommen kannst. Ich wollte mir sowieso einen Neuen kaufen. Der hier ist mir jetzt zu alt.«

»Wie meinst du das?« hatte Leon mit trockenem Mund gefragt.

»Nun nimm schon! Ist okay so«, hatte Pfitzner

35

gesagt und ihm auch noch den Fahrzeugschein gegeben.

Obwohl Leon Schrittempo fuhr, spritzte das schmutzige Wasser aus den Schlaglöchern bis auf die Windschutzscheibe. Unter dem Scheibenwischer quietschte Erde. Die Treckerspuren, die das Auto wie Schienen geleitet hatten, bogen kurz vor dem Gartenzaun auf das Maisfeld ab, und als der Mercedes aus ihnen herauskletterte, passierte genau das, wovor Leon sich die ganze Zeit gefürchtet hatte: Die Ölwanne schurfte über einen Stein. Leon zuckte zusammen, und Martina blickte ihm genervt ins Gesicht. Aber als Leon vor dem rostigen Gartentor hielt, den Motor ausstellte und zum ersten Mal den Blick hob, den er die ganze Zeit auf den tückischen Weg geheftet hatte, vergaß er Ölwanne und Stein sofort. Da war das Moor. Leon stieg aus. Er ging am Zaun entlang um das Haus herum. Gleich dahinter begann ein verfilzter Teppich aus hellgrünen Pflanzenpolstern mit kreisrunden, dunkelbraunen Wasserlöchern. Eine Wiese aus hohem Sumpfgras schloß sich an. Weit, weit erstreckte sie sich bis zu einer Reihe Moorkiefern. Der verhangene Himmel hatte eine blaue Pastellfarbe angenommen. Nur über den Bäumen durchbrachen zwei lange schräge Risse die Wolkendecke, aus denen gelbe Sonnenstrahlen auf die Erde hinunterstießen, ordentlich gebündelt, wie Wasser, das aus der durchlöcherten Tülle einer Gießkanne fließt. Violetter Dunst lag über dem Moor und ließ die meisten Konturen in psychedelischen Lichteffekten verschwimmen. Die skelettierten Bäume eines ertrunkenen Wäldchens traten hingegen so deutlich und schwarz hervor, als hätte ein Choleriker in

seiner therapeutischen Malgruppe sie gezeichnet und
dabei den Bleistift verschiedene Male abgebrochen.
Auch das Gras, das aus einem Baumstumpf wuchs
und die dicken Zigarren der Rohrkolben gleich hinter dem Gartenzaun – alles so deutlich wie Scheren-
schnitte. Irgendein Tier gab einen rauhen, knarrenden Ton von sich.

»Wann hat es eigentlich zu regnen aufgehört?«
Martina war neben ihn getreten.

»Kommst du? Ich möchte das Haus ansehen. Wenigstens mal durch die Fenster kucken, bevor der
Makler kommt.«

»Geh schon vor. Ich komme gleich nach.«

Als Martina das Gartentor öffnete, entdeckte sie,
daß der Eisenzaun in regelmäßigen Abständen mit
Lanzenspitzen besetzt war. Nicht ungefährlich. Spie-
lende Kinder konnten sich daran aufspießen, und
dann überzogen einen die Eltern mit Schadenser-
satzklagen. Sie beschloß, daß Leon den Zaun blau
streichen sollte und die Ringe darin und die Spitzen
golden. Direkt an der Pforte würde sie Sonnenblu-
men pflanzen. Sie ging auf das Haus zu. Das nasse
Gras wischte ihre Waden entlang. Einen Weg gab es
nicht mehr. Auch die Beete waren überwuchert, und
mitten auf dem verwilderten Rasen wuchsen plötzlich Rhabarberblätter und einzelne verblühte Narzis-
sen. Das eingeschossige Gebäude besaß ein steiles
Dach und eine Veranda, die durch grüne, gewellte
Plastikwände gegen den Wind geschützt war. Die
Plastikwände mußte man natürlich wegreißen und
durch Holzwände ersetzen. Die konnte Leon dann
weiß streichen. Martina hoffte, daß er wenigstens
dazu in der Lage war. Sie ging um das Haus herum

und rüttelte an den Fenstern, unter denen üppige Brennesselstauden gediehen. Das Küchenfenster war nachträglich herausgebrochen worden und klaffte als große häßliche Wunde im Putz. Der aufgequollene und zerfaserte Rahmen ließ sich nach innen aufdrücken. Martina stemmte sich auf das Fensterbrett und stieg ein, kroch über einen schmutzigen Tisch, der an das Fenster gerückt war, und landete in einem Haufen Blumentopfscherben. An einem stelzbeinigen Herd vorbei gelangte sie auf den Flur. Er war schmal und dunkel. Martina ertastete einen Lichtschalter, aber in der fünffingrigen Deckenlampe steckten keine Glühbirnen. Rechts ging ein Zimmer ab, in dem ein verschlissener gelber Teppichboden lag. Durch das Fenster konnte sie Leon sehen. Er starrte immer noch mit glücklich verzerrtem Gesicht auf das Moor. Dumm sah er aus. Die nächste Tür führte in ein kleines Bad mit einer großgemusterten orangen Tapete, die sich an den Rändern gelöst und aufgerollt hatte wie das Ende eines Farnblatts. Über dem Waschbecken hing ein rahmenloser, rechteckiger Spiegel mit mindestens einem toten Insekt pro Quadratzentimeter. Das Waschbecken selbst war mit weißen Placken zugekleistert, die eingetrocknete Zahnpasta oder eingetrockneter Vogelkot sein konnten. Am Wasserhahn steckte ein schleimiger roter Gummischlauch. Martina zog ihn ab und warf ihn angeekelt in die Badewanne, auf deren zerschrammter Emaille ein fettiger, brauner Rand den letzten Wasserstand anzeigte. In der Zimmerecke darüber blühte ein chinesisches Feuerwerk von Schimmelpilzen. Grün und weiß sollte Leon das Badezimmer kacheln. Er sollte kleine Kacheln nehmen, weil auch der Raum so klein war. Vielleicht würden sie irgendwo eine altmodische Badewanne mit Löwentatzen auftreiben.

Das Zimmer gegenüber mußte das Wohnzimmer sein. Es war das größte. Jemand hatte den verblaßten, ehemals roten Linoleumboden in einer Ecke hochgerissen und feuchte Sägespäne und mürbes Holz freigelegt, das einen üppigen Champignongeruch ausschwitzte. Zur Veranda hin gab es kein Fenster, aber einen großen Kamin. Auf der gegenüberliegenden Seite führte eine Tür in einen kleinen Raum, auf dessen Tapete Elefanten in rosa und blauen Latzhosen umeinander tanzten und mit Schmetterlingsnetzen auf die Jagd gingen. Mehr Zimmer gab es nicht. Das bedeutete, daß dieses hier Leons Arbeitszimmer werden würde, falls er es nicht vorzog, seinen ganzen Krempel in das erste Zimmer neben der Küche zu schaffen. Hier würde er das Buch schreiben, das ihm das Geld eingebracht hatte, auf das er so rührend stolz war.

Leon war der erste Mann, in den Martina sich richtig verliebt hatte, und der erste Mann in ihrem Leben, der kein Geld besaß. Denn 50.000 oder auch 100.000 Mark waren für sie kein Geld. Leon war ungeheuer empfindlich, was das betraf. Er ließ nicht zu, daß Martina jemals in einem Restaurant die Rechnung beglich, und er hatte auch darauf bestanden, allein für die Hochzeit aufzukommen, was bedeutete, daß es keine Brautjungfern, keine Kirche und keine Hochzeitstorte gab. Schließlich saßen sie zu acht in einem Chinarestaurant: Leon, Leons Mutter, Martina, ihre Eltern, ihre Schwester Eva und die Trauzeugen: eine Maskenbildnerin aus der Talkshow und Harry. Martina fand Harry ziemlich abstoßend und begriff nicht, warum er Leons Freund war. Zum Glück war er bisher nur ein einziges Mal bei ihnen aufgetaucht. Wenn sie wegzogen, brauchte sie ihn vielleicht gar nicht mehr zu sehen. Sie selbst hatte keine engen Freunde. Ihre Schönheit verwandelte jede Frau, die eine Freundin hätte sein können, in eine Konkurrentin und jeden Mann, der ein Freund hätte sein können, in einen ihrer vielen, langweiligen Verehrer.

Die Hochzeit wurde eine Katastrophe. Martinas Vater konnte Leon nicht leiden. Er war es auch, der dafür gesorgt hatte, daß ein Ehevertrag mit Gütertrennung aufgesetzt worden war. Im Chinarestaurant betrank er sich mit Reisschnaps und sagte zu Leon:

»Wenn du sie nicht anständig behandelst, reiß ich dir den Arsch auf.«

»Jaa, jaaa«, sagte Leon.

»Du Saftsack«, sagte Martinas Vater, »du hast doch in deinem ganzen Leben noch nicht richtig gearbeitet. Du kannst dir ja noch nicht einmal zu deiner Hochzeit einen vernünftigen Anzug anziehen. Was ist das hier überhaupt? Soll das vielleicht 'ne Hochzeit sein? Oder ein Angelausflug?« Er stand auf und warf seine Gabel in das riesige, viel zu laut blubbernde Goldfischaquarium. Leons Mutter, die ein schwarzes Wollkleid trug und klein und verhutzelt aussah wie eine vertrocknete Nuß, fing an zu weinen. Martinas Mutter rauschte in einer Woge aus orangem Tüll herüber und nahm sie in die dicken Arme. Vorwurfsvoll und ängstlich sah sie ihren Mann an.

»Also wirklich, Dieter! Das muß doch nicht jetzt sein.«

»Leck mich«, sagte Leon. »Geh auf deinen Schrottplatz und setz dich in eins von deinen Schrottautos und hol dir da einen runter!«

Harry bekam vor Lachen einen Schluckauf, und

Martinas Schwester nutzte die Gelegenheit, von ihm abzurücken und den Arm abzuschütteln, den Harry auf die Lehne ihres Stuhls gelegt hatte. Martinas Vater sah aus, als würde er gleich einen Schlaganfall bekommen, aber er stürzte sich nicht auf Leon, sondern ging mit blaurotem Gesicht einfach hinaus, wobei er seiner Familie mit einer herrischen Handbewegung winkte, ihm zu folgen. Martinas Mutter und Eva gehorchten stumm. Er hatte auch Martina angesehen, als erwarte er von ihr, daß sie ebenfalls aufstehen würde. Aber da hieß sie schon Martina Ulbricht.

Als sie Leon kennenlernte, damals am Buffet nach der Talkshow, war ihr Name noch Roswitha Voss gewesen. Leon hatte zu ihr gesagt, Roswitha sei ein so fürchterlicher Name, daß sie sich genausogut das Wort ASOZIAL auf die Stirn tätowieren lassen könnte. Und daß sie ihren Namen nicht zu ändern bräuchte, falls sie sich eines Tages entschließen sollte, in einer Bar mit Séparée zu arbeiten. So hatte er das formuliert. Er hatte sie verletzt. Das war neu. Normalerweise überschütteten Männer sie mit Komplimenten, weil sie ihnen – abgesehen von einem gewissen Besitzerstolz und der Gier ihrer Hosen – viel zu gleichgültig war, als daß sie sich die Mühe machten, sie zu kränken. Und da Leon auch noch ein Dichter war, hatte Roswitha sich auf der Stelle in ihn verliebt und sich von da an Martina genannt. Ihren Nachnamen hatte sie verloren, als sie ihn heiratete.

Eine Diele knarrte. Martina sah sich erschrocken um. Plötzlich waren in allen Ecken unheimliche Schatten gewachsen, dick und schwarz wie etwas Feuchtes, Lebendiges. Hastig lief sie durch das modrige Wohnzimmer und den finsteren Flur zurück zur Küche. Putz rieselte von der Decke. Ein Insekt knatterte mit den Flügeln. Martina kletterte auf den Küchentisch und sprang aus dem Fenster in den Garten. Als sie landete, sah sie, wie sich neben ihrem Fuß etwas bewegte. Sie bückte sich danach.

Leon stand immer noch an derselben Stelle. Er fragte sich, wie er es in der Stadt bloß ausgehalten hatte. Wie hatte er dort schreiben können? Nirgendwo würde er so schreiben können wie hier. Der Anblick des Moores erfüllte Leon mit hilfloser Sehnsucht. Der Schönheit einer Frau konnte man beikommen, indem man mit ihr schlief. Und ein schönes Tier konnte man erschießen oder kaufen oder essen. Aber was konnte man schon mit einer Landschaft anfangen. Am liebsten hätte er sich auf den Boden geworfen und sein Gesicht in die Moose gedrückt. Aber das hätte sehr albern ausgesehen, und darum ließ er es bleiben.

Das Gartentor quietschte. Martina kam. In den Händen trug sie ein verkohltes Stück Holz, länger und dicker als ihr Unterarm.

»Sieh dir bloß an, was ich gefunden habe«, rief sie und hielt ihm den Ast vor das Gesicht. Jetzt sah Leon, daß es gar kein Baumstück, sondern ein Tier war, ein fetter, samtschwarzer Salamander von tropischer Größe. Zwei Reihen flacher Warzen überzogen seinen Rücken. Ein widerwärtiges Biest.

»Süß, nicht?« sagte Martina. Der süße Lurch glotzte Leon boshaft an und riß das Maul auf. Ein Tropfen milchiger Schleim lief ihm aus dem Schlund und kleckerte auf Leons rechte Hand. Es brannte wie Säure aus einer Autobatterie. Leon schrie auf.

»Schmeiß das Schleimvieh weg«, brüllte er. »Schmeiß es weg! Es ist giftig!«

Er wischte seinen Handrücken im Gras ab. Ein dunkelroter, brennender Fleck blieb auf der Haut zurück. Martina setzte den Salamander behutsam ins Gras. Er zackelte auf krummen Beinen ein Stück vorwärts. Leon verpaßte ihm einen Tritt, und der Salamander flog durch die Luft bis an den Rand eines der Wasserlöcher. Dort stieß er sich mit den Hinterbeinen ab, plumpste hinein und war verschwunden.

»Warum mußt du auch alles, was du findest, anfassen und herschleppen? Wie ein kleines Kind«, fluchte Leon. Er ging zu einem anderen Wasserloch, nicht zu dem, in das der Salamander gerutscht war. Aber als er auf die trübe, braune, fast schwarze Oberfläche blickte und sich vorstellte, was vielleicht sonst noch für Getier dort unten auf dem Grund hauste, mochte er seine Hand nicht mehr hineinstecken. Martina holte ein Tempo aus dem Handschuhfach des Wagens und spuckte drauf. Leon reichte ihr die verätzte Hand.

»Wir hätten den Salamander behalten sollen«, sagte Martina, während sie über den roten Fleck wischte. »Kuck mal, da gehen dir jetzt alle Haare aus. Vielleicht hätten wir aus seiner Spucke eine neue Enthaarungscreme herstellen können. Wir wären reich geworden.«

»Vielleicht liegt es ja auch an *deiner* Spucke. Warum müßt ihr Weiber einen eigentlich immer mit eurem Speichel traktieren. Ich weiß noch, wie meine Mutter mir früher ständig mit einem angesabberten Taschentuch im Gesicht herumgefahren ist. Bäh, ekelhaft!«

Martina hörte auf zu wischen.

»Ich wollte dir ja bloß helfen.«

Er faßte sie beim Kinn.

»Komm«, sagte er, »gib mir noch ein bißchen von deiner Spucke!«

Er küßte sie tief. Sie sträubte sich erst. Dann gab sie nach und legte die Arme um seinen Hals.

Kurz bevor es völlig dunkel geworden war, kam der Makler in einem Geländewagen vorgefahren. Leon kaufte das Haus.

*Bewölkt und regnerisch. Höchsttemperaturen um
15 Grad. Schwach windig. Für die Jahreszeit zu kalt.*

2

Wie sich schnell herausstellte, besaß das Haus einige Mängel. Es ächzte. Meistens ächzte es einmal
zwischen drei und vier Uhr morgens, manchmal
noch ein zweites Mal gegen halb fünf. In den ersten
Nächten waren Leon und Martina davon aufgewacht. Jetzt integrierten sie das Geräusch in ihre
Träume, in denen es fortan von knarrenden Brücken
und umstürzenden Bäumen nur so wimmelte. Und
dann die neuen Tapeten. Sie hafteten nicht überall
gleich gut. An verschiedenen Stellen kam Wasser aus
der Wand und löste den Klebstoff oder hinterließ
Ränder, die wie peinliche Schwitzflecken aussahen.
Innen an den Fensterrahmen tropfte Wasser herunter.

»Wird alles besser, wenn es zu regnen aufhört«,
sagte Leon.

Dafür, daß es fast jeden Tag geregnet hatte, seit sie
eingezogen waren, konnte das Haus schließlich nicht
verantwortlich gemacht werden. Und das schlechte

Wetter hatte immerhin den Vorteil, daß Leons Immunsystem nicht durch Pollenflug belastet wurde. Weitaus schlimmer war für ihn die Tatsache, daß sich kaum 700 Meter entfernt ein weiteres Haus befand. Es ragte hinter dem ertrunkenen Wäldchen auf. Am Tag der Besichtigung war sein Umriß im Dunst zerfranst, und Leon hatte es für eine besonders dunkle Nebelwolke gehalten. Jetzt fühlte er sich um seine Mooreinsamkeit betrogen.

»Nein, nein, das ist alles korrekt«, sagte der Makler, als Leon ihn nach drei Wochen endlich ans Telefon bekam. Er hatte es diesmal ziemlich früh am Morgen versucht, und der Makler war anscheinend allein im Büro und unvorsichtig genug, den Hörer abzunehmen.

»Wenn das nächste Haus mehr als vierhundert Meter entfernt ist, kann man sehr wohl von Alleinlage sprechen. Das eine Haus kann doch nicht so schlimm sein. Zwei ruhige Damen. Was regen Sie sich so auf?« sagte er und gähnte in die Sprechmuschel.

»Schlimm?« brüllte Leon. »Ein einziges Haus ist tausendmal schlimmer als zwanzig Nachbarn. Womöglich lechzen die alten Weiber schon jahrelang nach Gesellschaft.«

Er ließ den Hörer fallen, der gegen die Wand der Telefonzelle knallte, und stampfte in den Regen hinaus. Der Fleck auf seiner Hand begann wieder zu jucken. Leon blieb stehen, kratzte ausgiebig die rote, nässende Stelle und warf finstere Blicke auf den pendelnden Telefonhörer. Dann machte er sich auf den Rückweg nach Priesnitz.

Zum Telefonieren mußte er jedesmal bis nach Freyenow, weil es in seinem Haus keinen Anschluß gab und das einzige öffentliche Telefon in Priesnitz sich im Laden des Krämers befand. Der Krämer hieß Guido Kerbel und lachte bei jeder Gelegenheit. Sein Lachen bestand aus einem heiseren Kreischen und ungeheuer viel feuchtem, rosa Zahnfleisch. Genau die Art von Mensch, die Leon sich vom Hals zu halten gedachte. Martina hatte sich von Kerbel natürlich gleich am zweiten Tag vollschwafeln und ausquetschen lassen. Neben einem Bund Suppengrün und einer Packung Miracoli hatte sie dabei auch die Auskunft erstanden, daß es Schwestern waren, die neben ihnen wohnten. Sie hießen Schlei und sollten etwas eigenartig sein, was Kerbel aber nicht näher erläutert hatte.

Als Leon vor seinem Gartentor parkte, blickte er mißtrauisch zu dem Schlei-Haus hinüber. Eine dünne Rauchfahne stieg aus dem Schornstein. Die Schwestern selbst hatten sich bisher noch nicht blicken lassen. Das war erfreulich, allerdings auch seltsam, denn um nach Priesnitz zu gelangen oder zu irgendeinem anderen Ort auf der Welt, hätten sie an Leons Haus vorbeikommen müssen. Er trat auf die Veranda, die immer noch nicht gestrichen war. Der Regen machte nie lange genug Pause, daß das Holz hätte trocknen können. An dem runden Geländer glitschte eine braune Nacktschnecke auf ihrer Schleimspur dahin. Leon beugte sich zu ihr. Ein kleiner, blasenwerfender, vollkommener Organismus. Unendlich verletzlich, nichts als ein Muskelstück in Schleimhaut, und doch in der Lage, über einen Haufen Glasscherben zu kriechen, ohne auch nur einen einzigen Kratzer davonzutragen. Die Schnecke wackelte bedächtig mit den beiden längeren ihrer vier Fühler und schrumpfte sie dann in sich hinein.

Leon richtete sich wieder auf und öffnete die Haustür.

»Na, was sagt er? Kriegst du Geld zurück?« rief Martina aus dem Wohnzimmer. Leon zog sich die Schuhe aus, hängte seine Jacke auf den Garderobenhaken und wischte sich mit dem Ärmel seines Sweatshirts über das feuchte Gesicht. Dann zog er die Nase hoch und ging hinein.

»Ist wieder keiner ans Telefon gegangen«, murmelte er.

Auf dem Wohnzimmerteppich standen vier unausgepackte Kartons. Ein Ficus Benjamini war umgestürzt, und die saftige schwarze Erde aus dem Blumentopf hatte sich in Krümeln und Klumpen über den Teppich verteilt. Martina kniete in Pepitahosen auf dem Fußboden und war damit beschäftigt, Leons Bücher alphabetisch in das Regal zu sortieren. Sie nahm die Schopenhauer-Bände und zwängte sie in das zweitunterste Regal hinter Rilke.

»Schön, daß du schon in der richtigen Position bist«, sagte Leon. Er kniete sich hinter sie, nahm ihre Haare und flocht und knetete einen Miniaturpferdeschwanz daraus, der sich gleich wieder auflöste. Martina kicherte albern und lehnte sich gegen ihn. Leon stützte sein Kinn auf ihre rechte Schulter, er drückte seine Wange an ihre. Für eine Minute blieben sie ganz ruhig.

»Heute werde ich den Geräteschuppen ausmisten, solange es noch trocken ist«, sagt Leon schließlich, »ein paar Bretter festnageln und so. Nachher mache ich dann den Abfluß im Badezimmer.«

Martina streckte sich mit einem Ruck, griff wahllos ein Buch aus dem nächststehenden Karton – Wondratschek – und stellte es an einer völlig falschen Stelle ins Regal – neben Montherlant. Als sie sich danach wieder aufrichtete, hatte sie Leons Umarmung abgeschüttelt.

»Hast du was dagegen, wenn ich dann das Auto nehme und nach Hamburg fahre?« fragte sie. »Ich muß noch die Kartons mit meinen Kindersachen abholen. Meine Mutter hat gedroht, daß sie alles wegwirft.«

Leon fischte die Autoschlüssel aus seiner Hosentasche und schlenkerte damit vor ihrem Gesicht.

»Bring mir noch einen Karton Dübel mit. Die kleinen roten.«

»Danke«, sagte sie erleichtert und griff zu. Das war wirklich großzügig von Leon. Sie wußte, was ihm der Mercedes bedeutete. Deswegen hatte sie auch immer Angst, eine Beule hineinzufahren, und lieh sich den Wagen nur in Notfällen. Dies war einer. Nichts wie weg, bevor sie wieder mitansehen mußte, wie Leon Nägel krumm schlug oder mit dem Schraubenzieher abrutschte. Es war nicht auszuhalten, wie dämlich er sich anstellte. Am liebsten hätte sie seinen Werkzeugkoffer im Moor versenkt.

Obwohl es immer noch nieselte, zog sie bloß eine hellgrüne Kostümjacke über. Leon richtete den Ficus auf und scharrte mit den Fingern die schwarze Erde aus den Teppichfransen. Martina beugte sich zu ihm herunter und küßte ihn zum Abschied auf die Stirn. Der Kuß kam Leon ein bißchen von oben herab vor. Er stand auf und küßte sie auf den Mund, wobei er seine erdbeschmutzten Hände sorgfältig von ihr fernhielt und ihren Hals nur mit seinen Handgelenken berührte. Dann brachte er sie an die Haustür. Als er die Tür öffnete, erschraken sie beide. Ein großer Hund mit Schlappohren und kurzem

Fell, braun und samtig wie ein Rohrkolben, saß davor und starrte sie aus glänzenden Kugelaugen an. Er war mager. Als er Leon und Martina erblickte, kniff er den Schwanz ein und trollte sich.

»Na, den Nachbar*hund* kennen wir jetzt immerhin schon«, sagte Martina. Sie versuchte, ihn zu locken, aber der Hund zwängte sich durch den Zaun, dort, wo zwei Eisenstäbe fehlten, und trabte in das Moor hinein, ohne sich ein einziges Mal umzudrehen. Leon pfiff, aber entweder hörte der Hund schlecht, oder er maß Leons Pfiffen keine Bedeutung bei.

»Eigentlich hätten wir längst einen Anstandsbesuch machen müssen«, sagte Martina. »Selbst wenn du nichts von den Frauen wissen willst. Es gehört sich einfach so.«

»Bist du verrückt? Das tust du nicht! Nachher werden wir sie nie wieder los. Außerdem glaube ich nicht, daß der Hund dahin gehört. Der war sehr dünn. Vielleicht ist das ein verwilderter Hund. Vielleicht gehört der niemandem.«

»Soll ich ihm ein bißchen Wurst rauslegen? Wenn er sich an uns gewöhnt, haben wir einen Wachhund.«

»Nein«, sagte Leon, »damit lockst du bloß Ratten an.«

Gebückt und mit hochgeschlagenem Jackenkragen lief Martina zum Auto. Schon beim Wenden im Maisfeld öffnete sie das Handschuhfach und griff nach der Straßenkarte. Leons Sonnenbrille fiel heraus. An der Straßenkarte klebten rote Fruchtbonbons. Die Wagenheizung heizte auch das Handschuhfach und hatte die Bonbons zum Modell einer Molekularstruktur zusammengeschmolzen. Martina warf sie aus dem Fenster und strich die Karte neben

sich glatt. Nach zehn Minuten erreichte sie die Dorf-
straße. Vor dem Lebensmittelgeschäft entrollte Kerbel
seine Markise, um die Salatköpfe vor dem Regen zu
schützen. Er fletschte sein Zahnfleisch und hob die
Hand. Sie winkte zurück. Am Ende des Dorfes der
leere Rahmen des Ortsschildes. Die Rübenfelder, das
dösende Pferd, die Kälber, die Entwässerungsgräben,
das Kopfsteinpflaster. Martina schaltete den Scheibenwischer aus und gleich darauf wieder an. Es regnete so wenig, daß sie keine Stufe fand, deren Pausen
lang genug waren. An der Landstraße würde sie nach
rechts abbiegen müssen. Sie erinnerte sich. Über die
Holzbrücke und dann rechts. Und zu ihrer linken
Seite würde der Fluß liegen und sie die nächsten Kilometer wie ein verläßliches Kindermädchen begleiten. Guter, braver Fluß.

Da war die Holzbrücke. Also nach rechts. Um
ganz sicher zu gehen, sah sie trotzdem in die Karte.
Tatsächlich – sie mußte nach rechts abbiegen. Befrie-
digt setzte sie den Blinker. Rechts. Genau. Das hatte
sie sich doch gedacht.

Wenn alles glattging, würde sie gegen 14 Uhr bei
ihren Eltern sein. Ihre Eltern aßen immer schon um
12 zu Mittag. Es bestand also keine Gefahr, daß sie
mitessen müßte. Sie würde die Kartons in den Kofferraum laden, vielleicht zwei Stunden bleiben und
dann noch einmal in die Stadt fahren. Ein Auto kam
ihr entgegen. Sein Anblick hob ihre Stimmung. Das
erste Auto. Technik. Zivilisation. Menschen ohne
Gummistiefel. Sie fuhr durch Freyenow hindurch.
Die Tankstelle. Dann kam der Parkplatz. Nie konnte
sie daran vorbeifahren, ohne an die tote Frau zu denken. Die Füße im Schilf. Eine Stunde lang fuhr Martina neben dem großen Fluß her, dann versperrten

Bäume die Sicht, und eine halbe Stunde danach kam sie an eine Kreuzung.

»Rechts, jetzt muß ich wieder nach rechts«, murmelte Martina, hielt am Straßenrand an und sah trotzdem in die Karte. Die Welt war voll von Dingen, die man falsch machen konnte. Rechts. Sie hatte sich nicht getäuscht.

Nach einer weiteren halben Stunde war Hamburg zum ersten Mal ausgeschildert. Auf der Straße herrschte mittlerweile reger Verkehr. Sie mußte nicht bis in die Innenstadt hinein. Das Haus und der Schrottplatz ihres Vaters lagen am Stadtrand. Martina fuhr, ohne die Karte erneut zu Rate ziehen zu müssen, von der Bundesstraße hinunter und bog in den Vorort ein, in dem sie aufgewachsen war. Die Straßen und Plätze ihrer Kindheit. Die Wiese, auf der sie das Futter für ihre Kaninchen gesammelt hatte und die jetzt keine Wiese mehr war, sondern der Parkplatz von Aldi. Das Schreibwaren- und Süßigkeitengeschäft, das jetzt ein Telefonladen war. Die Kirche mit dem Gemeindehaus, in dem Pastor Spangenberg jeden ersten Freitag im Monat seine Jugenddisco veranstaltet hatte, um zu beweisen, daß die Kirche eine moderne Institution war, die den Kontakt zur Jugend hielt. Nicht weit von der Kirche lag der Blumenladen von Meyerdorfs, deren Tochter Susanne mit Martina in eine Klasse gegangen war, bis sie sich in ihrem Zimmer mit dem Jagdgewehr ihres Vaters erschossen hatte. Sie hatte vorher einen Zettel an die Tür geklebt. »Liebe Mami, lieber Papi. Es tut mir leid. Bitte erschreckt nicht. Eure Susi.« Das Gehirn war bis an die Decke gespritzt, und die Eltern hatten sich doch erschreckt.

Martina hielt an, um einen Blumenstrauß für

ihre Mutter zu kaufen. Statt der altmodischen Tür-
klingel hatte das Geschäft jetzt einen Summer, ver-
strömte aber immer noch den modrigen Friedhofs-
geruch aller kleinen Blumenläden. Am Tresen lehnte
ein Kranz mit einer Schleife: Die letzten Grüße von
… Die Namen sagten Martina nichts. Frau Meyerdorf kam aus dem hinteren Raum, wo auf einem
großen Küchentisch Gräser und Zweige, eine Gar-
tenschere und Bast lagen. Sie lächelte ihr verhärmtes
Lächeln und reichte Martina die Hand, die von jah-
relangem Hantieren mit feuchten Blumenstengeln
so aufgeweicht war, daß sie sich wie verwest anfühl-
te.

»Roswitha, wie schön dich zu sehen«, sagte Frau
Meyerdorf.

Martina glaubte ihr kein Wort. Sie war über-
zeugt, daß die Blumenhändlerin in Wirklichkeit
meinte: »Warum lebst du noch? Warum hast nicht du
dich erschossen?«

»Es war ein Fehler, hier hereinzukommen«, dachte Martina. »Hoffentlich mache ich nicht noch mehr
Fehler.« Das fehlte noch, daß sie womöglich anfing,
von der Wasserleiche auf dem Rastplatz zu erzählen.
Es gelang ihr jedoch, über das Haus im Moor und
ihren Mann Auskunft zu geben, ohne eine Leiche zu
erwähnen, auch wenn sie auffällig häufig das Wort
Wasser benutzte. Sie kaufte einen Strauß blauer
Schwertlilien. Zwischen lauter Usambaraveilchen
und Begonien, Nelken, Margeriten und ordinären
Baccara-Rosen waren sie die einzigen spektakulären
und wirklich vornehmen Blumen. Martinas Mutter
schätzte solche Dinge: Seifen, die das Stück zwanzig
Mark kosteten, Konfiserieläden, in denen einem die
Kekse mit kleinen silbernen Pinzetten in die Cello-

phanbeutel gefüllt wurden – von Verkäuferinnen in gestärkten weißen Schürzen.

Als Martina mit dem Blumenstrauß auf dem Beifahrersitz in die Rebhuhnstraße einbog – eine lange Straße, in der es aber nur zwei Adressen gab: Dieter Voss' Schrottplatz und Dieter Voss privat – passierte das, was immer passierte, wenn sie zu ihren Eltern fuhr: Irgend etwas legte sich wie ein nasser Teppich auf ihre Brust und machte ihr das Atmen schwer, etwas, das immer drückender wurde, je näher sie ihrem Elternhaus kam. Unwillkürlich schaltete Martina einen Gang zurück.

Der Schrottplatz war mit Maschendraht eingezäunt und roch nach Öl, Benzin und verschmortem Gummi. Er funktionierte wie ein Supermarkt, nur, daß die Kunden nicht mit Einkaufswagen zwischen Regalen voller Corn-Flakes-Packungen und Diät-Marmeladen herumschoben, sondern in ihren eigenen Autos die Reihen der nach Marken sortierten Schrottwagen entlangfuhren.

Die meisten Kunden waren junge Männer in blauen Overalls und alten Autos. Hin und wieder hielten sie an und besahen einen verrosteten Honda oder einen zerknautschten Golf näher. Wenn sie fanden, was sie suchten, stiegen sie aus und legten sich unter den Wagen oder beugten sich in den Schlund des Motorraums. Manchmal wartete neben ihnen ein Mädchen, das fror oder die Arme verschränkte und sich offensichtlich langweilte. Mit dem ausgebauten Getriebe oder Rücklicht fuhren die jungen Männer zu der Baracke neben der Ausfahrt und zeigten es dem alten Heinz. Heinz schrieb die Rechnungen und verlieh das Werkzeug und hatte, soweit Martina sich erinnern konnte, schon immer an die-

sem Platz gesessen, gemeinsam mit seinem Foxterrier
– sein dritter bereits –, der wie ein abgeliebtes Stoff-
tier aussah. Manchmal kontrollierte Heinz auch die
Kofferräume. Kleinere Teile wurden sowieso geklaut.

Hinter dem Schrottplatz begann das, was Dieter
Voss seinen Garten nannte. Das Grundstück war so
groß wie ein Fußballfeld. Kein Zaun, kein Rasen,
keine Beete. Keine Stachelbeerbüsche, Rhododen-
dren und Koniferen, keine Birken, kein Ginster und
Wacholder, keine Stiefmütterchen, keine einzige
Tulpe; kein mickriges Maiglöckchen. Statt dessen:
unebener sandiger Boden, karger als eine Steppe
nach der Trockenzeit. Zwischen ölig schillernden
Wasserlöchern zeigten sich spärliche Grasbüschel.
Flache, haarige Blattpflanzen wie in der Tundra robb-
ten vereinzelt über den gelben Sand. Das Haus lag
zwanzig Meter zurück. Rechts daneben gab es eine
Garage für mehrere Autos und eine Werkstatt. Dieter
Voss war kein Mensch, der eine strenge Grenze zwischen seinem Beruf und seinem Privatleben zog. An
der Straße standen elf Autos mit Preisschildern hinter
der Windschutzscheibe, Autos, bei denen es sich
noch gelohnt hatte, sie zu reparieren. Nur ein einziges fiel aus der Reihe. Es war ein hellgelber Audi, der
schon über zehn Jahre am selben Fleck stand, ganz
vorn, wo die Einfahrt gewesen wäre, wenn der Garten einen Zaun gehabt hätte. Sein Preisschild war bis
zur Unleserlichkeit verblichen, und die Roststellen
nahmen inzwischen genausoviel Platz ein wie die
Stellen, an denen der Lack noch vorhanden war. Um
ihn herum wuchsen die wenigen harten Gräser dichter und schoben sich zwischen Stoßstange und Küh-
lergrill hindurch. Die Reifen waren längst platt und
zerrissen, die Fenster herausgebrochen, die Sitzpol-

ster schimmelten und mieften. Niemand würde diesen Wagen jemals kaufen. Und niemand sollte diesen Wagen jemals kaufen.

Roswitha war dreizehn gewesen, als die Sache mit Thomas Marx passierte. Thomas Marx war fünfzehn, einmal sitzengeblieben und dadurch gerade erst in Roswithas Klasse gekommen. Er hatte leichte Akne, blonde, strähnige Haare, die bis über den Kragen seiner speckigen Erdmann-Lederjacke reichten, und war dünn wie ein Baumfrosch. Außerhalb der Schulstunden klebte an seiner trockenen Oberlippe eine Zigarette, die auch beim Sprechen nicht herunterfiel. Alle Mädchen, die nicht mehr Pferde und Ponys vorzogen, waren sich einig, daß er unheimlich süß aussah. Roswitha begegnete ihm manchmal, wenn sie zur Kirchendisco ins Gemeindehaus ging.

Eines Tages, als sie gerade ihren gefälschten Schülerausweis an der Kasse vorzeigte, sah sie Thomas Marx neben der Vitrine mit den Exponaten der Töpfergruppe stehen. Er hielt ein Heft in der Hand. Vier Jungen umringten ihn kichernd. Roswitha legte ihre Jeansjacke auf den Haufen der anderen Jacken und ging zu ihren Mitschülerinnen hinüber.

»Was haben die da?« fragte sie und wies mit dem Kinn auf die Jungengruppen.

»Na was schon – Sauereien natürlich«, sagte Susi Meyerdorf, die sich drei Jahre später das Gewehr ihres Vaters ausborgen würde, und strich eine Haarsträhne hinters Ohr. Roswitha ging zu den Jungen hinüber und reckte den Hals. Aber Thomas Marx rollte das Heft sofort zusammen und stopfte es in die Innentasche seiner Lederjacke.

»Is' nich«, sagte er, und die filterlose Zigarette in

seinem Mund klebte dabei wie von einem Magneten gehalten an der Oberlippe. Die anderen Jungen wirkten verlegen, aber gleichzeitig war da auch so ein hämischer Ausdruck in ihren Gesichtern. Roswitha kannte die Jungen alle. Sie gingen in die Nebenklasse. Einer hatte sie einmal geküßt. In seinem Gesicht war dieser Ausdruck besonders ausgeprägt. Roswitha zuckte die Schultern, tat, als fände sie die getöpferten Aschenbecher, Sparschweine und Klatschvasen im Glaskasten plötzlich brennend interessant, und schlenderte anschließend zu Susi Meyerdorf zurück.

»Idioten«, sagte sie und tanzte ein bißchen mit Susi. Dann kam Engtanzmusik, ein langsames Stück von Paul Young. Susi Meyerdorf, die etwas kleiner war, zog Roswitha zu sich heran und legte ihr den Kopf an die Schulter. Doch im selben Moment tippte Thomas Marx Roswitha auf die andere Schulter, und sofort löste sie sich von ihrer Freundin und tanzte mit ihm. Thomas Marx tanzte nicht gut. Er war immer ein bißchen zu schnell beim Engtanz. Er tanzte auch nicht eng genug, aber doch so nah, daß er ihr ins Ohr flüstern konnte:

»Wenn du wirklich willst, zeig ich dir das Heft draußen.«

Roswitha wollte wirklich. Sie wühlte ihre Jeansjacke aus dem Kleiderhaufen und folgte ihm. An der Vitrine stand Pastor Spangenberg und versuchte, einen Jungen, der sich nicht schnell genug an ihm vorbeigedrückt hatte, für eine Arbeitsgruppe anzuwerben. Spangenbergs Sprache war mit jugendlich forschen Ausdrücken durchsetzt, die seine Konfirmanden entweder längst nicht mehr benutzten oder in einem völlig anderen Zusammenhang.

»Es ist wichtig, daß man ein Ziel im Leben hat«, sagte der Pfarrer zu dem peinlich berührten Vierzehnjährigen. »Ich habe manchmal den Eindruck, daß junge Leute heutzutage keine Ziele mehr haben – wenn ich als Grufti das sagen darf.«

Sagen durfte er, was er wollte. Währenddessen dealten die Jungen, die in seinem Wortschatz immer noch Halbstarke hießen, hinter seinem Rücken mit Marihuana und aufputschenden Schlankheitstropfen.

Als Thomas und Roswitha aus dem Gemeindehaus kamen, war es noch hell. Erst neun Uhr. Ein halber weißer Mond stand am Himmel.

»Nicht hier«, sagte Thomas und holte sein Tabakpäckchen heraus, um sich eine Zigarette zu drehen, »es muß irgendwo sein, wo wir total ungestört sind.«

»Auf dem Schrottplatz«, schlug Roswitha vor. »Ich weiß, wo ein Loch im Zaun ist. Wir können uns in eines der Autos setzen.«

Als sie in die Rebhuhnstraße einbogen, legte Thomas Marx den Arm um Roswitha und streichelte ihre Schulter. Gegen halb zehn erreichten sie den Schrottplatz. Er war in blaues Zwielicht getaucht. Grillen sägten. Blech knackte. Das Licht im Kassenhäuschen malte ein gelbes Viereck auf den Boden. Heinz war anscheinend länger geblieben. Der Foxterrier würde sofort kläffen, wenn sie versuchten, sich vorbeizuschleichen.

»Eigentlich muß ich jetzt sowieso nach Hause«, sagte Roswitha.

Schweigend gingen sie bis an das Ende des Zauns.

»Warum setzen wir uns nicht einfach in eine von diesen Kisten?«

Thomas Marx steuerte die Wagenreihe in Dieter Voss' Garten an und rüttelte an den Türen.

»Das geht nicht. Laß das!«

Die rechte hintere Tür des gelben Audis ließ sich öffnen. Thomas schlüpfte hinein und zog Roswitha hinter sich her. Sie schlossen die Tür wieder und rutschten so weit auf der Rückbank hinunter, daß ihre Köpfe von außen nicht mehr zu sehen waren. Es roch nach Plastik und einem Putzmittel auf Zitronenbasis. Thomas holte das Heft aus der Innentasche seiner Lederjacke und schlug es auf. Eigentlich war es nur der Teil von einem Heft. Die meisten Seiten fehlten. Und die übriggebliebenen waren wellig und hatten Wasserflecken. Jedenfalls hoffte Thomas Marx, daß es Wasserflecken waren; er hatte das Heft in einem Gebüsch gefunden. Das Foto war in der Dämmerung gerade noch zu erkennen. Es hatte einen Titel, der in verschnörkelter roter Schreibschrift auf den unteren Rand gedruckt war und EIN SACK VOLL SÜßIGKEITEN hieß. Roswitha betrachtete erstaunt und ein wenig erschreckt das Bild, auf dem ein Penis mit ausgeprägtem Aderrelief über zwei Heftseiten reichte. Faltige Hodensäcke baumelten wie Satteltaschen an seinen Seiten herunter. Unter der glänzenden Penisspitze war ein Teil des Gesichts einer Frau zu sehen, die an den Hoden leckte. Die Frau trug einen orangen Lippenstift, ihre Zähne waren gelblich verfärbt. Sie streckte die Zunge so weit heraus, daß das Zungenbändchen aussah, als wollte es gleich reißen.

»Sie will nicht mit ihren Lippen an das Dings kommen«, dachte Roswitha.

»Das ist Fellatio«, sagte Thomas, »weißt du was das ist, Fellatio?«

»Ich glaube schon.«

»Gar nichts weißt du. Wenn man es nicht gemacht hat, weiß man auch nicht, was es ist.«

Sie sah ihn an und dann noch einmal das Foto. Thomas rollte es zusammen und verstaute es wieder in seiner Lederjacke.

Roswitha mochte Thomas Marx, weil er so niedlich aussah, aber es war nicht leicht zu begreifen, was in ihm vorging. Was erwartete er jetzt von ihr?

»Hast du …, hast du schon mal?«

»Klar.«

»Soll ich es bei dir machen?«

»Treffer versenkt«, dachte Thomas Marx und rang um Fassung. Er nickte. Roswitha rutschte in den Fußraum hinunter. Ihre Jeansjacke war im Weg, und sie kam noch einmal hoch und zog sie aus. Thomas zippte den Reißverschluß seiner Jeans auf. Roswitha kroch wieder nach unten und griff in seinen Hosenschlitz. Obwohl das, was sie zutage förderte, schlapp und runzelig war und muffig roch, nahm sie es sofort in den Mund und wickelte ihre Zunge darum. Thomas Marx war kurz davor, hysterisch zu werden. Natürlich war eine Absicht dabei gewesen, als er zu Roswitha gesagt hatte, daß man es tun müsse, um es zu begreifen. Aber der Trick war einfach zu billig. Normalerweise mußte er stundenlang auf ein Mädchen einreden, bevor er auch nur ihren Busen berühren durfte. Er hätte seinen Schwanz genausogut in ein Glas Eiswasser stecken können. Er fühlte, wie sein Geschlechtsteil versuchte, in die Bauchhöhle hineinzuschrumpfen. Roswitha bemühte sich verzweifelt, aber alles, was Thomas Marx denken konnte, war: »Aufhören! Bitte sofort aufhören!«

Er versuchte irgendein bewährtes Bild vor sein

inneres Auge zu zwingen, etwas, das ihm doch noch zu einer Erektion verhelfen und sein Ansehen als Mann retten konnte. Vergeblich.

Und dann riß plötzlich jemand die hintere Wagentür auf. Es war Roswithas Vater. Dieter Voss war ein Hüne. Er hätte kein Hüne zu sein brauchen; er hätte genausogut klein sein können und schmächtig, und er hätte ein liebes rundes Vollmondgesicht haben können und trotzdem Thomas Marx zu Tode erschreckt. Aber Dieter Voss war über einen Meter und neunzig groß, und seine Schultern füllten den Türrahmen aus. Er trug einen blauen Arbeitsoverall und hatte eine Brechstange in der Hand und starrte aus kleinen bösen Augen auf ihn herunter. Thomas Marx brauchte fast zwanzig Sekunden, bis er wieder in der Lage war, sich zu rühren und sein weiches, madenhaftes Glied in der Öffnung seines Hosenschlitzes zu verstauen. Roswitha wischte sich den Speichel von den Lippen. Sie versuchte, ihre Füße zu befreien, die sich unter den Vordersitzen verkeilt hatten, und wagte nicht, den Blick höher als bis zu den Knien ihres Vaters zu heben. Endlich brach Dieter Voss das Schweigen, trat einen Schritt von der Tür zurück und sagte:

»Verschwinde oder ich brech dir das Genick!«

Seine Stimme war rauh, und er mußte sich sofort danach räuspern. Thomas Marx' Gesichtsfarbe wechselte von weiß zu rot. Er stolperte aus dem Audi hinaus, fiel der Länge nach hin, sprang wieder auf und rannte wie ein verfolgter Ladendieb davon. Während er die Straße entlangflüchtete, ging ihm allmählich die Luft aus, so daß er wieder in einen ruhigeren Gemütszustand fand und eine Frage in seinem Kopf Konturen annahm, die ihn noch monatelang beschäftigen sollte: Wäre es eigentlich besser gewesen, mit steifem Schwanz erwischt zu werden, oder wäre das noch schlimmer gewesen?

Roswitha stand mit gesenktem Kopf vor ihrem Vater und preßte die Jacke an ihre Brust, wie jemand, der nackt ist und eine Blöße verdecken will. Dieter Voss ließ die Autotür los und taumelte rückwärts, als hätte ihm jemand eine Schaufel über den Schädel gezogen.

»Nur zu. Mach ruhig weiter so«, sagte er, drehte sich um und ging zum Haus zurück. »Viel Spaß dabei!« brüllte er.

Er erwähnte diesen Vorfall nie wieder, aber seine Konversation mit Roswitha erschöpfte sich von da an in Sätzen wie:

»Ja.« »Nein.« und: »Gib mal die Butter.« Er sprach zu ihr, wie man zu einer alten Tante spricht, die eben zur Familie gehört, die einem aber vollkommen gleichgültig ist. Und jedesmal, wenn sie ihn bat, zu einem Fest gehen oder bei einer Freundin übernachten zu dürfen, sagte er wieder diese Worte, und er sagte sie mit der gleichen Betonung, mit der er sie das erste Mal gebraucht hatte: »Nur zu. Mach ruhig weiter so.«

Das sagte er sogar, als sie erzählte, daß sie heiraten wollte. Der hellgelbe Audi war nie verkauft worden. Ein Mahnmal für Roswithas Verdorbenheit, die erst vergeben werden konnte, wenn der Schauplatz ihrer Verfehlung sich völlig in seine Bestandteile aufgelöst hatte, verwittert und dem Boden gleich war.

Martina bog in den Garten ein und überfuhr einen tapferen, mehrfach blattamputierten Löwenzahn, der es bereits gewohnt war, regelmäßig niedergewalzt zu werden und wieder aufzuerstehen. Bei diesem Wetter zeigte sich auch der Vorzug des sandigen Grundstücks: es verschlammte nicht, der Boden war ausgewaschen wie ein Badestrand. Und man konnte bis zur Haustür fahren. Martina stellte den Wagen ab, wickelte den Blumenstrauß aus dem Papier und drückte auf den Klingelknopf. Im Haus ertönten zwei Gongschläge, und kurz darauf folgte eiliges Pantoffelschlurfen. Ihre Mutter öffnete. Renate Voss war klein und dicklich, mit Hängebäckchen und kurzen, schwarzgefärbten Haaren. Eine Lesebrille baumelte an einer goldenen Kette um ihren Hals. Sie trug eine helle Hose und einen roten Pullover, auf den mit Straßsteinen die Skyline von New York appliziert war. Ihre kurzen Füße steckten in roten Plüschpantoffeln.

»Roswitha. Ach, wie schön. Denk dir nur, Eva will nachher auch kommen. Da habe ich meine Mädchen alle beide zu Besuch.«

Eva, Martinas Schwester, studierte in Hannover Tiermedizin. Sie war die Kluge in der Familie. Der einzige Trost für Roswithas Mutter, die aus einer Lehrerfamilie stammte und mit ihrer jüngsten Tochter ihre Vorliebe für Theater und Bücher teilen konnte. Martina las außer Lebenshilfebüchern bloß Frauenzeitschriften, und Dieter Voss besaß nur ein einziges Buch, SELBERMACHEN, einen Ratgeber für Heimwerker.

Martina reichte ihrer Mutter den Blumenstrauß.

»Ach, wie hübsch«, sagte ihre Mutter, »das ist aber lieb von dir. Wie schade, daß wir übermorgen in den Harz fahren. Wenn du nichts dagegen hast, werde ich heute abend die Blumen Eva mitgeben. Die hat dann länger was davon.«

»Ja, mach ruhig«, sagte Martina. Sie ging in das

Wohnzimmer, wo ihr Vater saß und im HAMBUR-GER ABENDBLATT blätterte. Er faltete es in der Mitte zusammen, sah seitlich daran vorbei und knurrte ein Hallo.

»Hallo Papa«, sagte Martina und blieb an der Teppichkante stehen, unschlüssig, ob sie sich zu ihrem Vater setzen oder wieder zu ihrer Mutter hinausgehen sollte. Aber da hatte Dieter Voss die Zeitung schon wieder entfaltet und sie vergessen. Martina drehte sich um und ging in die Küche. Backofenhitze schlug ihr entgegen. Es roch nach warmem Hefeteig. Ihre Mutter schnitt ein Blech Butterkuchen auf.

»Jetzt schon Kuchen?«

»Ja, Papa und ich haben heute nicht zu Mittag gegessen. Wir wollen doch abnehmen.«

»Kann ich dir helfen? Sonst hole ich schon mal die Kartons aus dem Keller.«

»Nein, nein. Mach nur.«

Die drei Kartons, groß wie Papageienkäfige, standen bereits am Fuß der Kellertreppe aufgestapelt. Den ersten hatte Martina gepackt und zugeklebt, als sie zehn war und beschlossen hatte, nun kein Baby mehr zu sein. Sie hatte ihn später aber noch mehrmals wieder geöffnet. *Sandmännchen* stand in ihrer sehr ordentlichen Kinderschrift darauf, *Gummibär, Schlummerle, Pixiebücher, Lurchi, Unkerich, Hops, Märchenplatten.* Die anderen beiden Kartons hatte sie gepackt, als sie fünfzehn war und beschlossen hatte, nun kein kleines Mädchen mehr zu sein. *Barbiepuppen*, stand auf dem einen, *Steifftiere, Sparschwein, Sandmännchen, Hanni-und-Nanni-Bücher …* Auf dem nächsten stand *Schulhefte, Mecki, Setzkasten, Drache …*

Martina war kurz in Versuchung, die Klebefolie

vom Karton zu reißen und nachzusehen, was das für
ein Drache war. Aber dann fiel ihr wieder ein, daß es
eine Sparbüchse sein mußte. Sie nahm den leichte-
sten Karton und schleppte ihn nach oben und hinaus
in den Regen, wuchtete ihn in Leons Mercedes auf
den Rücksitz. Während sie noch damit beschäftigt
war, den Kasten hin und her zu zerren, rauschte ein
Minicooper in den Garten. Ihre Schwester Eva stieg
aus und umarmte sie überschwenglich. Sie war drei
Jahre jünger als Martina, ebenso groß, aber mehr der
sportliche Typ, nicht so zerbrechlich. Sie trug Jeans,
Turnschuhe und einen blauen Anorak, aus dem die
Kapuze eines grauen Sweatshirts sah. Ihre Haare waren lang und so rot wie Martinas, aber in ihrem Gesicht gab es nichts Außergewöhnliches.

»Na, wie ist es, verheiratet zu sein?«

»Anstrengend. Wir sind ja bloß noch am Tapezie-
ren und Möbelrücken. Hilfst du mir, die Kartons
hochzutragen?«

»Was denn für Kartons? Die Kindersachen? Warum läßt du die nicht hier? Die brauchst du doch sowieso erst, wenn ihr Kinder kriegt. Oder ist schon
was unterwegs?«

»Nein. Nein, bestimmt nicht. Mama hat gesagt,
daß sie alles wegwirft, wenn ich es nicht abhole.«

»Blödsinn. Meine Sachen sind schließlich auch
noch hier. Da ist es doch völlig egal, wenn deine
Kartons obendrauf stehen. Laß mich mal mit Mama
reden.«

»Nein. Laß das! Bitte! Ich bin extra wegen der
Kartons gekommen. Sag nichts zu Mama. Hilf mir
bloß, den Krempel hochzutragen.«

Gemeinsam gingen sie ins Haus. Frau Voss kam
aus der Küche, ein Geschirrhandtuch in den Hosen-

bund gestopft. Sie küßte ihre zweite Tochter auf die Wangen.

»Gerade bin ich mit dem Kaffee fertig. Setzt euch doch schon mal zu Papa ins Wohnzimmer.«

»Gleich«, sagte Eva, »wir wollen nur eben Martinas Kartons aus dem Keller holen und ins Auto laden.«

Eva war die einzige aus der Familie, die Roswithas neuen Vornamen akzeptierte.

»Muß das denn jetzt sein? Ach, Roswitha, du bringst immer so eine Unruhe mit dir. Die Kartons können doch wohl wirklich warten.«

»Zwei Minuten«, rief Eva und polterte die Treppe hinunter.

Eine Viertelstunde später saßen sie alle mit dampfenden Kaffeetassen um den Wohnzimmertisch. Eva erzählte von ihrer neuen Wohnung in Hannover, von ihrem Studium und davon, daß sie sich einer StudentInnengruppe angeschlossen hatte, die verhindern wollte, daß weiterhin Frösche zum Sezieren getötet wurden. Dieter Voss hatte seine Zeitung zusammengefaltet und neben sich gelegt und krümelte auf seinen Arbeitsoverall.

»Verdammt«, sagte er, »denkst du vielleicht, ich zahle dir die Wohnung und das Studium und den ganzen Firlefanz, damit du nachher wegen ein paar Fröschen rausgeworfen wirst?«

»Papa hat recht«, sagte ihre Mutter, »du mußt Prioritäten setzen.«

Während Eva sich wortreich für die Frösche einsetzte, aß Martina vier Stück Butterkuchen und leerte die Hälfte der Keksschale, die auf dem Tisch stand. Dann sagte sie unvermittelt:

»Wißt ihr eigentlich, daß Leon und ich eine Wasserleiche gesehen haben.«

Sie hatte Leon versprochen, nichts davon zu verraten, aber jetzt war es heraus.

»Was?« sagte ihr Vater.

»Also wirklich, Roswitha«, sagte ihre Mutter, »das muß doch wohl nicht jetzt sein. Wir essen noch.«

»Tut mir leid«, sagte Martina und stand auf. »Soll ich nochmal Kaffee aufsetzen?«

»Ach ja, bist du so lieb? Ich habe Eva doch so selten bei mir und möchte jetzt nicht aufstehen.«

»Was war das mit der Leiche?« fragte Eva.

»Ja«, sagte ihr Vater, »ihr habt eine Leiche gefunden?«

»Ein Schwein«, sagte Martina, »ein riesiges ertrunkenes Wildschwein. Ganz in der Nähe von unserem Haus.«

»Ein Wildschwein.« Dieter Voss schnaubte verächtlich.

Martina ging mit gesenktem Kopf in die Küche. Sie schüttete Wasser in die Kaffeemaschine und stellte sie an. Dann öffnete sie den Kühlschrank. Er roch nach einer geöffneten Dose Sauerkraut. Im obersten Regal stand eine Legion Sahnejoghurts stramm. Martina nahm einen Joghurt heraus, riß den Deckel ab und schüttete sich den Inhalt in den Mund, kratzte mit dem Zeigefinger den Rest heraus und leckte ihn ab. Sie nahm ein Flasche Cola-Light, füllte sich ein großes Glas und stürzte es herunter. Auf dem Kühlschrank stand eine Keksdose. Sie holte sie herunter, griff hinein und stopfte sich eine Handvoll Kekse in den Mund, kaute, schluckte, würgte. Dann machte sie sich wieder über den Inhalt des Kühlschranks her: Noch zwei Joghurts, der Rest von einem Pudding, eine Tafel Schokolade, fünf Scheiben Jagdwurst, ein Kanten Käse und ein großes Stück

Mettwurst verschwanden in ihrem Magen, wie Sterne, Kometen und Lichtstrahlen in einem Schwarzen Loch verschwinden. Martinas Hunger ließ dabei genausowenig nach, wie die Größe eines Schwarzen Lochs abnimmt, ganz egal wieviel Materie hineinstürzt. Zwischendurch trank sie immer wieder Cola in großen, gierigen Schlucken. Sie sah sich um. Auf dem Fensterbrett lag ein Snickers. Wozu legte ihre Mutter einen Snickers auf das Fensterbrett? Sie riß die Verpackung ab und biß hinein. Im selben Moment hörte sie ein Geräusch vor der Küchentür. Sie stopfte sich den Schokoriegel ganz in den Mund und verschluckte ihn mit einer einzigen Würgebewegung, wie eine Schlange, die ein Ei verschlingt. Sie hatte sich getäuscht. Niemand kam. Inzwischen war das Kaffeewasser durchgelaufen. Martina öffnete den Backofen und riß mit einer Hand ein schiefes Kuchenstück vom Blech, stopfte es ebenfalls in den Mund, verschluckte sich, hustete, prustete Krümel quer durch die Küche und rang nach Luft. Genug? War es endlich genug.? Es war niemals genug.

Bevor Martina zurück ins Wohnzimmer ging, trank sie noch ein letztes Glas Cola. Ihr Bauch spannte wie eine Trommel, unmöglich, ihn einzuziehen. Sie zerrte ihr T-Shirt aus der Hose und ließ es darüberhängen. Als sie die Kaffekanne auf dem Wohnzimmertisch abstellte, murmelte sie, sie müßte noch mal eben kurz raus und sie wäre gleich wieder da. Aber Eltern und Schwester waren viel zu sehr in ihr Gespräch vertieft, um ihr Verschwinden überhaupt zur Kenntnis zu nehmen. Martina kehrte noch einmal in die Küche zurück und stahl eine Banane aus dem Obstkorb. Dann ging sie zum Gästeklo. Nicht ins Badezimmer, das lag zu nahe am Wohnzimmer. Das Gästeklo war ganz am anderen Ende des Flurs. Braune Kacheln mit weißen Pusteblumen darauf. Martina schloß hinter sich ab und lauschte, ob ihr nicht doch jemand nachkam. Nein. Sie streifte den Pullover über den Kopf, nahm ein Frotteegummiband aus dem Badezimmerschrank, eines von Evas Haargummis. Ihre Haare waren gerade lang genug für einen kleinen Pferdeschwanz, einen Stummel von Pferdeschwanz. Martina band sie straff nach hinten, damit sie nicht in die Toilettenschüssel hineinhingen, wenn sie sich darüberbeugte. Alle Handgriffe saßen; alles tausendmal geübt. Dann stopfte sie sich die Banane in den Mund. Als letztes aß sie immer eine Banane.

»Babykotze«, dachte sie. »Bananen schmecken wie Babykotze.« Das Gästeklo war nicht geheizt. Sie fror. Nur in BH und Pepitahose kniete sie sich auf den gekachelten Boden, klappte Toilettendeckel und Klobrille hoch und beugte den Kopf. *Vater, ich habe gesündigt.* Sie seufzte, steckte den Zeigefinger in den Mund und lutschte daran. Ihr Körper reagierte auf die Rituale im Gästeklo so prompt wie ein Pawlowscher Hund auf die Futterglocke. Ihr Bauch verkrampfte sich, ihr Mund produzierte statt Speichel zähen Schleim. Sie zog ihren schönen, schlanken Finger wieder aus dem Mund und besah den Schleimfaden, der davon herunterhing. Dann krümmte sie ihren Finger leicht, damit der Nagel nicht die Mandeln verletzte, und steckte ihn wieder hinein, tiefer diesmal, bis in den Rachen. Es klappte nicht gleich. Ihr Kopf wurde schon ganz schwer, weil sie ihn so tief hielt. Ungeduldig bewegte sie ihren Finger schneller und grober, stieß ihn immer tiefer in den Hals. Das Zwerchfell krampfte sich qualvoll zusammen. Sie riß die Kiefer auseinander – *Nur zu! Viel Spaß!* – die Speiseröhre wand sich wie eine Raupe; aber statt des Mageninhalts entfuhr ihrem Mund nur ein lautes obszönes Rülpsen.

»Gott«, dachte Martina, »Gott!«, und dann: »Hoffentlich haben die das nicht gehört.« Sie durfte nicht aufhören. Wenn es ihr nicht gelang, sich zu erbrechen, würde alles, was sie in sich hineingestopft hatte, in ihrem Magen bleiben. Es würde durch die Blutbahnen wandern, durch Zellwände diffundieren, es würde die Fettzellen bis zum Rand füllen, und dann würden sich neue Fettzellen bilden, die nie wieder weggingen. Es würde sich in ihren Körper einnisten und sie plump und häßlich machen, weich und unförmig. Sie würde einen riesigen, hängenden, mit blauen Adern durchzogenen Busen bekommen und einen dicken, wabbeligen Hintern; ihre Oberschenkel würden sich anfühlen wie Säcke voller matschigem Obst. Sie würde aussehen wie die Fruchtbarkeitsgöttin der Pygmäen, oder – schlimmer noch – sie würde aussehen wie ihre Mutter! Martina senkte den Kopf noch tiefer, obwohl das Blut bereits in ihren Ohren rauschte. Sie stieß sich den Finger erneut in den Rachen, wühlte auf diesem kleinen Deckel herum, der abwechselnd Speiseröhre und Luftröhre geschlossen hielt. Speichel, dick wie Tapetenkleister, rann ihr den Unterarm herunter und tropfte vom Ellbogen. Ihre Augen tränten. Die Drüsen hinter ihren Ohren schwollen an. Jetzt würden sie wieder mindestens eine Woche lang geschwollen bleiben und weh tun. »Geschieht mir recht«, dachte Martina. Mit dem nächsten Rülpser erbrach sie die Banane. Eine halbe Nuß geriet dabei in ihren Nasengang. Es schmerzte, aber wenn sie jetzt eine Pause machte, um die Nuß herauszuholen, mußte sie hinterher wieder ganz von vorn beginnen, die Übelkeit neu aufbauen. Sie steckte den Finger wieder in den Hals. Ein Schwall brauner Flüssigkeit schoß aus ihrem Mund. Noch ein Schwall. Es war wichtig, viel Cola zu trinken, wenn man sich erbrechen wollte. Die Kohlensäure half, den Mageninhalt hochzutreiben. Die schwere Schokolade sackte meist trotzdem auf den Magengrund und kam erst ganz zuletzt wieder hoch. Martina wünschte, sie hätte statt des Snickers lieber noch einen Joghurt oder Quark heruntergeschlungen. Gut, daß sie wenigstens keine Nudeln und kein Fleisch gegessen hatte. Spaghetti gerieten ihr beim Kotzen grundsätzlich in die Nasengänge. Fleisch war am schmerzhaftesten zu erbrechen. Schokolade am ekelhaftesten. Ihr Körper krümmte sich spastisch, und ein schleimiger brauner Kloß von der Größe eines Ping-Pong-Balls klatschte in das Toilettenbecken. Wasser spritzte Martina ins Gesicht. Der Geschmack in ihrem Mund ließ sie gleich noch einmal brechen. Sie umarmte die Toilette. Und wieder den Finger in den Hals. Jedesmal klatschte mehr ins Becken. Und je mehr ihren Magen wieder verlassen hatte, desto froher wurde Martina. Am liebsten hätte sie sich selbst mit ausgekotzt und dann hinuntergespült. Als alles heraus war, war sie beinahe glücklich. Der Schmerz in ihrem Schlund war nicht wichtig. Sie war leer. Der Bauch war zwar noch geschwollen, aber das würde sich in den nächsten zwei Stunden geben. Als sie sich wieder aufrichtete, zitterten ihr die Beine. Sie zog die Spülung, wischte den Beckenrand mit Papier sauber und zog noch einmal, bis auch das fleckige Papier verschwunden war. Sie öffnete das kleine Milchglasfenster, ließ frische Luft herein und besah ihr verquollenes Gesicht im Spiegel. Wie häßlich sie aussehen konnte. Sie beugte ihr Gesicht unter den Wasserhahn, spülte den Mund, hielt sich erst das eine und dann das andere Nasenloch zu und schnaubte die Nuß aus. Zum Schluß versprühte sie ein Parfüm, das sie im Badezimmerschrank gefunden hatte, einen penetranten Altweiberduft, der nach einer Oper hieß, betrachtete sich ein letztes Mal prüfend im Spiegel und entschied, daß sie ihrer Familie wieder unter die Augen treten konnte. Sie ging ins Wohnzimmer zurück.

»Mir geht es nicht gut«, sagte sie, »ich werde schon jetzt fahren.«

Je weiter Martina sich von ihrem Elternhaus entfernte, desto leichter atmete sie. Der Regen prasselte munter auf die Windschutzscheibe, auf dem Rücksitz lagerten die Schätze ihrer Kindheit. Es war noch nicht einmal vier, aber sie hatte trotzdem keine Lust, noch zum Einkaufen in die Stadt zu fahren. Seine Dübel mußte sich Leon eben selbst besorgen. Ihr Hals tat weh, sie war schlapp und müde, fühlte sich ein bißchen unwirklich – wie unter dem Einfluß einer harmlosen Droge. Als sie am ehemaligen Süß-und-Schreibwaren- und jetzigen Telefonladen vorbeikam, hielt sie an, stieg aus und kaufte ein Handy. Sie würde Leon erzählen, daß ihre Eltern es ihr geschenkt hätten. Wenn sie zugab, daß sie es selbst gekauft hatte, würde Leon darin wahrscheinlich wieder einen heimlichen Vorwurf sehen. Er würde darauf bestehen, es zu bezahlen – obwohl er doch jetzt schon kein Geld mehr hatte. Bevor Martina auf die Bundesstraße einbog, hielt sie kurz an und schlug die Straßenkarte auf. Sie mußte nach links abbiegen. So hatte sie das auch erinnert. Links, und dann lange geradeaus, und irgendwo wartete der Fluß, um sie nach Hause zu bringen. Als sie ihn erreichte, waren die Regenwolken so schwarz geworden, daß die Autos bereits mit Licht fuhren. Der Fluß war breit, sehr breit. Auf dem Hinweg war ihr das gar nicht so aufgefallen. Hinter einer Kurve sah Martina das blaue Schild für den Parkplatz. Sie bog ein. Niemand machte bei diesem Wetter Rast. Verlassen stand der zugenagelte Imbißwagen im Regen. Langsam fuhr sie an ihm vorbei und weiter bis zu der Holzumzäunung, hinter der der Trampelpfad begann. Sie stellte den Motor aus und starrte auf die Schlieren auf der Windschutzscheibe. Was wollte sie hier eigentlich? Aber wenn sie schon einmal da war, konnte sie ja auch aussteigen. Vor der Holzplanke blieb sie stehen und starrte hinunter. Jetzt erst begriff sie, wie stark der Fluß gestiegen war. Der Weg endete bereits nach sechs Metern im Wasser. Wenn die Polizei die Leiche nicht vorher abgeholt hatte, dann hatte der Fluß sie fortgeschwemmt. Martina legte den Kopf in den Nacken und sah in den dunklen Himmel, bis sie völlig durchnäßt war. Wie lange würde es noch regnen? Es war wie die große Sintflut, die gekommen war, alle Sünden wegzuwaschen.

Klitschnaß setzte sie sich in den Mercedes, startete und schaltete das Gebläse höher, sah noch einmal in die Straßenkarte, wischte über die beschlagene Scheibe und fuhr los.

Nachdem Leon Martinas Kartons auf den Dachboden geschleppt hatte, widmete er sich wieder dem Abwassersystem des Badezimmers. Er lag auf dem Fußboden, mit dem Kopf unter dem Waschbecken, so daß er auf die Unterseite der gelben Porzellanmuschel schaute und auf das Abflußrohr und auf die weißen Farbkleckse, die beim Streichen der Wände unbemerkt, dorthin geraten waren. Die glatte Kälte der Fußbodenkacheln drang durch seinen blauen Overall und kühlte seinen verschwitzten Körper. Seit Leon nach Priesnitz gezogen war, hatte er noch keine einzige Seite geschrieben. Immer war irgend etwas zu renovieren oder zu reparieren gewesen. Seine Fingernägel waren rissig und schmutzig, aber er fühlte sich wohl. Der leichte Muskelkater, mit dem er morgens stets aufwachte, ließ ihn seinen Körper spüren wie eine gut funktionierende Maschine.

Zwischen Leons Zähnen steckte ein Maulschlüssel. Mit den Händen umklammerte er das Abflußrohr und versuchte, einen Spalt zuzuhalten, aus dem stinkendes Wasser sickerte. Auf seinem Bauch balancierte er eine rosa Plastikschüssel, und über seinem Kopf saugte sich der ochsenblutfarbene Saugnapf eines Toilettenstopfers fest. Leon hatte damit den Abfluß des Waschbeckens bearbeitet und zuerst auch Erfolg gehabt, aber als er sich anschließend die Hände wusch, war das Wasser plötzlich wieder nicht abgelaufen.

Leon rief nach Martina, die sich gleich nach ihrer Ankunft in eine Wolldecke gewickelt und aufs Sofa gelegt hatte – mit einer Kanne Kamillentee in Reichweite – und jetzt eine Frauenzeitschrift nach der anderen durchblätterte. Die roten Dübel hatte sie natürlich vergessen.

»Mhhina!«

Sie antwortete nicht. Er spuckte den Maulschlüssel aus und rief noch einmal: »Martina!«

– »Ja?«

»Die Kombizange!«

Es dauerte eine Weile, dann kamen zwei lange seh-
nige Beine herein, die aus gepunkteten Unterhosen
herauswuchsen und in schmalen nackten Füßen endeten. Neben Leons Gesicht blieben die Füße stehen,
und Martina, die sich die Wolldecke über den Rücken
gelegt hatte wie ein alter Schamane, beugte sich zu
ihm herunter und reichte ihm einen Strauß aus fünf
verschiedenen Zangen. Er löste eine Hand von dem
silbernen Rohr und pflückte sich die Kombizange mit
dem roten Griff. Er öffnete die Zange, legte sie behutsam um einen von Martinas großen Zehen und kniff
leicht zu. Sie quiekte und ließ sich auf Knie und Hände zu ihm herunter. Er schob mit der Zange ihr
Unterhemd hoch, streichelte mit dem kalten Metall
sachte über die Haut oberhalb des Hosenbundes. Der
flache Bauch zog sich zusammen. Die rosa Plastikschüssel, die auf Leons Hosenschlitz stand, geriet aus
dem Gleichgewicht und rutschte auf den Fußboden.
Leon nahm auch die zweite Hand vom Abflußrohr,
aber sofort sickerte wieder schwarze, schlierige Flüssigkeit heraus, und als ihm der Gestank entgegenschlug,
sagte er: »Schluß. Ich muß jetzt hier weitermachen«,
gab Martina einen seiner ihr allzubekannten Hau-ab-
Küsse und schob sie sanft von sich. Martina stand auf
und wickelte die Decke wieder fester um sich.

»Das würde hier viel besser aussehen, wenn du
grün und weiß gekachelt hättest«, sagte sie und
schlurrte zurück zum Sofa. Leon wandte seine Aufmerksamkeit dem verstopften Rohr zu. Die Kombizange biß in das Rautenmuster der silbernen
Schelle. Der feuchte, faulige Geruch verstärkte sich.
Leon setzte sich auf und schob die Plastikschüssel
unter, bevor er die Rohrenden auseinanderbog. Die

Schelle und eine halbverrottete Gummidichtung fielen polternd in die Schüssel, gefolgt von einem Schwall dreckigen Wassers, das bis auf Leons Brillengläser spritzte. Der Gestank verpestete sofort das ganze Badezimmer. Aus dem oberen Rohrende hing ein Klumpen triefender, zottiger Haare; im unteren klebten grüne Gallertkugeln, die wie Riesenfroschlaich aussahen. Würgend taumelte Leon zum Fenster, drückte den sperrigen Hebel herunter und riß es weit auf. Kühle frischgewaschene Luft wehte ihm entgegen, und gleichzeitig verstärkte sich das glucksende Geräusch der Regentropfen, die in die Tonne vor dem Haus fielen. Leon atmete tief ein. Dann nahm er sich zusammen und näherte sich mit einer Rolle Toilettenpapier bewaffnet erneut den beiden Rohrschlündern. Nachdem er die rechte Hand großzügig mit weißem Tissue bandagiert hatte, griff er beherzt das filzige, feuchte Haarbüschel und klatschte es in die Plastikschüssel. Wahrscheinlich tummelten sich Millionen von Bakterien, Protozoen und allen erdenklichen Viren darin, wirbelten mit ihren Tatzen und Fortsätzen umeinander herum wie Debütantinnen beim Wiener Opernball.

Plötzlich hatte Leon das unbehagliche Gefühl, jemand starre ihn an. Er drehte sich um und sah den Kopf des braunen Hundes auf dem Fensterbrett, rechts und links davon die beiden Pfoten. Die Schnauze zeigte nicht zu Leon, sondern in eine völlig andere Richtung, und um ihn zu beobachten, mußte der Hund seine ebenfalls braunen Augen so weit verdrehen, daß das Weiße darin sichtbar wurde – in der Form schmaler Türkischer Halbmonde. Unverwandt sah er ihn an, zeigte aber weder Furcht noch Neugier.

»Na, Dicker«, sagte Leon, »willst du uns besuchen kommen?«

Der Hund starrte weiterhin so teilnahmslos wie ein Berufskiller. Er sog mit bebender Nase den Gestank des Abflußschlamms ein, dann verschwand sein Kopf und die Krallen schabten das Mauerwerk herunter. Leon lief schnell in die Küche, nahm die Wurstdose aus dem Kühlschrank und lief zur Haustür. Als er sie öffnete, saß der Hund bereits davor, verbreitete den Geruch aller nassen Hunde und starrte autistisch vor sich hin.

»Na, was haben wir denn da«, sagte Leon und wickelte einen Stapel Jagdwurstscheiben aus. Er hielt eine hoch und ließ sie über dem Hundekopf schlackern. Der Hund fixierte die Wurstscheibe.

»Na«, sagte Leon, »na, na … «

Martina kam aus dem Wohnzimmer.

»Oh, du bist gemein! Wo er so dünn und hungrig ist.«

Sie nahm Leon die Wurst aus der Hand und hielt sie dem Hund direkt vor das Maul. Der Hund faßte die Wurst äußerst vorsichtig mit den Zähnen und zog sie Martina aus den Fingern.

»Laß ihn doch ein bißchen darum kämpfen«, sagte Leon. »Das ist Natur. In der Natur gibt es auch nichts geschenkt.«

»Nein, das ist nicht Natur, das ist gemein.«

Der Hund leckte sich das Maul und sah mit seinen teilnahmslosen Augen Martina an, obwohl Leon die Wurstdose in der Hand hielt. Leon nahm die nächste Wurstscheibe und wedelte damit vor seinem Gesicht.

»Ja komm, Dicker, hol sie dir!«

Diesmal schnappte der Hund zu und riß sie ihm

aus der Hand. Leon nahm die nächste Scheibe, hielt sie hoch und ließ sie los. Der Hund fing sie auf. Leon nahm noch eine und noch eine, ließ eine nach der anderen in das schnappende Hundemaul fallen, bis das Paket leer war. Dann zögerte er kurz und sah Martina an.

»Auch den Lachsschinken?«

»Ja, alles«, sagte Martina. Sie ging in die Küche und kam mit zwei Butterbroten zurück, die der Hund, der gerade enttäuscht die leere Wurstdose beschnüffelt hatte, auch noch verschlang.

»Mehr gibt es nicht«, sagte Martina, »du mußt morgen wiederkommen. Morgen bringe ich dir was aus dem Supermarkt mit.«

Der Hund sah durch sie hindurch, dann drehte er sich um, blieb aber auf der Veranda stehen, als fürchtete er, naß zu werden.

»Wollen wir ihn nicht hereinholen?«

»Meinetwegen. Aber dann müssen wir herauskriegen, wem er gehört.«

»Vielleicht den Leuten, die vor uns hier gewohnt haben. Ist doch bestimmt kein Zufall, daß er gerade hierher kommt.«

Sie versuchten, den Hund ins Haus zu locken, aber er blieb an der Türschwelle stehen, und als Leon ihn am Nackenfell hereinzerren wollte, knurrte er. Schließlich schleppte Leon die Gästematratze vom Boden auf die Veranda, und Martina bezog ein Federbett, das sowieso längst hätte aussortiert werden müssen, mit einem alten hellblauen Bettbezug. Der braune Hund ließ sich mit überkreuzten Vorderpfoten darauf nieder. Martina gab ihm den Namen Noah.

Starke Bewölkung. In der zweiten Tageshälfte
kommt es zu einzelnen zum Teil heftigen Schauern.
Die Temperaturen erreichen Werte um 17 Grad.

3

Leon hatte eine unruhige Nacht. Er röchelte und schwitzte und warf sich im Bett umher. Dann wieder schlug er mit den Armen, wie jemand, der Flaggensignale gibt, winselte und schrie: »Nein, nein«. Gegen vier Uhr morgens schreckte er hoch, saß aufrecht und starrte mit weit aufgerissenen Augen und klopfendem Herzen um sich, bis er beim Anblick der geblümten Gardinen, durch die bereits der neue Tag schimmerte, begriff, daß er in seinem eigenen Schlafzimmer war und in Sicherheit. Leon träumte seit jeher wie einer, der auf seine Hinrichtung wartete, immer wieder das gleiche, ohne daß er jemals darauf vorbereitet war. In seinen Träumen war es jedesmal neu, und hinterher konnte er sich dann nur noch erinnern, daß er beinahe erstickt wäre. Eine weiche, graue Masse hatte sich über ihn gewälzt; aber wie es so weit hatte kommen können, war ihm schon wieder entglitten. Leon klapperte mit den Zähnen. Er fühlte sich kläglich, und er wünschte sich jemanden, der ihn in den Arm nehmen und festhalten sollte. Er sah Martina an. Sie lag neben ihm, nackt, die zusammengeknüllte Bettdecke fest an die Brust gedrückt, und drehte ihm den mageren Rücken mit den eckigen Schultern zu. Sie schlief tief und geräuschlos. Ihr Rückgrat verlief nicht, wie bei den meisten Menschen, zwischen Muskelsträngen eingebettet in einer Rinne, sondern die Wirbelknochen standen deutlich hervor, so daß sie auf ihrem Rücken einen kleinen Kamm hatte wie ein Urwelttier. Leon fuhr mit dem Finger darüber. Ein Schauer lief über die gespannte Haut. Martina seufzte einmal im Schlaf, dann atmete sie gleichmäßig weiter. Dieser Rücken bot keinen Trost. Leon hängte die Beine über die Bettkante und angelte nach seiner Decke, die auf den Fußboden gerutscht war. Er wickelte sich hinein und wartete, daß das Klopfen seines Herzens nachließ. Während er so saß und mit den Unterschenkeln schlenkerte, wurde ihm bewußt, wie feucht und klebrig seine Haut war, und schließlich empfand er ein überwältigendes Bedürfnis nach einer Dusche.

Barfuß tappte er über das Zebrafell, das als Bettvorleger diente, und versuchte gleichzeitig, den Rand des Fells plattzutreten. Wegen der Feuchtigkeit rollte es sich immer auf. Die Lampe im Flur funktionierte schon wieder nicht. Wahrscheinlich ein Wackelkontakt. Leon tastete sich ins Badezimmer und knipste dort das Licht an. Geblendet kniff er die Augen zusammen. Wenn er die Augen so zusammenkniff, sah er beinahe scharf. Er war kurzsichtig – links -3,4 und rechts -4,1 Dioptrien, und er hatte seine Brille nicht auf. Bis auf die zerschrammte Wanne mit dem resistenten Schmutzrand sah das Badezimmer jetzt sauber und freundlich aus. Nur der bleiche Kerl mit den runden, unrasierten Wangen und den verquollenenen Augen, der ihm im Badezimmerspiegel begegnete, gefiel ihm nicht.

»Kenn ich nicht – wasch ich nicht«, sagte er böse grinsend zu seinem Spiegelbild und näherte sich ihm, bis seine Nase an kaltes Glas stieß. Er schwitzte immer noch so sehr, daß der Spiegel sofort beschlug. Leon öffnete das kleine Fenster. Er zog seinen Pyjama aus und stellte sich nackt und breitbeinig vor die Toilettenschüssel. Während sein Urin in das Becken pladderte, sah er hinaus. Es war heller geworden, aber von einem Sonnenaufgang konnte keine Rede sein. Immerhin regnete es nicht. Im Birnbaum lärmten die Spatzen. Leon drückte den Knopf an dem neuen Wasserkasten und freute sich, wie prompt der funktionierte. Mit dem Fingernagel glättete er eine Luftblase, die sich unter der frischen Rauhfasertapete gebildet hatte. Dann stieg er in die Badewanne und zog den Duschvorhang um sich. Als nächstes würde er den rostigen, unbeweglichen Brausekopf auswechseln. Er drehte den Hahn auf. Im Rohr, das offen auf der Wand verlief, rülpste und gluckste es, ein bißchen Wasser spritzte aus dem Brausekopf, blieb wieder weg und spritzte noch einmal hysterisch auf. Dann rann ein gleichmäßiger Strahl auf Leon herab, aber so kraftlos, daß er jeden Körperteil einzeln darunterhalten mußte. Noch einmal gurgelte es in der Leitung, der Brausekopf versiegte, und das Wasser, das danach kam, war braun und roch modrig. Schon gestern war das Wasser leicht bräunlich gewesen. Es kam aus einem eigenen Brunnen. Bei der moorigen Gegend hier war einleuchtend, daß es nicht immer ganz klar sein konnte. Aber gestern war es bloß bräunlich gewesen, nicht braun wie das hier. Das hier war Jauche. Leon duschte trotzdem weiter. Er hoffte, das Wasser würde irgendwann wieder klarer laufen, und nahm zum Ausgleich viel Shampoo. Das Duschwasser wurde nicht sauberer und hinterließ schmutzigen Schaum in seinem Bauchnabel. Außerdem floß es nicht ab. Zur Abwechslung war jetzt also die Badewanne verstopft. Bald stand er knöcheltief in einer braunen, schaumigen Suppe. Leon drehte den Hahn wieder zu und reckte sich nach dem schneeweißen Handtuch, das neben dem Waschbecken hing. Dann kamen ihm Bedenken. Er hängte es zurück, stieg aus der Wanne und stapfte nackt und tropfend durch die Finsternis des Flurs, am Schlafzimmer vorbei, in die Küche. Er öffnete den Kühlschrank und nahm sich eine Flasche Mineralwasser heraus, mit der er seinen Körper noch einmal abspülen wollte. Als die Flasche mit den kleinen Gnubbeln angenehm kühl in seiner Hand lag, sah er aus dem Küchenfenster und versuchte, eine Wetterprognose abzugeben. Der Himmel war in einem gleichmäßigen Betongrau gestrichen. Grauer Himmel, graue Bäume, grauer Horizont. Selbst die Blätter sahen irgendwie grau aus. Ein Morgen wie eine Mülltüte. Träge ließ Leon seinen Blick über den Geräteschuppen gleiten, über die beiden schlappen Johannisbeerbüsche, über den blaugoldenen Gartenzaun ... Plötzlich erschrak er so sehr, daß er den Schreck als körperlichen Schmerz in seinen Fingern spürte und die Flasche schnell auf dem Fensterbrett abstellte. Direkt hinter dem Zaun saß die Wasserleiche – in einem der Moorlöcher. Sie steckte bis zum Bauch im Schlick, und ihre Haut war so weiß, daß sie leuchtete. Auf ihren Oberkörper fiel das schwarze, lange Haar. Als sie es mit Schwung über die Schulter zurückschüttelte, erkannte Leon, daß er sich getäuscht hatte. Diese Frau war viel dicker. Sie hatte runde Arme und große, hängende Brüste, aber sie war genauso nackt – jedenfalls das, was von ihr herausschaute. Sie war nicht allein. Zwischen den rosigen Inseln ihrer Knie bewegte sich ein glatter Schädel. Schwer auszumachen, ob er zu einem Tier oder zu einem sehr kleinen Menschen gehörte, besonders, wenn man keine Brille aufhatte. Das Wesen bemerkte, daß es beobachtet wurde. Sein Kopf fuhr herum und sah zum Haus herüber. Die Frau entdeckte jetzt ebenfalls den nackten Mann hinter dem Küchenfenster. Schnell rutschte sie tiefer, bis ihr der Schlamm bis zum Hals reichte. Sie lachte und hielt sich dabei eine schmutzige Hand vor den Mund. Leon rannte ins Schlafzimmer.

»Meine Brille!« schrie er. »Wo ist meine Brille?«

Er riß seine schwarze Jeans vom Stuhl, verheddterte sich in den Beinen, zerrte am Reißverschluß, während er gleichzeitig seine Zehen in die Turnschuhe wühlte und auf der Suche nach seiner Brille um das Bett herumstolperte. Hektisch raffte er immer wieder die Blümchengardinen zur Seite und starrte zum Wasserloch. Die Frau stieg heraus. Das, was von ihr bisher noch nicht zu sehen gewesen war, war auch nackt. Das Wesen war entweder schon fortgelaufen oder untergetaucht.

»Was ist denn?« murmelte Martina, ohne die Augen aufzumachen.

Leons Brille steckte als Lesezeichen in einem Buch über Stierkampf, das unter dem Bett lag. Er fummelte sich die Brillenbügel über die Ohren und warf wieder einen Blick aus dem Schlafzimmerfenster. Die Frau war nicht mehr da. Er stürzte den Flur hinunter. Als er die Haustür aufreißen wollte, war sie verschlossen. Weitere wertvolle Sekunden verlor er, als er auf die Bänder seiner Turnschuhe trat.

Der Hund Noah schlief auf seinem jetzt rosa bezogenen Federbett in einer großen Kiste, deren vordere Seite von Leon herausgesägt worden war. Die Matratze hatte in der Feuchtigkeit zu stinken begonnen, und Leon hatte sie zu einem weit entfernten Recyclinghof schaffen müssen.

Erstaunt hob Noah den Kopf, als Leon aus der Tür stürzte und an ihm vorbeihetzte. Kurzfristig fühlte er sich versucht, ihm hinterherzulaufen und an der Jagd auf Was-auch-immer teilzunehmen. Dann entschied er aber, daß Leons Jagd ihn nichts anging. Der Hund ließ den Kopf schwer in das Kissen sinken, schmatzte zweimal, um seine Zunge zurechtzurücken und döste wieder weg.

Als Leon um den Gartenzaun herumgelaufen war, sah er die nackte Frau gerade noch in dem toten Gehölz verschwinden, zuletzt das schlammbeschmutzte, zitternde Fleisch ihres fetten Hinterns. Er rannte ihr nach, daß das Pfützenwasser nur so spritzte. Die scharfe Morgenluft füllte seine Lungen. Seine zivilisierte, hochkomplizierte und differenzierte Persönlichkeit war zusammengeschrumpft auf das primitive, japsende »Ich-will« des verfolgenden Männchens. Ich will, ich will, weiter wußte er nicht. In wenigen Sätzen erreichte er den ertrunkenen Wald. Ohne sein Tempo zu verlangsamen, drängte er sich zwischen den Bäumen hindurch. Sie waren schleimig und schwarz wie Kohle. Die toten Zweige zerkratzten seinen nackten Oberkörper. Er sprang über umgestürzte Stämme und Wurzeln, die sich schlangenartig vor seinen Füßen wanden. Bei jedem Tritt und Sprung preßte er Feuchtigkeit aus dem schwammigen Moosteppich. Bevor er es noch richtig gemerkt hatte, reichte ihm das Wasser bis über die Waden. Leon blieb stehen und schaute sich um. Sein Herz trommelte. Er stand in einem von Sumpfdotterblumen überwachsenen Tümpel, seine Fußknöchel umgaben Auren aus Froschlaich. Die Frau war natürlich längst fort. Auf der anderen Seite des Tümpels endete der Wald, und Leon konnte hinter den Bäumen einen dunklen Klotz ausmachen: das Haus der Schleis. Er plantschte bis zum Waldrand. Von überall kamen Gerüche; fette, satte, nasse Dschungelgerüche des Wachstums und der Verwesung. Hinter einem dicken Stamm blieb Leon stehen und sah hinüber. In seinen Schuhen gluckste es, und über ihm zeterte ein Schwarm Krähen.

Die Villa, deren Existenz der Makler unterschlagen hatte, war noch größer, als sie bereits von weitem wirkte, und über und über mit Efeu bewachsen, sogar der Turm und ein großer Teil des Dachs. Sie stammte aus einer verschnörkelten Vergangenheit, in der es den Menschen Vergnügen bereitet haben mußte, ihren Häusern an jeder Ecke und jedem Rand einen hölzernen Häkelsaum anzufügen. Über dem Eingang, der mit seiner bogenförmigen Tür und den beiden Säulen wie das Portal einer kleinen Kirche wirkte, schauten steinerne Drachenköpfe zwischen den Blättern hervor. Aus ihren aufgesperrten Mäulern sprudelte bei Regen vermutlich Wasser. Das Gebäude stand auf einer wilden Wiese, die von unterschiedlich hohen und breiten Büschen umzingelt war. Die Büsche mochten einmal eine sorgfältig gestutzte Hecke gewesen sein, jetzt trieben sie unkontrolliert in alle Richtungen aus. Auf der Wiese gab es einen Brunnen, und mehrere lebensgroße Steinfiguren: ein dicker Mann mit einem Füllhorn unter dem Arm, der von zwei Frauen umtanzt wurde; weiter hinten stampfte ein Riesenkerl von einem Zentauren hinter einer Nymphe her; und ganz in Leons Nähe stand ein Faun, den Leon zuerst für einen Jungen in zu weiten Hosen hielt. Der Faun kämpfte mit einem Ziegenbock, der sich auf die Hinterbeine aufgerichtet hatte. Beide drückten die Hörner aneinander, wobei der Faun aus Redlichkeit gegen seinen Gegner die Arme auf dem Rücken verschränkte. Alle Figuren waren auf die eine oder andere Art lädiert, hatten nur noch einen Arm oder einen halben Kopf. Die Moose, die auf ihnen wuchsen, wirkten – je nachdem, ob sie sich auf dem Rücken des Zentauren oder auf etwas eher Menschlichem breitmachten – wie ein Stück übriggebliebenes Winterfell oder wie ein böser Hautausschlag. Der Geschmack der Damen Schlei war ein Geschmack, den Leon nicht teilte. Und was für ein absurdes Benehmen, nackt vor seinem Küchenfenster zu baden! Leon ging davon aus, daß die dicke Badende eine der Schlei-Schwestern sein mußte. Da sie wahrscheinlich längst im Haus war und Leon nicht mehr damit rechnete, ihr oder dem seltsamen Geschöpf – vielleicht war es ja auch nur ein großer runder Schwamm gewesen – noch zu begegnen, zog er sich wieder zurück. Diesmal mied er den tückischen, schwimmenden Pflanzenteppich und balancierte über die Baumstämme. Er war erschöpft, die nassen Hosenbeine rieben seine Waden wund, das Wasser in seinen Schuhen schwappte bei jedem Schritt hin und her. Doch ohne Ausrutscher durchquerte er den überschwemmten Wald. Als er den letzten Baum hinter sich ließ, mußte er feststellen, daß auch dahinter der Grund nicht überall sicher war. Er wunderte sich, wie er hier vorhin noch so schnell und unbeirrt hatte laufen können. Jetzt prüfte er erst umständlich die Beschaffenheit des Untergrunds, bevor er sich ihm anvertraute. Vorsichtig tasteten seine Füße von einem Mooshöcker zum nächsten. Unendlich langsam kam er voran. Obwohl oder gerade weil er so angestrengt vor seine Füße sah, fielen ihm lauter kleine Details auf: ein gelbes Schneckenhaus an einem Grashalm, ein zartes Spinnennetz voller Tautropfen, Pflanzen, die wie kleine Wattebäusche aussahen. Als Leon schon wieder in die Nähe seines Gartens gelangt war und sich sicher fühlte, passierte es: Er verlagerte sein Gewicht von dem hinteren auf den vorderen Fuß, und der Grasflecken, der so vertrauenerweckend ausgesehen hatte, riß unversehens auseinander. Leon versank mit dem linken Bein bis zum Knie im Schlamm. Er lächelte erstaunt. Es gelang ihm nicht sofort, das Bein wieder herauszuziehen, und er versuchte nun, mit dem rechten näher an das Moorloch heranzukommen, wobei er so unvorsichtig war, das linke erneut zu belasten. Diesmal versank er bis zur Hüfte. Er begriff jetzt, daß es ernst war, und ließ sich auf den Bauch fallen, um sein Gewicht möglichst gleichmäßig zu verteilen. Zitternd lag er mit Gesicht und Händen im Schlamm und flehte stumm, daß er nicht tiefer einsinken möge, daß er noch nicht sterben mußte, nicht jetzt und nicht aus einem so lächerlichen Grund. Schließlich wagte er, den Kopf zu heben und über den Rand seiner verdreckten Brille nach einem großen Stein oder einem Strauch Ausschau zu halten, an dem er sich herausziehen könnte. Weit und breit kein Stein. Drei Meter entfernt ein Strauch – völlig unerreichbar. Wenn Leon sein Bein zu bewegen versuchte, spürte er, wie das kalte Gesumpf sich an ihn schmiegte und ihn nicht freigeben wollte. Er glaubte sogar zu spüren, daß es an ihm saugte. Leon tastete den Boden ab. Rund um seinen Kopf füllten sich die Abdrücke, die seine Hände im Morast hinterließen, sogleich mit dunklem Wasser, aber je weiter seine Hände sich seinen Hüften näherten, desto unnachgiebiger wurde die Unterlage. Und hinter der Stelle, in der sein linkes Bein steckte, schien der Boden überraschend sicher. Langsam wälzte Leon seinen Körper um die Achse seines versunkenen Beines und drehte sich dabei gleichzeitig auf den Rücken. Als er den festen Widerstand des Bodens ertastete, wartete er heftig atmend, bis sein rechtes, freies Bein aufhörte zu zittern. Dann stemmte er die Ferse in den Boden und schob sich rückwärts. Mit einem unterirdischen Schmatzen entließ das Moor Leons Bein und zog ihm dabei den Turnschuh vom Fuß. Immer noch keuchend kniete Leon sich hin, steckte den Arm in den zähen Morast und tastete nach seinem Schuh. Es war ein teurer Turnschuh. Ein Nike. Auch wenn Leon eben noch Todesängste ausgestanden hatte, wollte er ihn wiederhaben. Der konnte doch nicht gleich wieder versunken sein. So ein Schuh wog doch nichts. Leon rührte immer tiefere und weitere Kreise und Achten, aber er fühlte nur Feuchtigkeit und Fasern. Der Turnschuh blieb verschluckt. Er war zu einem Bestandteil von etwas Unermeßlichem geworden.

Der Regen setzte am Nachmittag ein, fiel in dünnen Schnüren vom Himmel. Martina stellte alle verfügbaren Töpfe und Eimer vor die Tür, um Regenwasser aufzufangen, denn das Wasser, das aus den Leitungen kam, war immer noch braun, und die letzte Kiste Selterswasser hatte Leon verbraucht, um sich von der Morastkruste zu befreien, die ihn wie der Panzer eines Gürteltiers umgeben hatte, als er morgens hereingehumpelt war. Leon saß jetzt in seinem Arbeitszimmer und brütete über einer Formulierung, die das Ausmaß der Ungerechtigkeit, die der achtjährige Benno Pfitzner von einer Lehrerin zu erleiden gehabt hatte, angemessen wiedergeben sollte. Es war erst drei Uhr. Trotzdem hatte Leon die Tischlampe eingeschaltet. Durch das kleine Fenster kam nur trübes, diffuses Regenwetterlicht herein. Er konnte sich nicht konzentrieren. Seine Gedanken schweiften immer wieder zu seinem morgendlichen Abenteuer ab. Das machte nichts. Trotz des Umzugs und der vielen Reparaturen am Haus lag er ganz gut in der Zeit. Den groben Handlungsverlauf hatte er noch in Hamburg skizziert, und in den verregneten letzten beiden Wochen war er so prächtig vorangekommen, daß er damit rechnete, in vier bis sechs Wochen Pfitzner die ersten Kapitel schicken zu können. Er hatte es doch gleich gewußt: Nirgends würde er so schreiben können wie hier. Er brauchte sich bloß an den Schreibtisch zu setzen, in die Weite des Moores hinauszuschauen, und schon entfaltete die Inspiration knallend ihre Flügel. Leon stellte sich Inspiration immer als eine Art Riesenfledermaus vor. Er kippte das Fenster, und von draußen drang das entfernte blecherne Trommeln der Regentropfen auf den Topfböden herein. In der Küche brummte die Waschmaschine, in der seine verschlammte Jeans steckte. Bei einer schwarzen Hose machte es vielleicht nichts aus, sie mit braunem Wasser zu waschen. Er hatte Martina nichts von der nackten Frau und dem komischen Tier erzählt, sondern behauptet, er wäre beim Joggen in ein Moorloch gefallen. Wie hätte er ihr erklären sollen, warum er der dicken Nackten hinterhergelaufen war? Martina hatte sich nur gewundert, daß er plötzlich anfing, Sport zu treiben.

Das blecherne Geprassel in den Kochtöpfen ging allmählich in ein glucksendes Plätschern über. Ein anderes Geräusch schob sich dazwischen – das Geräusch eines Automotors. So spät kam der Briefträger nicht mehr.

»Harry«, dachte Leon und sprang hoch. Er hungerte nach Gesellschaft, die keine anderen Qualitäten besitzen mußte, als daß es sich nicht um Martina oder den Briefträger handelte. Er hatte sich sogar schon dabei ertappt, daß er sich wünschte, die Nachbarinnen würden doch noch auf einen Begrüßungsbesuch vorbeischauen. Aber am liebsten wäre ihm Harry gewesen.

Es war der weiße Ford Transit des Krämers Kerbel. Martina stand bereits auf der Veranda, als Leon dazukam. Der Hund befand sich trotz des Regens auf einem seiner Streifzüge. Kerbel stieg aus. Er war noch kleiner als Leon und trug einen olivgrünen Parka und schwarze Gummistiefel. Er spannte einen dunklen Herrenschirm auf, öffnete die Ladeklappe und holte einen kleinen Pappkarton aus dem Auto, über den er sorgsam den Schirm hielt. Bevor er durch die Gartenpforte kam, winkte er Leon bereits zu.

»O Gott«, sagte Leon leise und trat automatisch einen Schritt zurück. Kerbel blieb vor der Veranda

90

stehen und reichte ihm die Hand. Pappkarton und Schirm jonglierte er dabei in der Linken. Leon hatte ihn noch nie von so nahem gesehen. Einmal hatte er im Auto vor Kerbels Laden gewartet, während Martina einkaufte. Er hatte das Schaufenster betrachtet, in dem Lebensmittel aufgebaut waren, die – wenn er sich nicht täuschte – aus dem Sortiment der Aldi-Kette stammten, Aldi-Kekse, Aldi-Nudeln, River-Kola – und daneben eine Pyramide von Puzzle-Spielen mit verblichenen Deckeln. Und plötzlich hatte sich Kerbels grinsender Schädel in das Schaufenster gehängt und ihm zugenickt. Es war selbst auf die Entfernung ein Schock gewesen. Das viele Zahnfleisch. Jetzt stand Kerbel vor ihm. Solange er nicht grinste, war das mit dem Zahnfleisch nicht so schlimm. Der Mann hatte eine teigige Haut, viele goldblonde Löckchen, lefzenartige Wangen und einen schaufelförmigen Unterkiefer. Der Regen legte einen flotten Steptanz auf seinem Schirm hin.

»Guten Tag. Da lernen wir uns also auch endlich kennen«, sagte Kerbel. »Ihr Frauchen kenn ich ja schon.«

»Ulbricht«, sagte Leon sehr förmlich und zog seine Hand zurück.

»Ausgerechnet«, sagte Kerbel, sog wiehernd die Luft ein und ruckte mit dem Oberkörper. Leon hob die Augenbrauen und wandte sich Richtung Haustür. Kerbel hörte sofort zu lachen auf und gab seinem Gesicht einen so verzeihungsheischenden Ausdruck, als ob er sich gleich in eine Pfütze werfen und Schlamm auf seinen Kopf häufen wollte.

»War auf dem Weg zu Ihren Nachbarinnen«, murmelte er schnell, »ich bring denen immer die Einkäufe vorbei. Ich dachte, ich bringe Ihnen bei der

Gelegenheit gleich die bestellten Bücher. Damit Sie bei dem Wetter nicht losmüssen. Jetzt könnte es aber langsam aufhören mit dem Regen, was?«

»Was für Bücher?«

»Für mich«, sagte Martina. »Herr Kerbel war so freundlich, mir Bücher aus der Bücherei mitzubringen. Wegen Noah.«

»Ist mir ein Vergnügen«, sagte Kerbel.» Ich fahr doch fast jeden Tag nach Freyenow. Wenn Sie auch was mitgebracht haben wollen … Vielleicht aus dem SoPo-Laden? Fahr morgen wieder hin.«

»Nein, danke«, sagte Leon und sah mit schiefgelegtem Kopf in den Karton, den Kerbel Martina in die Hand drückte, las die Titel der beiden oberen Bücher: DER UNVERSTANDENE HUND und DAS GEHEIME LEBEN DER HUNDE.

»Sie schreiben auch?«, fragte Kerbel.« Was schreiben Sie denn so?«

Leon warf Martina einen vorwurfsvollen Blick zu.

»Sie sind nicht der einzige Schriftsteller bei uns. O nein. Hier gibt es noch einen. Erich Harksen. Vielleicht kennen Sie ihn. Er schreibt Gedichte und verkauft seine Bücher in meinem Laden. IRRLICHTER heißt das letzte. Wenn Sie möchten, leg ich auch Ihre Bücher in meinem Laden aus.«

»Danke. Sehr freundlich. Aber die Schleis warten wohl auf ihre Lieferung. Ich will Sie nicht aufhalten.«

»Seien Sie vorsichtig«, sagte Martina, »mein Mann ist heute in ein Moorloch gefallen.«

»Was?« Kerbel legte seine Stirn in besorgte Doggenfalten. »Sie sind im Moor gewesen? Tun Sie das ja nicht! Hier muß man sich auskennen. Hier muß man geboren sein. Das Moor ist tückisch. Ein falscher Schritt, und Sie sind weg. Wenn Sie spazierengehen wollen, fahren Sie mit dem Auto nach Freyenow. Da gibt es einen sehr schönen Wald.«

Leon sah den Krämer wütend an.

»Da ich hier wohne, werde ich auch hier spazierengehen. Oder wollen Sie mir erzählen, daß ich praktisch auf einer Insel lebe und mein Grundstück nicht verlassen kann, ohne zu ertrinken.«

»Ersticken«, sagte Kerbel. »In einem Moor erstickt man. Und das ist hundertmal grausamer, als zu ertrinken. Warten Sie wenigstens, bis es nicht mehr so naß ist.« Er verdrehte die Augen gen Himmel. »Im Moment ist das Moor noch unberechenbarer als sonst. Und nehmen Sie eine lange Stange mit, mit der Sie den Weg prüfen können. Soll ich Ihnen zwei Bambusstangen aus dem SoPo mitbringen?«

»Danke«, sagte Leon, »aber wenn es in meinem Geräteschuppen eines in Massen gibt, dann Bambusstangen. Damit kann ich handeln.«

»Na dann ... « Kerbel sah enttäuscht auf seine runden Stiefelkappen.

»Schönen Abend noch«, sagte Leon, packte Martina am Ellenbogen und zog sie ins Haus. Von der Tür aus beobachteten sie, wie Kerbel einen großen Karton aus dem Transit zog und mit dem rechten Arm fest an seine Brust preßte, während er mit der linken den Regenschirm hielt. Im Zickzack hüpfte er zwischen den Pfützen hindurch.

»Wie erträgt seine Frau das nur?« sagte Martina.

Leon stülpte die Oberlippe hoch, schob den Oberkiefer vor und tat so, als ob er sie küssen wollte.

»Küch mich, küch mich!« nuschelte er und streckte die Arme nach ihr aus. Martina lief kichernd mit ihrem Buchkarton ins Wohnzimmer und verschanzte sich hinter dem Couchtisch. Eigentlich war ein Couchtisch genau das, was Leon niemals hatte haben wollen. Der Inbegriff von Spießigkeit. Inzwischen fand er ihn einfach bloß praktisch. Man konnte Sachen darauf abstellen. Martina ließ die Bücher auf den Tisch fallen und flüchtete hinter das Sofa. LEXIKON DER HUNDEFREUNDE las Leon auf dem Rücken eines uralten Buches. Er hörte auf, Martina zu jagen, nahm das Lexikon in die Hand und blätterte darin herum. Es war vergilbt und mehrfach gelesen. Leon nieste. Er mochte keine gebrauchten Bücher und kaufte niemals in Antiquariaten. Bei alten Büchern hatte er immer den Verdacht, daß längst ausgestorbene Krankheiten in ihren Seiten konserviert waren und hundert Jahre alte Popel darin klebten. »Der Köter ist meiner Meinung nach nicht ganz normal«, sagte Leon, »ein normaler Hund schließt sich eng an seinen Herrn an.«

Noah kam in unregelmäßigen Abständen, um sein Futter abzuholen – in der Küche stand ein 50-Kilo-Sack Hundeflocken –, weigerte sich jedoch hartnäckig, ins Haus zu kommen oder sich ein Halsband anlegen zu lassen.

»Wahrscheinlich ist Noah ein Kulturflüchter«, sagte Martina.

»Ein was?«

»Das habe ich in dem Buch gelesen, das Herr Kerbel mir das letzte Mal mitgebracht hat. Wenn …«

»Du hast dir schon einmal Bücher bestellt?«

»Ja. Und da stand, wenn Welpen im Alter von 3 bis 7 Wochen keine Menschen zu Gesicht bekommen, dann werden sie eben nur auf Hunde geprägt und suchen nie den Kontakt mit Menschen.«

»Dafür läßt er es sich hier aber gut schmecken«, sagte Leon. Er legte das Buch zurück in den Karton und ging noch einmal auf die Veranda, um Noahs Federbett zum Trocknen hereinzuholen. Die Töpfe für das Regenwasser liefen bereits über. Leon trug sie ins Badezimmer, schüttete das Wasser in die zugestöpselte Badewanne und stellte die Töpfe wieder vor das Haus. Einmal rutschte er beinahe aus, und als er zu Boden sah, entdeckte er im Gras eine braune Wegschnecke, auf die er getreten war. Er hatte ihre hintere Hälfte regelrecht zerquetscht. Als er die Schnecke berührte, färbte sie wie Rost. Aus ihrer vorderen Seite quoll eine Träne, eine durchsichtige Flüssigkeit. Er warf sie in ein Beet. Als er zurück in die Stube kam und Noahs rosa Federbett über die Heizung breitete, lag Martina auf dem Sofa und las.

»Wir hätten Kerbel bitten sollen, daß er uns Kanister mitbringt«, sagte Leon. »Irgendwo müssen wir das Wasser ja sammeln.«

»Die Töpfe«, rief Martina und sprang auf.

»Schon erledigt«, sagte Leon mit zusammengezogenen Augenbrauen. »Aber vielleicht kriegst du's wenigstens hin und paßt Kerbel ab, wenn er zurückkommt. Sag ihm, daß wir zwei Zwanzig-Liter-Kanister brauchen – oder besser drei. Ich will noch ein paar Stunden in Ruhe arbeiten.«

Doch als Kerbel zurückkam, war Martina in ihrem Buch gerade auf das Bild eines Riesenschnauzers gestoßen, der voller Inbrunst zu seinem dicken, Bier trinkenden Herrn aufschaute. Und Noah? Wenn sie ihn streichelte, sah er so belästigt aus, als würde sie ihm Blutegel ansetzen. Eigentlich kam er doch bloß zum Fressen. Gier und Gleichgültigkeit. Manchmal erinnerte dieser Hund sie verdammt an eine bestimmte Sorte Männer. Andererseits hatte er neulich ganz kurz ihre Hand geleckt und war auch schon einmal bis in den Flur gekommen, als sie das Futter aus der Küche holte. Es gab also doch Fortschritte. Sie durfte nur nicht aufgeben.

Als Kerbel seinen Lieferwagen startete, sprang Martina auf und rannte zur Haustür. Zu spät. Kerbel fuhr schon den Schlammweg hinunter und sah sie nicht mehr.

Spät am Abend erhielten sie ein zweites Mal Besuch. Jemand klingelte an der Tür. Es war so ungewöhnlich, daß an diesem Haus geläutet wurde, daß Martina, statt zur Haustür zu gehen, in Leons Arbeitszimmer kam und ihn verstört ansah.

»Harry«, dachte Leon.

»Mach auf. Mach doch auf!« sagte er. »Ich muß eben noch den Computer abschalten.«

Er wollte nicht, daß Harry etwas von Pfitzners Biographie zu sehen bekam, bevor sie fertig war. Martina tastete sich auf den finsteren Flur hinaus. Warum konnte Leon so einfache Dinge wie das Licht im Flur nicht in Ordnung bringen? Als sie endlich den Griff der Haustür gefunden hatte, kam auch schon Leon angelaufen. Draußen standen zwei Frauen, von denen die eine so groß war, daß sie mit dem Kopf beinahe an den Türrahmen stieß. Mehr war in der Dunkelheit nicht zu erkennen. Und daß die Große eine Frau war, erkannten Leon und Martina auch erst, als sie »Guten Abend« sagte.

»Guten Abend«, sagte auch die zweite, die wesentlich kleiner und ziemlich dick war. »Wir sind ihre Nachbarn. Mein Name ist Isadora Schlei, und das ist meine Schwester Kay.«

Hinter ihnen glucksten die überlaufenden Kochtöpfe.

»Kommen Sie doch herein, ehe Sie ertrinken«, sagte Leon. Er war enttäuscht. Enttäuscht und gleichzeitig aufgeregt. Martina stellte sich in die Lichtraute, die aus dem Wohnzimmer fiel.

»Tut mir leid, aber die Lampe im Flur geht nicht. Kommen Sie bitte herein.«

Die Frauen folgten ihr ins Wohnzimmer. Leon drückte sich an die Wand und ließ ihnen den Vortritt. Sie hatten keine Mäntel dabei. Und ehe er der Dicken den Schirm und die Plastiktüte, die sie in der Hand hielt, abnehmen konnte, war sie schon an ihm vorbeimarschiert. Die Große trug eine grüne Latzhose, wie man sie in Fachgeschäften für Arbeitsbekleidung bekam, darunter ein graues Männerhemd. Ihre Füße steckten in klobigen Stiefeln. Sie hatte kurze braune Haare, im Nacken geschoren, in die Stirn fielen ein paar widerspenstige Haarsträhnen. Das Gesicht war seltsam ebenmäßig – ovale Augen unter geraden Brauen, eine Nase wie mit dem Lineal gezogen und dünne Lippen. Leon fand sie reizlos. Na gut, sie war schlank. Ihre Hüften waren schmal, soweit sich das in der Latzhose erkennen ließ. Aber ihre Schultern waren breiter als seine, und ihr Busen war erbärmlich; so gut wie gar nicht vorhanden. Und sie war wirklich riesig, mindestens 1,90 m. Die Schwester war das genaue Gegenteil. Alles an ihr wirkte weich und üppig. Sie trug einen Rock aus grünem Samt, der so lang war, daß er auf dem Boden schleppte und der Saum sich mit Wasser vollgesogen hatte. Über ihren gewaltigen Busen spannte sich blauer Seidenstoff mit einem chinesischen Muster, und auf dem Busen lagerten mehrere Ketten aus Gold. Auch an den kurzen Fingern trug sie protzige Goldringe mit Steinen.

»Pat und Patachon«, dachte Leon, als er Isadora Schlei die Hand reichte. Isadora klemmte Schirm und Tüte unter die Achsel, nahm seine Hand in ihre beiden dicken Pfoten und drückte sie hingebungsvoll. Er sah ihr ins Gesicht, wartete, ob sie unter seinem Blick verlegen würde. Von ihrer Nase tropfte Wasser. Er war sich ziemlich sicher, daß sie es war, die er am Morgen im Moorloch überrascht hatte. Sie ließ sich aber nichts anmerken. Ihre langen schwarzen Haare hatte sie zu einer Geisha-Frisur aufgetürmt, in der zwei goldene Stäbchen steckten. Aber wenn sie irgend etwas Japanischem ähnlich sah, dann höchstens einem Sumo-Ringer. Kay Schlei behielt Martinas Hand etwas zu lange in der ihren und starrte sie an.

»Ich mache Tee«, sagte Martina und zog ihre Hand verlegen zurück. »Oder möchte jemand lieber Kaffee?«

»Kaffee«, sagte Leon, und Kay schloß sich an: »Kaffee … – bitte.«

»Tee wäre großartig, Sie Gute«, sagte die dicke Schlei-Schwester und ließ sich – immer noch den zusammengeklappten Schirm und die Plastiktüte unterm Arm – auf das Sofa plumpsen. Martina verschwand in Richtung Küche, und Leon nötigte auch das Mannweib auf das Sofa. Was für ein bemitleidenswert häßliches Geschöpf! Die Dicke war auch nicht sein Typ, aber zumindest konnte er sie als Sparringpartner benutzen, um zu testen, ob er immer noch seine alte Wirkung auf Frauen besaß. Leon zog sich seinen Lieblingssessel heran, und während er sich setzte, sah er sie mit einem abwartenden Lächeln an. Sie lächelte zurück, ebenfalls abwartend und ohne eine Spur von Verlegenheit. Vielleicht war sie dumm.

Die Große saß unbeholfen in ihrer Sofaecke, wie ein Müllarbeiter, den man in den Salon gebeten hatte. Sie tat, als würde sie sich für die Einrichtung interessieren, betrachtete die einzelnen Möbelstücke lächerlich ausgiebig, ließ den Blick zur Decke schweifen und starrte dann auf ihre Füße. Isadora Schlei lächelte immer noch. Sie hatte ein hübsches Gesicht, eine kleine Nase, einen vollen Mund und Augen so schwarz wie Kirschen, allerdings einen amphibienhaften Ansatz zum Doppelkinn. Leon wurde klar, daß er stärkeres Geschütz auffahren mußte, wenn er sie verlegen machen wollte. Und das wollte er auf alle Fälle.

»Kennen wir uns nicht schon?« fragte er.

»Ja. Ich schätze, wir sind uns bereits heute morgen begegnet. Aber Kennen würde ich das nicht nennen. «

Leon war erstaunt, wie gleichmütig sie hinnahm, daß er sie nackt gesehen hatte. Schließlich war sie ganz schön fett.

»Tut mir leid, daß ich Sie erschreckt habe. Das wollte ich nicht«, sagte er.

»Aber Sie haben mich gar nicht erschreckt.«

»Dafür sind Sie aber ziemlich schnell gelaufen.«

Isadora Schlei kicherte und hielt sich dabei wie ein Schulmädchen die Hand vor den Mund. Vermutlich war sie nicht älter als Mitte dreißig. Heute morgen hatte er sie für älter gehalten, weil sie so dick war. Das Alter ihrer Schwester war schwer zu schätzen. Er tippte auf Ende zwanzig.

»Und dafür, daß Sie mich nicht erschrecken wollten, sind Sie ziemlich schnell hinter mir hergelaufen«, sagte Isadora.

Kay Schlei sah von Leon zu ihrer Schwester und stieß verächtlich die Luft durch die Nase. Martina kam zurück, stellte Tee- und Kaffeekanne und eine Schale Kekse auf den Tisch und setzte sich neben Kay auf das Sofa. Kay rückte übertrieben weit zur Seite und wurde dann steif wie ein Telegraphenmast.

»Ich habe Ihnen etwas mitgebracht«, sagte Isadora und reichte Leon die nasse Plastiktüte. Er nahm sie und sah hinein. Er war verblüfft. Es war ein schmutziger Schuh. Er nahm ihn vorsichtig an der Hacke heraus und hielt ihn gegen das Licht. Ein paar Krümel getrockneter Schlamm bröckelten auf den Couchtisch. »Mein Schuh?« fragte Leon und sah Isadora an, ohne zu begreifen.

»Ich dachte mir, Sie wollen ihn vielleicht wiederhaben«, sagte Isadora. »Wenn Sie ihn waschen, ist er bestimmt wie neu.«

Leon kniff mißtrauisch die Augenbrauen zusammen.

»Wo haben Sie ihn gefunden. Und wie kommen Sie darauf, daß es meiner ist?«

»Er lag da so rum«, sagte Isadora und wedelte vage mit einer Hand durch die Luft. »Und wem sollte er sonst gehören?«

»Aber ich verstehe nicht … «, fing Leon wieder an.

»Ich dachte, dein Turnschuh wäre im Moor untergegangen«, sagte Martina.

»Ich auch«, sagte Leon, »es sei denn, er ist gar nicht steckengeblieben, als ich mein Bein aus dem Moor gezogen habe … Ich bin heute morgen im Moor eingesunken, wissen Sie.«

»Wie schrecklich«, sagte Isadora ohne eine Spur von Anteilnahme.

»Es sei denn«, fuhr Leon fort, »der Schuh ist gar nicht steckengeblieben, sondern weggeflogen, als

100

mein Bein rauskam. Und ich habe es bloß nicht bemerkt.«

»So wird es gewesen sein«, warf Kay schnell ein und hielt Martina ihre Tasse hin.

»Ich hoffe, der Kaffee schmeckt«, sagte Martina. »Ich muß Ihnen nämlich beichten, daß wir mit Regenwasser kochen. Darum laß ich das Wasser auch länger kochen. Aber es regnet ja seit Tagen. Also wird das Wasser schon nicht so schmutzig sein.«

»Was war das für ein Tier?« rief Leon plötzlich und sah Isadora durchdringend an.

»Ich weiß nicht, was Sie meinen«, lächelte Isadora.

»Das wissen Sie sehr wohl«, sagte Leon gereizt und kratzte mit den Fingernägeln an seinem Schuh.

Martina sah Leon erstaunt an und sagte schnell:

»Oh, wir haben hier einen braunen Hund. Er ist uns zugelaufen. Gehört er vielleicht zu Ihnen?«

»Nein, uns nicht. Der gehörte dem Mann, der hier vor Ihnen wohnte. Er hat ihn wohl zurückgelassen. Ein lieber Hund. Etwas eigensinnig vielleicht. Seien Sie nett zu ihm!«

»Eigensinnig bis zur Aufsässigkeit«, bemerkte Kay.

Leon sagte nichts. Er nahm sich vor, Isadora Schlei noch einmal zur Rede zu stellen, wenn er sie allein antraf. Martina merkte an seinem Gesicht, daß Leon gar nicht den Hund gemeint hatte. Ihr fiel der Salamander wieder ein.

»Was sind das eigentlich für Molche, die hier im Sumpf leben?« fragte sie Kay. »Schauen Sie sich mal den Fleck auf der Hand meines Mannes an.«

Leon zeigte seine Hand mit dem roten, nässenden Fleck.

»Ein Riesenlurch war das, mindestens einen halben Meter lang. So'n Salamander. Er hat mir auf die Hand gespuckt.«

»So was gibt es hier gar nicht. Vielleicht in Asien«, sagte Isadora. »Und giftige Salamander schon gleich gar nicht. Das sind mittelalterliche Vorurteile. Vielleicht sind Sie gegen das Tier allergisch gewesen. Die Leute sind ja heutzutage gegen alles mögliche allergisch. Wahrscheinlich haben Sie bloß in einen giftigen Strauch gefaßt.«

»Er war wirklich riesengroß«, bestätigte Martina. Leon rieb an dem Fleck. Isadora nahm einen großen Schluck Tee.

»Tee aus Regenwasser schmeckt sehr gut«, sagte sie.

»Was ist mit Ihrem Leitungswasser passiert?« fragte Kay und gab gleich selbst die Antwort: »Ich wette, das Wasser ist braun. Das habe ich mir gleich gedacht, als ich gemerkt habe, wie es hier drinnen riecht. Da kommt eine Menge Arbeit auf Sie zu.«

»Was«, fragte Leon beleidigt, »wonach riecht's hier?«

»Es riecht naß, … muffig, … schimmlig. Es riecht, als könnte man hier gut Pilze züchten.«

»Das stimmt«, pflichtete ihr Martina bei.

»Ja, aber das kommt nur, weil hier so lange keiner mehr gewohnt hat. Das geht schon wieder raus«, sagte Leon.

Kay sah ihn mitleidig an.

»Nee. Das geht nicht wieder raus. Das geht jetzt erst richtig los. Und wenn Sie nicht schleunigst etwas unternehmen, saugt sich das Haus mit Wasser voll wie ein Schwamm.«

»Hör auf, herumzuunken!« Isadora Schlei stieß

ihrer Schwester das spitze Schirmende in die Seite. »Hier riecht es angenehm und frisch. Ich mag keine trockenen Räume. Davon bekommt man Allergien. Ein bißchen Wasser schadet nicht. Und außerdem hat dich keiner nach deiner Meinung gefragt.«

Kay stand auf.

»Kommen Sie. Ich zeige es Ihnen.«

Isadora verdrehte die Augen und griff nach den Keksen. Kay ging zum Wohnzimmerfenster, hockte sich hin und klopfte an die Wand darunter. Dann winkte sie ungeduldig Leon herbei.

»Hör auf, dich wichtig zu machen! Setz dich hin und trink mit uns Tee«, schimpfte die dicke Schlei-Schwester. Aber Leon stand auf und hockte sich neben Kay. Kay krempelte ihre Hemdsärmel hoch. Sie hatte unglaubliche Unterarme. Wie ein Gewichtheber. Sie klopfte noch einmal gegen die Wand.

»Hören Sie das?«

»Was?«

»Alles voll Wasser.«

»Für mich hört sich das völlig normal an.«

»Dann kommen Sie mal mit rüber.«

Kay und Leon gingen zum Badezimmer. Martina folgte ihnen. Nur Isadora blieb sitzen. Im Badezimmer peitschte der Regen gegen das Fenster. Kay kniete sich hin und drückte ein Ohr gegen die Wand. Dann klopfte sie wieder. Leon stand gebückt, die Hände auf den Knien abgestützt neben ihr und lauschte, ohne zu atmen. Martina war in der Tür stehengeblieben, wo sie nicht im Weg sein oder irgend etwas falsch machen konnte. Klock, klock, klock, machten Kays Fingerknöchel auf der Mauer.

»Hören Sie? Hier ist noch mehr Wasser drin, weil

diese Seite dichter am Moor liegt. Im Wohnzimmer, das war nur Tageswasser; da ist der Regen durch den rissigen Putz gekommen. Aber dieses Wasser kommt aus dem Boden. Dasselbe Wasser, das auch den Brunnen überschwemmt hat.«

Leon hörte keinen Unterschied. Kay stand wieder auf, und sie gingen zurück ins Wohnzimmer, wo Isadora Schlei sich gerade die letzten Kekse in den Mund schaufelte. Leon strich sich nervös die nicht vorhandenen Haare aus der Stirn und sank in einen Sessel. Er fragte sich, ob die dicke Frau vielleicht geistesgestört war. Sie aß wie ein Schwein. Auf dem Keksteller lag noch ein einziger matschiger Schokoladenkeks, den sie mit ihren kurzen, dicken Fingern zerdrückt hatte.

»Und was bedeutet das jetzt?« fragte er Kay.

»Na ja. Die isolierende Wirkung können Sie bei solchen Wänden natürlich vergessen.«

»Das heißt, wir müssen mehr heizen?«

»Das ist leider nicht alles.«

Kays anfängliche Schüchternheit war verflogen. Ruhig hielt sie Martina ihre Kaffeetasse hin und ließ sich nachschenken.

»Stellen Sie sich doch mal vor, was passiert, wenn es friert und das Wasser in den Steinen zu Eis wird. Es steht ja schon fast bis zu den Fenstern. Bei Frost bricht Ihnen die ganze Wand auseinander. Die zerbröselt wie Luftschokolade.«

»Was kann ich denn machen?« fragte Leon resigniert.

»Tja«, sagte Kay und hängte einen Arm über die Sofalehne, »Zaven, also der Mann, der hier vorher wohnte, der hatte das Fundament schon mal freigelegt, und wir haben es damals mit Bitumen gestri-

chen. Bisher hat das genügt. Jetzt ist wahrscheinlich
einfach zuviel Wasser im Boden.«

»Im Boden kann nie zuviel Wasser sein«, sagte
Isadora. »Wasser ist Leben. Wasser macht Spaß.«

»Das Gefährliche ist«, sagte Kay, »daß das Haus
nur halb unterkellert ist. Das heißt, daß es mitten-
durch brechen kann. Schlimmstenfalls. Eigentlich
müßten Sie eine Grundwasserwanne einbauen. Aber
das wird furchtbar teuer. Am besten, Sie verklagen
denjenigen, der Ihnen das Haus verkauft hat.«

Leon versuchte, seiner Stimme einen forschen,
zuversichtlichen Ton zu geben.

»Gibt es nicht noch andere Möglichkeiten, irgend etwas, das kein Geld kostet?«

»Das nächstbeste wäre es, irgendeine Folie um
das Fundament zu bringen. Vielleicht genügt es aber
auch, wenn Sie das Grundstück einfach bloß ordentlich entwässern. Dafür brauchen Sie nicht mehr als
einen Drainagespaten, aber ein einfacher tut's auch.«

Leon, der sein Haus, sich selbst und seinen Traum
von einem würdigen, friedlichen Schriftstellerleben
schon in dem braunen Schlund des Moores unterge-
hen gesehen hatte, faßte neuen Mut.

»Ich werde Ihnen helfen«, sagte Kay und sah Martina an. »Zumindest am Anfang. Wenn es Ihnen recht
ist, komme ich morgen mit einem Spaten rüber.«

»Das ist ungeheuer nett« – Leon warf ebenfalls
einen kurzen, schnellen Blick zu Martina – »aber ich
glaube, es reicht, wenn Sie mir zeigen, wie ich so etwas anlegen muß. Die Arbeit mache ich dann schon
allein.«

»Wir werden sehen«, sagte Kay. »Ich komme
morgen erstmal rüber. Es ist viel Arbeit, und ich helfe Ihnen gern. Wann soll ich kommen?«

»Wann es Ihnen paßt. Um zehn? Aber die Arbeit mache ich dann allein.«

Isadora schob verärgert ihre Teetasse von sich.

»Ich glaube, wir müssen jetzt gehen«, sagte sie. »Übrigens sollten Sie der Meinung meiner Schwester nicht allzuviel Gewicht beimessen. Sie versteht überhaupt nichts von Landwirtschaft. Schauen Sie sich bloß einmal unseren Garten an.«

Sie wischte sich die Krümel vom Rock und stand auf.

Als Leon die Haustür öffnete, lag Noah mürrisch in seiner kahlen Kiste. Die Schwestern Schlei verabschiedeten sich und schlenderten unter dem Schirm davon. Martina lief ins Wohnzimmer zurück und holte die getrocknete und aufgeheizte Bettdecke für den Hund.

»Was hältst du von ihnen?« fragte sie Leon, während sie Noah zusahen, der sich mit seinem nassen, schmutzigen Fell in das Bettzeug schmiegte.

»Arme wie Keulen, Beine wie Säulen«, sagte Leon. »Ich möchte wissen, wovon die beiden eigentlich leben.«

»Die Kleinere ist ja wohl ernsthaft übergewichtig«, sagte Martina.

»Und die andere ist scharf auf dich. Hast du's gemerkt?«

»Ja, hab ich. Und hast du gesehen, wie die Dicke die Kekse in sich hineingestopft hat. Ich habe noch nie gesehen, daß jemand so schnell ißt.«

Sie blieben aneinandergelehnt stehen, atmeten die klare Nachtluft und lauschten dem Regen.

»Arme wie Keulen, Beine wie Säulen«, murmelte Leon. Der Hund schlief.

Überwiegend stark bewölkt und verbreitet Regen.
Höchstwerte bei 18 Grad. Schwacher von Ost auf Süd
drehender Wind.

4

»Scheiß Westler!«

Ein Erdklumpen pflatschte direkt neben den Plastikeimer vor Leons Füßen. Er sah hoch. An der Toreinfahrt standen zwei Jungen. Sie trugen knallrote Regenmäntel mit passenden Südwestern und Gummistiefeln. Sie sahen aus wie amerikanische ZwergFeuerwehrmänner. Der kleinere von beiden bückte sich nach einem Schlammstück, das aus dem Profil eines Traktorreifens gefallen war, und schleuderte es ebenfalls in Leons Richtung.

»Scheiß Westler«, piepste auch er.

Um ihm ihre Meinung ins Gesicht zu schreien, mußten sie mindestens eine halbe Stunde lang durch den Regen gelaufen sein – die ganze Schotterpistenallee von Priesnitz bis zum Gutshof hinunter und dann noch das Stück bis zum Maisfeld und die Auffahrt herauf. Leon hoffte, daß sie sich eine Erkältung holen würden. Er verlagerte sein Gewicht von dem linken auf den rechten Fuß. Kerbel hatte ihm und Martina Gummistiefel aus dem Sonderpostenmarkt mitgebracht. Sie waren schwarz und zu groß. »Größe 41 und 42«, hatte Leon gesagt. »Nehmen Sie lieber eine Nummer größer. Bei Gummistiefeln nimmt man immer eine Nummer größer«, hatte Kerbel gemeint, und Leon hatte genickt, obwohl er die eine Nummer größer bereits eingerechnet hatte. Selbst durch die dicken Gummistiefelsohlen glaubte er zu fühlen, daß der Grund unter der verfilzten und vermoosten Grasdecke hin- und herschwabbelte wie ein riesiges Wasserbett. Die Feuchtigkeit hielt sich hartnäckig im Boden und sickerte nur zögernd in das offene Grabensystem, mit dem er und Kay Schlei den Garten durchzogen hatten: ein Sammelgraben, in den die Nebengräben wie die Speichen einer Fischgräte mündeten. Etwas Wasser war hineingeflossen – wenig genug. Doch wenn das Wetter sich nicht änderte, würden die Gräben allein durch den Regen bald so voll werden, daß die Zwerg-Feuerwehrmänner darin ertrinken konnten – rein theoretisch. Er sah wieder zu ihnen hinüber. Sie standen immer noch an derselben Stelle, hielten sich an den Händen und starrten drohend unter ihren Südwestern hervor.

»Na? Ihr habt wohl Langeweile?« sagte Leon und machte einen Schritt auf sie zu.

»Scheißer! Scheißer!« brüllte das größere Kind. Die beiden drehten sich um und rannten die Auffahrt wieder hinunter.

Leon sah ihnen kurz nach. Dann wandte er sich ab und lauschte, ob immer noch dieses gräßliche Geräusch aus seinem Garten kam. War es endlich weg? Oder wurde es bloß vom Regen übertönt? Seit

Tagen verfolgte es ihn, ein feines Raspeln und Knistern. Nacktschnecken!

Für Schnecken war er inzwischen Experte, hatte alles über sie gelesen, wußte, wie die Biester vorgingen. Sie wälzten ihre sackartigen Körper durch seinen Garten, schlurften die bereits vom Regen zermürbten Stengel der Rittersporne, Lupinen und Rosen herauf, packten mit ihren kleinen Lippen den Rand eines Blattes und preßten es mit der löffelförmigen Stachelzunge gegen den Oberkiefer. Dabei entstand dieses seltsam knispernde Geräusch. Hören konnte man das nur, weil Hunderte dieser stupiden, ziegelroten Klumpen es gleichzeitig taten. In einem Buch wurde behauptet, daß Schnecken Levkojen, Dahlien und Gurken bevorzugten, aber Leons Schnecken fraßen alles, was ihnen vor den Schlundring kam. Der Garten sah aus, als hätte sich ein Wahnsinniger daran gemacht, sämtliche Pflanzen bis zu einer Höhe von einem Meter über dem Boden mit einem Miniaturlocher zu bearbeiten. Es regnete durch die Blätter hindurch, sie fielen ab und segelten zu Boden. Gras und Beete waren mit löchrigem Laub bedeckt. Blüten erstickten im Schleim.

Leon und Martina hatten die verschiedensten Methoden der Schneckenbekämpfung ausprobiert: Sie hatten Joghurtbecher mit Bier gefüllt und in die Erde gesteckt. Sie hatten haufenweise Lappen um die schützenswerten Pflanzen drapiert und als Friedensangebot Salatblätter ausgelegt. Die Schnecken hatten den Salat **und** die Rosenblätter gefressen. Es waren einfach zu viele. Einmal hatte Leon sich über einen der köchelnden Schleimhaufen gebückt und gesehen, daß eine Schnecke, die mit ewas Penisähnlichem bei einer zweiten offensichtlich als Männchen fungierte, gleichzeitig von einer dritten als Weibchen benutzt wurde. Diese ungebremste Fortpflanzungswut gab ihm den Rest. In hilfloser Erbitterung hatte er einen Eimer Kriegsgefangener abgekocht und den stinkenden Sud um die letzte intakte Rose gegossen. Aber auch Grausamkeit hatte die Rose nur so lange schützen können, bis der strömende Regen die Brühe fortspülte. Etwa eine halbe Stunde lang.

Als letztes war Leon darauf gekommen, die Schnecken abzusammeln, Stück für Stück die braunen Bäuche von den nassen Blättern und Stengeln zu pflücken und mit den Fingern aus dem Gras zu harken, bis seine Hände in Handschuhe aus Schleim gehüllt waren. Der Eimer zu seinen Füßen war bereits der fünfte, den er gefüllt hatte. Neben der Haustür standen vier weitere, abgedeckt mit Gehwegplatten aus dem Geräteschuppen. Mehr Eimer besaß Leon nicht. Aber tatsächlich war das Knistern jetzt verstummt. Leon ging zur Veranda. Er setzte sich schwerfällig auf eine Stufe, knotete die Kapuze seines schwarzen Anoraks auf und betrachtete die Beute. Eine braunrote Masse, die sich selbst verschlang. Mittendrin wand sich ein Regenwurm, der irgendwie hineingeraten war. Leons Rücken tat weh. Erst tagelang das Buddeln in den Gräben, und jetzt die Bückerei nach den Wegschnecken. Er fischte den Wurm heraus und setzte ihn neben die Holzstufen. Der Regenwurm schlängelte sich bis zur nächsten Pfütze, wo er sofort ertrank. Leon streifte den Schleim von seinen Händen im Gras und an den Gummistiefeln ab.

Die Haustür ging auf, und Martina kam heraus. Neben ihr schlich steifbeinig Noah. Er gähnte, stemmte die Hinterbeine gegen den Boden, legte den Kopf beinahe auf die Holzplanken der Veranda und straffte sich mit hochgerecktem Steiß. Anschließend hob er den Kopf und senkte die Hüfte, um Rückgrat und Hinterläufe zu dehnen. Er setzte sich neben Leon.

»Na endlich …«, dachte Leon. Endlich merkte der blöde Köter, wo er zu sitzen hatte. Das war eben so mit Hunden. Da konnte Martina ihn noch so verzärteln, schließlich hatte Noah sich doch dem Herrn des Hauses angeschlossen. Hunde gehörten zu Männern. Zu Frauen gehörten Katzen.

Leon tätschelte Noah den Kopf, und Noah stand sofort auf, trottete auf die andere Seite der Veranda und legte sich dort hin. Martina hob die Gehwegplatte von einem der Eimer.

»Das ist das Ekelhafteste, was ich je gesehen habe. Was willst du damit machen?«

»DOMESTOS drauf und eingraben. Ich kann sie ja schlecht im Klo runterspülen.«

»O nein«, sagte Martina, »tu das nicht! Das ist schrecklich. Kannst du sie nicht aussetzen? Irgendwo im Moor?«

»Damit sie morgen früh wieder an die Tür klopfen, was? Nee, nee. Ich sammel mir doch nicht den Buckel krumm, um dann Schnecken spazierenzutragen.«

»Du könntest sie mit dem Auto wegfahren«, schlug Martina vor. »Du fährst ein paar Kilometer, und in einem Wald schmeißt du sie raus. Dann kommen sie bestimmt nicht zurück. Sei so nett und eröffne hier kein Folterlager.«

»Die merken doch gar nichts«, brummte Leon, zog aber bereits den Autoschlüssel aus der Hosentasche.

111

Er nahm die Platten von den Eimern und schleppte die Schnecken zum Auto, verfrachtete sie in den Kofferraum. Martina brachte ihm Plastiktüten zum Abdecken. Leon stieg ein und schlingerte mit dem Mercedes die lehmige Auffahrt hinunter. Der Regen drosch auf das Dach. Am Ende der Auffahrt ließ Leon das Auto im lehmigen Schlick absichtlich um die Kurve driften und rammte beinahe den Briefkasten. Prompt fiel ein Eimer um. Leon hielt an, um nachzusehen, aber die Schnecken klebten aneinander; keine einzige war herausgefallen. Er brauchte bloß den Eimer aufzustellen und die Tüte wieder drüberzuziehen. Die Vorstellung, daß sie gleich woanders gemütlich weiterfressen durften, machte ihn ganz krank. Mit einer einzelnen Schnecke hätte er vielleicht noch Mitleid haben können, … aber mit so einem dicken braunen Batzen?

Aus Leons Kleidern dampfte die Nässe. Er fuhr die Rübenfelder und Weiden entlang. Nicht einmal das Pferd und die Kälber waren mehr draußen. Hier ging es nicht. Er konnte dem Bauern doch nicht einfach fünf Eimer Schnecken aufs Feld kippen. Was für eine aberwitzige Idee, die Biester auszusiedeln, nachdem er Stunden damit verbracht hatte, sie einzusammeln. Die mußte man aus dem Verkehr ziehen. Auf einen Haufen schütten und mit dem Auto drüberfahren. Martina brauchte er ja nichts davon zu erzählen.

Leon kam auf die Landstraße. Gleich den ersten Parkplatz fuhr er an. In den Parkbuchten standen zwei Kieslaster nebeneinander. Die Fahrer unterhielten sich durch die geöffneten Fensterscheiben. Leon fuhr sofort wieder runter. Zeugen konnte er nicht gebrauchen. Auch auf dem nächsten Parkplatz hatte er kein Glück. Obwohl nicht viele Leute unterwegs waren, standen anscheinend überall Autos und Lastwagen herum. Er wünschte, Kay wäre bei ihm. Sie wußte in schwierigen Situationen immer, was zu tun war. Sie war die Ruhe selbst gewesen, als sie über fünfzig geblähte und kurz vor dem Explodieren stehende Konservendosen in Leons Keller fanden und zum Recyclinghof transportieren mußten. Er mochte Kay. Tatsächlich, er mochte sie. Ihre unweibliche Art linderte seine Sehnsucht nach männlicher Gesellschaft, auch wenn sie sie natürlich nicht ersetzen konnte.

Plötzlich wußte Leon, wo er hinfahren mußte. Es war der ideale Platz, wenn man etwas loswerden wollte. Er bretterte durch Freyenow hindurch.

Wie erwartet, stand auf diesem Parkplatz kein Auto. Leon parkte neben dem zugenagelten Imbißwagen, damit ihm ein bißchen Sichtschutz blieb, falls doch noch jemand einbog. Es goß in Strömen. Leon öffnete den Kofferraum, zog die Plastiktüten von den Eimern, pflückte einige Schnecken, die bis an den Rand hochgekrochen waren, ab und warf sie zurück. Er schnappte sich gleich drei Eimer auf einmal, rannte gebückt los und kippte die Schnecken auf den nassen Asphalt. Es gab einen ganz ansehnlichen Haufen. Leon schob ihn mit den Füßen zusammen. Dann wollte er die beiden anderen Eimer holen. Aber als er versuchte, sie aus dem Kofferraum zu heben, spürte er plötzlich einen stechenden Schmerz in der Lendenwirbelgegend. Er stellte die Eimer wieder ab, blieb gebückt stehen und stieß pfeifend die Luft aus. In diesem Moment bog ein Viehtransporter ein, dessen Ladefläche mit blauen Planen verhängt war, und rauschte, ohne großartig die Geschwindigkeit zu vermindern, genau auf den Schneckenhaufen zu. Leon stand wie gelähmt. Der Lastwagenfahrer, der Edgar hieß, wie einem beleuchteten Namensschild hinter der Windschutzscheibe zu entnehmen war, sah jetzt das Hindernis und bremste. Aber fatalerweise bremste er erst, als der Transporter den Haufen bereits erreicht hatte. Eine Fontäne aus braunen Fetzen und Schleimstücken prasselte auf Leons Anorak, spritzte ihm ins Gesicht und in die Haare. Der Laster schmierte zur Seite und schleuderte auf den Mercedes zu. Leon rettete sich mit zwei Sätzen hinter den Imbißwagen. Seine Rückenschmerzen hatten ihn schlagartig verlassen. Nun bekam der Fahrer den Viehtransporter wieder in den Griff und lenkte ihn in die andere Richtung. Leon hörte, wie es unter der Plane mächtig polterte, wie die Ladung, die Kälber, was auch immer, durcheinandergewürfelt wurde. Nach dreißig Metern kam der Lastwagen zum Stehen. Leon lief zu ihm, hangelte sich auf das Trittbrett und riß die Tür auf.

»Alles in Ordnung?«

Der Fahrer stellte den Motor aus und wischte sich über die Stirn. Er trug einen traurigen Dschingis-Khan-Bart.

»Ja klar, alles klar, Jungchen«, sagte er. Dann sah er Leon an und erschrak. Leon sah furchtbar aus. Die ziegelroten Schneckenstücke klebten ihm überall im Gesicht und auf der Jacke. An seiner rechten Augenbraue hing ein kleiner schwarzer Darm, und braunrote Flüssigkeit lief ihm in schmalen Rinnsalen aus den Haaren über die Stirn.

»Dich hat's erwischt! Bleib ganz ruhig! Nein, komm rein! Du kannst dich hier auf das Bett legen. Ich hab ein Bett in der Kabine. Ich ruf dir Hilfe.«

Er griff nach seinem Handy, das neben einer umgestürzten Thermoskanne und einem grünen Käl-
berstrick auf dem Armaturenbrett lag.

»Schon gut. Kein Grund zur Sorge«, sagte Leon
und wischte sich das Gröbste aus dem Gesicht. »Ist
nicht mein Blut.«

»Aber was war das? Was war das für'n Haufen?«

»Schnecken.«

Der Fahrer starrte ihn verständnislos an.

»Die wandern jetzt«, sagte Leon. »Sie sind mitten
in eine Schneckenwanderung hineingefahren.«

»Was?«

»Schneckenwanderung. Darauf muß man bei sol-
chem Wetter achten. Gerade in der Nähe von Ge-
wässern.«

»**Was?**«

»Gerade im Juli, da muß man ungeheuer aufpas-
sen. Sie ziehen zu ihren Laichplätzen. Stellen Sie sich
bloß vor, wenn Sie mitten auf der Landstraße, bei
vollem Tempo, auf die Schnecken gestoßen wären.«

Der Fahrer kniff mißtrauisch die Augen zusammen.

»So? Ist das so?«

»Ja«, sagte Leon fest. Er sprang vom Trittbrett.

»Wollen Sie überhaupt nicht nach ihrer Ladung
sehen«, fragte er und versuchte, die blaue Plane zur
Seite zu ziehen, »würde mich nicht wundern, wenn
da was passiert ist.«

»Finger weg!« brüllte der Fahrer und spang von
seinem Sitz. Er stieß Leon zurück und riß ihm die
Plane aus der Hand. Leon sah zwei rostige Fässer auf
der Ladefläche.

»Das ist mein Laster! Wisch dir deine Pfoten woanders ab!« fuhr ihn der Fahrer an.

»Ist ja gut, Edgar«, sagte Leon, »ist mir doch egal, was du da ins Naturschutzgebiet schütten willst.«

Der Fahrer schnaufte, kletterte wieder ins Fahrerhaus, startete zischend und brummend und fuhr vom Parkplatz herunter.

Leon ging zu dem Schneckenhaufen zurück. Ein richtiges Massaker, ein großer Matsch, eine rötlichbraune Soße, die als kleine Wölkchen ins Pfützenwasser quoll. Die wenigen Überlebenden entfernten sich unendlich langsam und mit den Fühlern nach allen Richtungen sichernd vom Unglücksort. Sie sahen aus, als stünden sie unter Schock. Leon rührte mit der Stiefelspitze im Schneckenmatsch. Das Zeug mußte weg, bevor *noch* jemand darin ins Schleudern kam. Er holte einen der leeren Eimer und kratzte den Schmodder von der Straße. Den letzten Rest mußte er mit den Händen zusammenscharren. Er kippte das Zeug die Böschung hinunter. Dann holte er die Eimer, die noch im Kofferraum standen. Zum Teil waren die Schnecken schon herausgeklettert und klebten wie kleine Griffe außen auf dem Plastik. Leon schüttelte die Eimer kräftig über der Böschung aus und klopfte sie gegen einen Holzpflock, aber einzelne Tiere blieben hartnäckig auf dem Boden kleben, bis er sie mit den Fingern herauskratzte. Er warf die leeren Eimer in den Kofferraum und schlug den Deckel zu.

Dreckig, wie er war, setzte er sich hinters Lenkrad. Der Mercedes sah auch schon längst nicht mehr so aus wie zu dem Zeitpunkt, als er ihn geschenkt bekommen hatte. Leon startete. Das Gebläse röhrte. Der Scheibenwischer rührte sich nicht. Fluchend lenkte Leon den Mercedes wieder auf die Landstraße. Er überlegte, ob er deswegen auf die Tankstelle bei Freyenow fahren sollte, und entschied sich dagegen. Durch die Wasserschlieren auf der Windschutzscheibe konnte er kaum etwas erkennen. Er ließ das Seitenfenster herunter und lehnte sich hinaus. Kurz vor der Tankstelle kam ihm der weiße Transit des Krämers entgegen. Leon blendete kurz auf, aber Kerbel schien ihn nicht zu bemerken.

Guido Kerbel fuhr sehr schnell. Er hatte eine bretthar te Erektion und anderthalb Stunden Zeit. So lange dauerte es üblicherweise, wenn er etwas im Sonderpostenmarkt einkaufte. Er hatte seiner Frau gesagt, daß er dort Schraubenzieher-Sets besorgen wollte, und wenn er länger wegblieb, würde seine Frau anfangen, Fragen zu stellen. Aber er würde nicht länger brauchen. Er brauchte nie länger. Kerbel setzte den Blinker, sah sich mechanisch um, ob ihn auch niemand beobachtete, und fuhr auf den Parkplatz. Der Anblick seines vernagelten Campingwagens hatte ihm lange Zeit Kummer bereitet. Er hatte ihn direkt nach der Wende gekauft und selber umgebaut. Aber es war wie verhext gewesen. Kein Mensch hatte an diesem Parkplatz gehalten, niemand wollte seine Bratwürste kaufen. Im letzten Jahr hatte er den Grill und die Friteuse wieder ausgebaut und annonciert. Kerbel parkte, knetete kurz an seinem Schwanz und stieg aus. Regentropfen betupften seinen grauen Krämerkittel. Er sah noch mal nach allen Seiten, bevor er den Campingwagen aufschloß. Im Inneren war es gemütlich. Ein mannshoher Spiegel, eine Kleiderstange auf Rollen, ein Sofa, ein kleiner Schminktisch. Ein bißchen sah es aus wie in einer Schauspielergarderobe. Hinter dem Spiegel stand der Karton mit den Schraubenzieher-Sets. Kerbel schloß zweimal ab und zog sich aus. Nackt ließ er sich auf das Sofa fallen, öffnete die Schublade des Schminktischchens und nahm eine kleine Flasche heraus. »Nail Sensation« stand auf dem Etikett. Kerbel schraubte sie auf und bepinselte seinen Daumennagel. Tolles Zeug. Wenn er seine Nägel damit bestrich, bevor er den Nagellack auftrug, konnte er die Lackschicht hinterher wie eine Folie abziehen. Damit sparte er mindestens zehn Minuten. Er bemalte die Grundierung mit schnell trocknendem Nagellack – Aubergine. Kerbel lehnte sich zurück und sah auf die Uhr, bis drei Minuten vergangen waren. Dann packte er seinen Schwanz und legte los. Es sah klasse aus, wie die auberginefarbenen Fingernägel hoch und runter glitten. Kurz bevor er soweit war, hörte Kerbel auf und ging zu der Kleiderstange. Er nahm einen dunkelblauen BH mit einem dazu passenden Slip vom Bügel, zog beides an und betrachtete sein Bild im Spiegel. Der Schlüpfer beulte sich wie ein Zelt. An der Seite hing noch das Preisschild. Kerbel mochte neue Sachen. Er begriff nicht, was manche Männer an gebrauchten Unterhosen finden konnten. Das war ekelhaft und pervers. Gebrauchte *Kleider* waren etwas anderes. Dieses jedenfalls. Er nahm es andächtig vom Bügel. Vor ein paar Wochen hatte er es gefunden. Ein wunderschönes Kleid. Aubergine. Mit eckigem Ausschnitt. Eng und sehr schlicht. Er war ins Gebüsch gegangen, um zu pinkeln, und da hing das Kleid in den Ästen, völlig sauber, fast wie neu. Ein Geschenk, und es hatte auf Anhieb gepaßt. Zitternd vor Aufregung streifte Kerbel das Kleid über. Noch bevor er den Reißverschluß ganz zugezogen hatte, spritzte er in den Slip.

Als Leon wieder vor der Gartenpforte mit den goldbemalten Spitzen und Kreisen hielt, hatte der Regen etwas nachgelassen. Auf der Veranda standen Martina und Kay, und zwischen ihnen lag Noah auf einem Klapptisch. Martina mußte ihn irgendwie dazu gebracht haben hinaufzuklettern. Sie machte etwas mit seinem Rücken. Es sah aus, als wenn sie ihm die Haare waschen würde und gerade das Shampoo einmassierte. Noah war dicker geworden. Sein Fell glänzte. Er wandte Leon den Kopf zu, aber es war klar, daß er nicht die Absicht hatte, ihm entgegenzulaufen. Die Pfoten hatte er unter den Leib gezogen und wirkte dadurch plump und sackartig. Nichts als Rumpf. Für Leon sah er nicht wie ein Hund aus. Ein Hund hatte Pfoten. Das war eine Riesennacktschnecke, die Königin aller Nacktschnecken, die ihm ihr verdammtes Volk auf den Hals gehetzt hatte. Fehlten bloß noch die Fühler. Leon stieg aus und schlenderte, die Hände in den Hosentaschen, zum Haus.

»Du warst ja ewig lange weg«, sagte Martina. Sie nahm eine Fettfalte an Noahs Hüfte zwischen die Fingerspitzen und rollte sie seinen Rücken entlang bis zum Hals. Noah seufzte. Seine großen Augen hingen am Horizont. Mit einem halben Schwanzschlag deutete er Leon seine mäßige Wiedersehensfreude an.

»Der hat's gut«, sagte Kay. Sie hielt ein aufgeschlagenes Buch in der Hand und sah zu, wie Martina in Noahs Nackenspeck wühlte.

»Was soll das denn werden?« fragte Leon gereizt.

»Was kommt als nächstes?« wandte Martina sich an Kay. Kay fuhr mit dem Finger über die Seite.

»Als nächstes sollst du eine Hautfalte greifen und den Rücken hochrollen.«

»Hab ich schon. Und das nächste auch. Lies das übernächste vor!«

»Die Fingerspitzen in Höhe der Nasenwurzel … «

»Ach, ich weiß schon.«

Leon nahm Kay das Buch aus der Hand und las den Titel:

MASSIER DEIN TIER.

»Ihr habt sie doch nicht alle! Hat das schon wieder Kerbel besorgt?«

Er gab Kay das Buch zurück.

»Das habe ich von meinem eigenen Geld gekauft«, sagte Martina, »mach mich nicht wütend. Das würde sich sofort auf Noah übertragen.«

Sie ließ die Fingerspitzen von Noahs Schädelplatte über Kopf, Hals und Rücken bis zur Schwanzwurzel wandern. Der Hund klappte die Augen zu, öffnete sie aber gleich wieder, als Leon Martina anfuhr:

»Warum muß der dicke Köter überhaupt massiert werden? Kannst du mir das mal sagen?«

»Weil das die einzige Möglichkeit ist, ihm näherzukommen. Du weißt doch, daß er nicht gern gestreichelt werden mag. Ich habe jetzt eine Art der Berührung gefunden, die ihm gefällt. Er hat nämlich gar nichts gegen Berührungen. Er mag bloß nicht gestreichelt werden.«

»Das ist pervers«, sagte Leon. »Ich würde mich nicht wundern, wenn er einen Steifen hat.«

So, wie Noah auf dem Tisch lag, war das nicht zu überprüfen.

»Und wenn schon«, sagte Kay. »Gönn dem Hund doch auch mal was.«

Martina lächelte Kay an. Als sie sich Leon zuwandte, verfinsterte sich ihr Gesicht.

»Du kannst so gemein sein«, sagte sie.

Leon stieß sich vom Verandageländer ab und schnalzte mit der Zunge.

»Komm Noah«, rief er, »komm, alter Noah, komm, komm, komm! Wir machen mal 'ne Kontrollrunde durch den Garten, ob noch Schnecken da sind. «

Er schlug sich mit der flachen Hand aufs Bein, und tatsächlich sprang Noah abrupt hoch, wobei er auf der Tischplatte ausglitschte und mit den Krallen über das Plastik klapperte und schurrte. Herr und Hund verschwanden hinter der Hausecke. Leon pfiff vor sich hin. Martina klappte seufzend den Tisch zusammen und lehnte ihn wieder gegen die Hauswand.

»Mach dir nichts draus«, sagte Kay. »Daß Noah mit Leon gegangen ist, heißt nicht, daß er ihn lieber mag; nur, daß Leon mehr Autorität hat.«

»Ist mir auch egal. Meinetwegen kann der Hund machen, was er will.«

»He«, sagte Kay, »nicht traurig sein. Noah liebt dich. Er betet dich an. Du weißt nicht, wie der früher war. Das war der merkwürdigste Hund, den ich jemals gesehen habe. Der hat noch nie jemanden gemocht. Der konnte nicht mal seinen eigenen Herrn ausstehen, obwohl der immer nett zu ihm war. Ich habe eben zum ersten Mal gesehen, daß er sich freiwillig stundenlang anfassen läßt.«

»War nur 'ne Viertelstunde. Willst du mit einen Kaffee trinken.«

»Klar«, sagte Kay.

Leon und der Hund kamen wieder um die Ecke.

»He Kay«, rief Leon, »eh ich es vergesse – kannst du mal mit zum Auto kommen? Der Scheibenwischer tut es wieder nicht.«

»Klar!«

Sie ging mit ihm zum Mercedes. Leon gab ihr die Autoschlüssel. Kay setzte sich auf den Fahrersitz und startete den Motor. Dann langte sie nach vorn auf die Windschutzscheibe und ruckte einmal am Wischerblatt. Sofort nahm der Scheibenwischer seine Arbeit wieder auf.

»Gut«, sagte Leon, »werde ich mir merken.«

»Wenn es das nicht ist, ist es meistens die Sicherung. Dann mußt du bloß die Sicherung wechseln.«

Leon nickte. Kay ging zum Haus zurück, und Leon durchstreifte mit Noah an seiner Seite den Garten. Am Zaun zum Moor blieb er stehen und lauschte. Er hörte bloß den Regen, den ewigen Regen, der auf das Dach seines Hauses fiel und auf die neue Satellitenschüssel, der auf das Gras fiel und in die Moorlöcher und frischen Gräben. Leon hob einen Ast auf und warf ihn ins Moor.

»Los, such! Schnapp!«

Noah rührte sich nicht. Es mochte manchmal so aussehen, als wenn er Leon gehorchte, aber in Wirklichkeit gehorchte er nur den höheren Gesetzen seiner Hundeexistenz. Leon insistierte nicht. Er schaute auf sein Moor, das auch im Regen schön war, schaute auf die melancholischen und unergründlichen Wasserlöcher. Dann entdeckte er sie: braun, braunrot und gräulich, 15 Zentimeter lang und 2 Zentimeter breit, feucht und glänzend und nackt. Er konnte auf Anhieb zehn Stück ausmachen. Sie glitten über Moos und Schlamm, ihre Atemlöcher zuckten, wenn ein Grashalm ihren glatten Mantelschild streifte, und ihre Köpfe tasteten sich in Richtung Garten vor. Fünfzehn, achtzehn. O nein, die Natur war nicht lieblich. Sie war böse, undiszipliniert und dreckig,

122

und sie war Leon und seinen Anstrengungen und Hoffnungen grundsätzlich feindlich gesonnen. Sie wollte ihn zermürben und demütigen. Es waren über zwanzig. Zwei schmatzten mit ihren halbmondförmigen, gerieften Oberkiefern an einem verfaulten Pilz. Aber sie konnten Leon nicht täuschen. Der mulchige Pilz war bloß die Vorspeise, ein Häppchen, ein Canapée, ein Ameuse geule; die Bäuche vollschlagen wollten sie sich in seinem Garten. Leon stieg über den Zaun und kniete sich ins nasse Gras, das sofort seine Hosenbeine durchweichte. Er sammelte sie ein. Er sammelte alle ein, die sich im Umkreis von drei Metern um seinen Garten befanden. So viele waren es gar nicht. Zwei Hände voll. Leon warf sie in den Hauptgraben. Dann ging er allein zum Haus zurück. Noah hatte ihn unbemerkt verlassen und lag schon wieder in seinem Korb. Leon wollte ins Haus gehen, aber als er eben die Klinke niederdrückte, sah er noch eine Schnecke. Sie saß auf der oberen Kante des zusammengeklappten Plastiktisches. Sie war nicht ziegelrot oder braun wie die Wegschnecken, die er gerade abgesammelt hatte. Sie war gelblichweiß, und ihr Schleim war milchig. Sie war die Tischkante hochgeschleimt und versuchte jetzt, auf die Wand überzuwechseln, was ihr nicht ganz leicht fiel, denn ihr kräftig in Längsrichtung gerunzelter Hinterleib schien voller Eier zu sein. Die weiße Schnecke bäumte sich auf wie ein Zirkustier, reckte den Vorderkörper in die Luft und spreizte die Fühler zu einem V.

V wie Victory.

5 *Nachlassende Schauerneigung. Abends Nebelbildung, besonders in Senken. Es bleibt mit Höchstwerten um 16 Grad ziemlich kühl.*

Guido Kerbel verließ seinen Laden und setzte den Lieferwagen rückwärts aus der Auffahrt. Es war kurz nach fünf. Kerbel wollte noch vor Geschäftsschluß in KARLIS SCHNÄPPCHENKELLER sein, um einige Ramschposten zu begutachten und eventuell sein eigenes Sortiment aufzustocken. Das Isolierband und die Schraubenzieher liefen gut, und von den Troll-Figuren mit den bunten Haaren hatte er auch schon vier verkauft. Die Fenster des Transporters waren beschlagen. Kerbel kurbelte das Seitenfenster herunter und hängte sich mit dem halben Oberkörper hinaus, um die beiden Mülltonnen im Auge zu behalten. Sein schaufelförmiger Unterkiefer schob sich vor lauter Konzentration nach vorn. Jemand hupte. Ein Geräusch wie ein Wutschrei. Kerbel rutschte vom Kupplungspedal, und der Motor soff ab. Es war ein fremdes Auto, ein verspoilter roter Mercedes mit den breitesten Reifen, die Kerbel jemals an einem Personenwagen gesehen hatte. Der Mann hinterm Steuer sah wütend aus. Er hatte lange graue Haare. Auch sein Jackett war grau, und darum glaubte Kerbel für einen Moment, der Mann hätte so lange und so viele Haare, daß er sich darin einwickeln könnte. Neben ihm saß ein jüngerer Mann mit unbewegter Miene. Er machte Kerbel Zeichen, daß er verschwinden sollte. Kerbel beeilte sich, an den rechten Straßenrand zu fahren. Er hatte es ja geahnt – wenn erstmal ein Westler hierhergezogen war, würden auch noch mehr folgen. Und dann würden sie etwas kaufen müssen. Die Gegend war im Kommen. Man mußte bloß Geduld haben. Halb grüßend, halb um Entschuldigung bittend, hob er die Hand. Der Mann, der im anderen Wagen am Steuer saß, hob automatisch ebenfalls die Hand, aber im letzen Moment ließ er sie mit einer wegwerfenden Bewegung fallen. Auf der Rückbank sah Kerbel einen weißen Hund sitzen. Der Hund hatte Schlitzaugen und einen Kopf wie eine dicke, der Länge nach aufgeschnittene Gurke. Er geiferte das Fenster voll. Kerbel beobachtete das Auto im Rückspiegel, bis es hinter der nächsten Kurve verschwunden war.

Als sich der rote Mercedes die Treckerspuren heraufquälte, kniete Leon gerade neben Noah auf der Veranda, um Schnecken aus dem Hundenapf zu sammeln. Nicht zum erstenmal. Die Ackerschnecken waren ganz wild auf Hundefutter. Der rote Wagen bremste vor dem Gartentor und stellte sich neben den schwarzen Mercedes

»Es ist Harry«, brüllte Leon ins Haus, warf die Schnecken ins Gras und stand auf. Er konnte sich kaum erinnern, wie lange es her war, seit er mit einem Mann geredet hatte – richtig geredet. Die Gespräche mit dem Krämer zählten nicht. Kerbel selbst, dieser unterwürfige Weichling, zählte nicht.

Martina kam heraus. Sie trug ein gelbes Kleid, das aus demselben Stoff genäht war wie Noahs neues Hundekissen. Noah gähnte, riß das Maul sperrangelweit auf und entrollte seine Zunge. Dann kreuzte er die Vorderpfoten auf dem Kissen und legte die Schnauze darauf. Ungerührt sah er zu, wie Pfitzner und Harry ausstiegen. Erst als hinter ihnen ein Bullterrier aus dem Wagen sprang, schnellte sein Kopf hoch, und aus seiner Kehle kam ein unkontrolliertes, halbersticktes Kläffen. Es mochte Leons und Martinas Sache sein, ob Menschen diesen Garten betraten, aber wenn ein Hund auftauchte, dann war das ausgesprochen seine Angelegenheit. Auch der Bullterrier hatte den großen braunen Hund bemerkt und wollte ihm entgegenlaufen. Doch kaum hatte er die erste Bewegung in Noahs Richtung getan, brüllte Harry:

»Rocky! Platz!«

Der Bullterrier warf sich sofort auf den Rücken. Harry knurrte zufrieden und befestigte eine Leine an Rockys schwarzem Nietenhalsband. Er hatte den Hund vor einem Monat von Albaner-Roy gekauft, weil Albaner-Roy doch lieber einen richtigen Kampfhund haben wollte, einen Pitbull. Harry interessierte sich nicht für Hundekämpfe. Er wollte den Bullterrier für sich. Auch jemand wie Harry brauchte etwas, das er lieben konnte. Rocky war noch jung und lernte schnell. Alle lernten bei Harry schnell, ob es Mädchen oder Hunde waren. Er hatte die Nutten angeschrien, daß er ihnen die Finger brechen würde, wenn sie es noch einmal wagten, seinen Hund anzugrabbeln. Und der Bullterrier hatte bald begriffen, daß er Prügel bekam, wenn er zu den Nutten lief oder zu irgend jemandem sonst. Nur wenn er einen anderen Hund sah, konnte er sich noch nicht beherrschen.

»Harry«, rief Leon und lief ihm entgegen. Er packte seinen Unterarm und drückte seine Hand.

»Benno«, sagte er immer noch strahlend, auch wenn ihm im selben Moment einfiel, daß er Pfitzner wohl besser zuerst begrüßt hätte.

»Ist das die großartige Natur, von der du so rumgedibbert hast?« fragte Harry. »Das ist doch keine Natur, das hier. Ich war mal am Grand Canyon, mit dem Motorrad – das ist Natur! Ohne Ende. Las Vegas. Und Rodeos.«

Noah erhob sich von seinem Kissen, ging steifbeinig und mit gesträubtem Rückenfell drei Schritte auf den angeleinten Bullterrier zu und legte sich platt auf den Boden. Martina wußte nicht, ob sie jetzt auch in den Regen laufen und Leons Freunde begrüßen sollte oder Noah zurückholen oder einfach unter dem Vordach warten. Der Bullterrier sah mit großen Augen zu dem braunen Hund hinüber und winselte in sich hinein. Noah sprang auf und lief zu ihm. Beide sträubten die Rückenhaare. Rocky senkte die Nase unter Noahs Bauch, und Noah ließ ein tiefes Grollen hören. Im selben Moment packte Martina ihn am Halsband und stellte sich zwischen beide. Sie bückte sich, um Rocky beruhigend über die Nase zu streicheln..

»Nicht anfassen«, fuhr Harry sie an, »er kann Frauen nicht ausstehen.«

Aber Rocky hatte sich sowieso schon abgewendet. Er hatte nicht vergessen, daß Nutten verboten waren, und für ihn waren alle Frauen Nutten – eine Ansicht, die er mit seinem Herrn teilte. Harry machte sich nicht die Mühe, Martina zu begrüßen. Er ging an ihr vorbei und band seinen Bullterrier auf der Veranda fest.

»Nehmt euren Hund mit ins Haus. Ich laß Rocky hier draußen. Der reißt ihn sonst in Stücke – wie'n altes Handtuch.«

Martina wollte etwas sagen, nämlich daß Noah nicht gern im Haus war, aber Leon schleifte ihn schon am Halsband hinter sich her. Sie biß sich auf die Unterlippe.

»Ist das dein Mädelchen«, fragte Pfitzner, nahm Martinas Hand und hielt sie fest, rückte mit seiner breiten Nase viel zu dicht an ihr Gesicht heran.

»Ist hübsch. Gefällt mir. Du hast Geschmack, Blacky.«

Er ließ Martinas Hand endlich wieder los. Sie zog sie schnell zurück, legte die andere Hand schützend darüber und warf Leon einen hilfesuchenden Blick zu. Er wich aus. Er legte auch nicht den Arm um sie, als sie hinter Pfitzner her ins Haus gingen, wie er es sonst immer tat, wenn sie von draußen hereinkamen. Erstens mußte er den Hund hinter sich herzerren, zweitens sollten Harry und Pfitzner nicht glauben, daß er mit Liebe geschlagen war. Ausgerechnet jetzt mußte natürlich auch noch Kay auftauchen. Sie schlenderte am Zaun vorbei und winkte herüber. Martina winkte von der Haustür zurück. Leon tat, als würde er Kay nicht sehen und betete stumm, daß sie nicht auf die Idee käme, ihn jetzt zu besuchen.

»Was ist das denn«, sagte Harry. »Das ist doch kein Kerl, oder?«

»Keine Ahnung«, antwortete Leon und lachte nervös, »wahrscheinlich weiß sie das selbst nicht so genau.«

Er schloß schnell die Tür. Pfitzner wandte sich wieder Martina zu.

»Schön hat sie's dir gemacht«, sagte er und nickte anerkennend in Richtung Wohnzimmer. »Bist 'ne richtige Zuckermaus, was? Meinst du, du könntest uns auch noch was zu essen zaubern?«

»Ich schau mal«, sagte Martina und ging einge-schüchtert in die Küche.

»Nimm die eingefrorenen Steaks und tau sie in der Mikrowelle auf«, sagte Leon in einem Ton, in dem er noch nie mit ihr gesprochen hatte.

Sie stand in der Küche und starrte auf die ge-schlossenen Schranktüren. Ihr dämmerte, daß sie nicht besonders viel über Leon wußte oder über die Dinge, die ihm wichtig waren. Wie er den alten, bru-talen Kerl ansah. Als wenn es der liebe Gott wäre! Mechanisch machte sie das Gefrierfach auf, nahm das gefrorene rote Fleisch hinaus, wickelte es aus, tat es auf einen Teller und schob es in die Mikrowelle. Dann stützte sie die Hände auf das Fensterbrett, sah hinaus in den dünnen Regen und wünschte sich in die Stadt zurück. Sie hätte sich gern erbrochen, aber das Haus war hellhörig, und sie mußte damit warten, bis sie wieder allein war.

Pfitzner ließ sich in Leons Lesesessel fallen und knotete die Schuhbänder seiner Stiefeletten auf, zog die Füße halb aus ihnen heraus und streckte die Bei-ne aus. Er steckte sich eine Zigarre in den Mund, zündete sie mit einem goldenen Dupont-Feuerzeug an und füllte die Luft mit seinem Geruch. Leon ließ Noahs Halsband los und setzte sich auf das Sofa. Der

Hund trottete zurück zur Eingangstür und wartete stur und reglos, daß ihn jemand herauslassen würde. Harry hatte sich breitbeinig vor das Bücherregal gestellt, mit dem Rücken zu Pfitzner und Leon. Er zog ein Buch nach dem anderen heraus und steckte es wieder zurück, ohne eines davon aufzuschlagen. Währenddessen betrachtete Pfitzner eingehend den Siegelring auf seinem dicken Mittelfinger. Leon rutschte unbehaglich auf dem Sofa herum.

»Schöner Mercedes … dein neuer«, sagte er, um irgendwas zu sagen, »dein alter tut's auch noch gut. Ist mir hier 'ne riesige Hilfe. Tolles Auto. Wirklich. Ich bin dir echt dankbar.«

Pfitzner kratzte mit dem Daumennagel an seinem Ring, sah dann hoch und stumm und ausdruckslos durch Leon hindurch. Leon räusperte sich.

»Wolltest du dir nicht eigentlich 'nen Porsche kaufen? Hast du das nicht gesagt?«

Er wußte genau, daß Pfitzner niemals vorgehabt hatte, einen Porsche zu kaufen, aber er hielt das Schweigen nicht mehr aus. Er hatte sich nicht verrechnet.

» 'n Porsche«, knurrte Pfitzner,« 'n Porsche sieht doch aus wie'n kackender Köter.«

Noah kam wieder herein. Als ihn niemand beachtete, ging er zum Kamin und legte sich auf den Teppich. Von dort beobachtete er die drei Männer und versuchte herauszufinden, welchen Rang sie einnahmen. Noah spürte die Klarheit und überwältigende Entschlossenheit, die von dem großen Grauhaarigen ausging, eine Entschlossenheit, wie sie nur ein Rüde besaß, der sich seiner Macht sehr sicher war. Es war gut, ihn im Rudel zu haben. Falls der Grauhaarige allerdings nicht zu Leons Rudel gehörte, sollte er so schnell wie möglich vertrieben werden, denn gegen ihn war Leon bloß ein kleiner Kläffer. Im Rang kam er noch hinter dem Mann an der Bücherwand. Dem Mann an der Bücherwand war nicht zu trauen. Ein Beißer, und zwar einer, der ohne Vorwarnung angriff. In den Augen des Grauhaarigen lag eine stille Drohung – keine Aggressivität – nur eine Drohung. Aber Leon hatte sie anscheinend auch bemerkt und verhielt sich entsprechend. Das beruhigte Noah. Ein respektvolles Zurschaustellen des eigenen niederen Ranges würde Leon die Mitgliedschaft im Rudel sichern und allen Ärger ersparen.

»Porsche«, schnaubte Pfitzner. Dann sah er Leon voll an, und Harry schlug eines der Bücher auf und schien darin versunken.

»Wieso bist du nicht raufgekommen. Wenn du schon nie anrufst, kann ich ja wohl wenigstens erwarten, daß du mal raufkommst und mich auf dem laufenden hältst. Was meinst du, wofür ich dir den Wagen gegeben habe?«

Leon rang um Fassung

»Ich … äh … ich habe versucht dich anzurufen. Hab mir deswegen extra ein Handy gekauft. Außerdem habe ich dir doch das Manuskript geschickt – die erste Hälfte. Ich wollte dir nichts zeigen, bevor ich nicht etwas zusammenhabe, mit dem ich wirklich zufrieden bin. Das dauert immer ziemlich lange bei mir. Ich arbeite so. Übrigens hätte ich diese Woche sowieso noch angerufen, weil ich jetzt zwei Verlage an der Hand habe, die interessiert sind. Und ich wollte keine Zusagen machen, ohne das vorher mit dir abzuklären. Und dann wollte ich dich ja auch noch wegen der Einkünfte aus dem Buch fragen. Ich werde so um die 10 Prozent bekommen, und ich weiß nicht, wie wir das mit den Hunderttausend von dir verrechnen wollen …«

»Peanuts«, sagte Pfitzner, »deine 10 Prozent interessieren mich nicht. Wenn mir das Buch gefällt, kannst du die behalten. Sieh bloß zu, daß mir das Buch gefällt.«

Er fixierte ihn wieder. Seine Lider hingen auf halbmast.

»Was soll die Scheiße?« sagte er auf einmal.

»Was … äh …?« fragte Leon.

»Was du mir da geschickt hast. Wie kommst du darauf, daß mich das stört, daß meine Mutter so viele Männer hatte? Das ist ihre Sache. Ich find's gut, daß meine Mutter sich tüchtig amüsiert hat. Wieso schreibst du so eine Scheiße? Was denkst du dir dabei? Und das in der Schule … Ich hab dir doch erzählt, wie es gewesen ist. Wieso schreibst du jetzt völlig falsche Sachen? Was ist los mit dir?«

»Ich … «, sagte Leon.

»Das schreibst du alles nochmal neu«, sagte Pfitzner, »und zwar so, wie ich dir das erzählt habe. Und du fängst nicht an, und erfindest irgendwas dazu! Ist das klar?«

Leon sah von Pfitzner zu Harry, der immer noch in das Buch vertieft schien. Martina kam mit dem Essen herein, stellte zwei Teller auf den Tisch.

»Na, da wollen wir mal«, sagte Pfitzner und rutschte wieder in seine Schuhe, ging zum Tisch und setzte sich vor einen Teller, auf dem ein Steak brutzelte. Zwiebelringe lagen darauf und daneben Pommes Frites und knallgrüne Erbsen.

»Sieht ja lecker aus«, sagte Pfitzner und fing an zu säbeln. Harry riß sich endlich von der Bücherwand

132

los und setzte sich ebenfalls. Martina brachte die anderen beiden Tellern herein.

»Leon, kommst du nicht?« fragte sie. Er stand auf, ging wie ein Schlafwandler zum Tisch und hockte sich vor sein Essen, ohne das Besteck anzurühren. Noah schnupperte. Er bettelte nicht. Er bettelte nie.

»Lecker«, sagte Pfitzner noch einmal, »kochen kann sie also auch. Bist echt 'n Glückspilz, Blacky.«

Er spießte nacheinander eine Erbse, ein Zwiebelstück, ein Pomme Frite und ein Stück Fleisch auf und steckte sich alles zusammen in den Mund.

»Hier regnet es ja ohne Ende«, sagte Harry kauend, »das nächste Mal bringen wir dir 'n Schlauchboot mit.«

Pfitzner säbelte sich wieder ein Stück Fleisch ab und tauchte es mit der Gabel in die blutige Soße. Leon kam es vor, als wäre er selbst dieses Fleischstück, und die Gabel war Pfitzner, der ihn gepackt hielt und seinen Kopf in eine Pfütze steckte.

»Was das Buch betrifft … «, fing Leon an.

»Aber doch nicht beim Essen«, sagte Pfitzner, säbelte, schaufelte Erbsen, fuhr Pommes Frites ein. Ein kleines Soßentröpfchen spritzte zwischen seinen Lippen hervor und blieb auf dem Kinn kleben. Harry beugte sich tief über seinen Teller. Martina sah Leon kühl und prüfend an. Leon zuckte zusammen. Ihr Blick zwang ihn, Pfitzner zu widersprechen, auch wenn er es lieber nicht getan hätte.

»Doch«, sagte er, »wir müssen jetzt darüber reden. Ich muß dir etwas erklären. Ich muß dir erklären, was es mit dem Schreiben auf sich hat. Ich bin sicher, daß du es dann auch anders sehen wirst.«

Noah bewegte unbehaglich den Kopf zwischen den Vorderpfoten. Was war bloß in Leon gefahren?

Solange ein Hund seinen Platz kannte und akzeptierte, brauchte er keine Angriffe von ranghohen Rüden zu befürchten. Aber so, wie Leon sich aufführte, brachte er sich und damit das Rudel in Gefahr.

»Du mußt mir in einem Punkt vertrauen«, sagte Leon und vermied es, Pfitzner dabei anzusehen, »ich kann schreiben. Ich weiß, was ich tue. Jemand, der sich noch nie damit beschäftigt hat, kann schwer den Überblick behalten, warum manche Dinge genau so und nicht anders ausgedrückt werden müssen. Die meisten Leute denken, ein Schriftsteller ist jemand, der ... «

»Erzähl mir nicht, was ein Schriftsteller ist. Ich weiß, was ein Schriftsteller ist«, sagte Pfitzner. »Ein Schriftsteller ist einer, der nicht scheißen kann, weil er den ganzen Tag vor seiner Schreibmaschine sitzt und sich nicht von der Stelle rührt. Aber statt daß er nun aufsteht und ein paar Runden um den Block läuft, bleibt er sitzen und schreibt darüber, daß er nicht scheißen kann.«

»Gar nicht mal so schlecht gesagt«, lachte Leon gequält, »ich muß dich trotzdem bitten, mir nicht in meine Arbeit hineinzureden. Du mußt akzeptieren, daß das ein Bereich ist, in dem ich einfach mehr Ahnung habe als du. Und es wird mein Name sein, der schließlich auf dem Titel steht. Ich werde für alles verantwortlich sein.«

»Halt's Maul«, sagte Pfitzner und sah aus dem Fenster. »Du kriegst von mir eine Liste mit den Stellen, die du ändern mußt, einen Teil habe ich selbst neu geschrieben, dafür zieh ich dir was ab. Du hältst dich an das, was ich gemacht habe, und machst es genauso. Außerdem schickst du mir jede Woche zehn neue Seiten! Ich geh jetzt. Den Rest klärt Harry mit dir ab.«

»Nein, ich werde nicht…«, entgegnete Leon und verstummte, als er einen durchdringenden, beschwörenden und wütenden Blick von Harry auffing, der langsam und fast unmerklich den Kopf schüttelte. Auch Noah schaute ihn an. Er roch die Angst in Leons Schweiß und sah, daß Leon sich nicht dieser Angst entsprechend verhielt.

»Gib ihm doch einfach sein Geld zurück«, rief Martina, die bisher geschwiegen hatte. Fast hätte sie hinzugefügt, daß er es ja von ihr haben könnte, aber das verkniff sie sich gerade noch.

»Sag deiner Süßen, daß sie sich mal die Nase pudern gehen soll«, sagte Pfitzner.

»Warum nehmen Sie sich nicht einfach Ihr Geld und lassen uns in Ruhe?« Martinas Stimme war schrill und überschlug sich. Sie zitterte.

»Geh bitte raus«, preßte Leon zwischen den Lippen hervor. Martina stand auf. Ihr war klar, daß sie etwas falsch gemacht. Mal wieder.

»Okay« sagte Pfitzner, als sie die Tür hinter sich geschlossen hatte, »wie war das eben?«

Harry rückte vom Tisch. Auf seiner Stirn war Schweiß.

»Mensch Leon … «, sagte er.

Von draußen kam fröhliches Kläffen. Noah lief zum Fenster und stemmte die Vorderpfoten auf die Fensterbank. Leon tat, als wäre er ebenfalls interessiert. Der Bullterrier Rocky hatte seinen Kopf aus dem Nietenhalsband gewunden und spazierte jetzt durch den Garten, beschnüffelte Noahs Markierungen und hob sein Bein darüber. Noahs Markierungen saßen ziemlich hoch, weil er ein großer Hund war, aber Rocky gelang es, seine eigene Duftmarke noch höher zu setzen, indem er sich soweit verrenkte, daß er beinahe einen Kopfstand machte. Noah sprang vom Fensterbrett und rannte bellend zur Tür. Kam zurück, bellte, sprang wieder aufs Fensterbrett, sah Rocky, der in seinen Garten pißte, ohne daß er etwas dagegen unternehmen konnte, jaulte hysterisch auf, spitzte die Hängeohren so weit, wie es eben möglich war, schniefte, weinte, verzweifelte, lief hin und her, und die Krallen schurrten, wann immer er auf ein Stück Boden ohne Teppich kam.

»Du machst das so, wie ich es sage. Ist das klar?« Pfitzner sah Leon an. Leon tat immer noch, als würde er Rocky beobachten, als würde er nicht hören. Er hatte Angst. Angst vor Pfitzner. Und was das schlimmste war: Er fürchtete sich auch vor Harry. Und gleichzeitig fürchtete er sich, »Ja« zu sagen und für alle Zeit als Schwächling vor ihnen dazustehen. Rocky pißte gegen den Geräteschuppen. Noah jaulte. Ohnmächtige Wut schüttelte seinen ganzen Leib. Er fing an zu bellen und hörte überhaupt nicht wieder auf.

»Schnauze«, schrie Pfitzner und trat ihm in die Seite. Noah fiel mit einem jämmerlichen Quieken hin. Martina riß die Tür auf.

»Rühren Sie den Hund nicht an!«

Ihre Augen funkelten, ihr Gesicht war käseweiß.

»Halt's Maul, Fotze«, sagte Pfitzner. Martina rannte zu Noah, kniete sich neben ihn und sagte tonlos:

»Raus! Sofort raus aus unserem Haus!«

Sie wartete, daß Leon etwas sagen würde, und als Leon nichts sagte, schrie sie hysterisch:

»Raus! Raus hier! Verschwindet!«

Pfitzner sah Harry an, und Harry ging zu Martina, packte sie an den Haaren und riß ihr den Kopf zur Seite, daß sie vor Schmerz kreischte und dann augenblicklich still war.

»He …«, sagte Leon und machte einen Schritt nach vorn, hörte und sah sich zur gleichen Zeit selbst, hörte sein jämmerliches »He« und wußte nicht, was zu tun war. Aber Noah wußte es. Er sprang auf und verbiß sich in Harrys Bein. Harry fluchte und trat mit dem anderen Fuß nach ihm, aber Noah hielt fest, und Harry mußte Martina loslassen. Pfitzner stieß Leon zur Seite, stampfte durch den Flur zur Haustür, riß sie auf und rief nach Rocky. Der Bullterrier kam angewetzt und drängte sich zwischen Pfitzners Beinen hindurch ins Haus. Ohne zu zögern, rannte er auf Noah zu und sprang ihn an. Er erwischte ihn gleich richtig, riß ihn mit der Wucht seines Ansturms um und grub ihm die Zähne in den Nacken. Noah schnappte wie wild um sich, aber Rocky war schneller. Immer wieder schlugen seine Kiefer zu, stets dicht am Maul oder an der weichen, lockeren Haut der Brust. Als es Noah endlich schaffte, auf die Beine zu kommen, sprang Rocky ihn von unten an und packte ihn diesmal am Hals. Noah begriff, daß es ernst war, richtig ernst, auf Leben und Tod, und daß er nicht gewinnen konnte. Er warf sich auf den Rücken und zeigte seine verletzliche Kehle. Die eigene rangniedere Position zu demonstrieren würde den Angreifer beschwichtigen. Aber Rocky interessierte es überhaupt nicht, daß sein Gegner sich ergab. Er wollte diesen braunen Hund töten. Aufjaulend schnellte Noah im letzten Moment zur Seite und konnte seinen Hals gerade noch aus dem schäumenden Maul ziehen, wobei sein Fell vom Kinn bis zum Brustkorb hinunter aufgeschlitzt wurde. Harry packte den Bullterrier am Nackenfell und hob ihn hoch. Eigentlich hob er zwei Hunde in die Luft. Rocky hatte sich so fest in Noahs Gesicht verbissen, daß der fast doppelt so große Hund noch in seinem Maul hing,

»Laß los«, schrie Harry und schlug Rocky mit der Faust auf den Kopf. Rocky biß eher noch fester zu.

»Gib mir was zum Hebeln«, wandte Harry sich an Leon. Es war Pfitzner, der ihm eine Gabel reichte. Harry steckte die Gabel in Rockys Maul, mit den spitzen Zinken voran, und bohrte darin herum, und die ganze Zeit hing Noah quiekend zwischen Rockys Zähnen. Endlich gab der Bullterrier nach und ließ ihn fallen, nieste und schüttelte den Kopf. Noah fiel wie ein alter Sack auf den Fußboden, wo er regungslos liegenblieb. Martina stürzte zu ihm und hob seinen Kopf an. Die braunen Murmelaugen blickten stumpf durch sie hindurch.

»Er muß zum Tierarzt«, rief sie. »Wir müssen ihn sofort zum Tierarzt bringen. Er verblutet. Leon, du mußt den Wagen bis vor die Haustür fahren.«

»Das blutende Scheißvieh kommt mir nicht ins Auto«, sagte Pfitzner.

Martina versuchte Noah aufzuheben.

»Ich sagte: Nicht ins Auto!« wiederholte Pfitzner. Da begriff Martina, und Leon begriff es auch, daß er von dem schwarzen Mercedes redete, von Leons Mercedes.

»Ich fahre jetzt«, wandte sich Pfitzner an Harry. »Du kommst mit dem anderen Wagen nach. Und untersteh dich, die Töle mitzunehmen.«

»Was?« sagte Leon.

»Blacky fährt ja sowieso nie nach Hamburg, also braucht er den Wagen auch nicht mehr.«

Pfitzner ging raus und schlug die Tür hinter sich zu. Harry klemmte sich seinen Bullterrier unter den Arm und winkte Leon, ihm zu folgen. Es hatte aufgehört zu regnen. Im Maisfeld standen Nebelwolken. Pfitzner fuhr rückwärts die Treckerspuren wieder hinunter. Vor dem Gartentor blieben Harry und Leon stehen.

»Gib mir die Schlüssel und die Papiere«, sagte Harry.

»Das wirst du nicht tun. Das willst du nicht wirklich tun?«

»Mensch Leon, jetzt reiß dich doch zusammen«, sagte Harry. »Ich muß das machen. Du bist mein Freund, aber wenn du dich so benimmst, kann ich dir auch nicht mehr helfen.«

»Du weißt, daß er mir den Wagen geschenkt hat. Du weißt es!«

»Du redest ohne Ende Blödsinn«, sagte Harry. »Warum sollte Pfitzner dir so 'nen Wagen schenken? Hast du 'ne Ahnung, was der mal gekostet hat?«

»Er hat ihn mir geschenkt. Er kann ihn mir nicht einfach wieder wegnehmen.«

»So wie die Kiste dasteht – ich meine, wenn sie neu wäre – kostet sie mindestens achtzigtausend. Denkst du, Pfitzner schenkt dir mal eben so achtzigtausend Mark, bloß weil du so 'n hübsches Gesicht hast – he?«

Leon stellte sich Harry mit ausgebreiteten Armen in den Weg.

»Rühr mein Auto nicht an!«

»Mensch Leon! Der Mercedes gehört Pfitzner, und er kann ihn sich jederzeit zurückholen. Oder hat er gesagt: Hier, ich schenk dir das Auto, ab jetzt gehört es dir. Hat er das? Hat er doch gar nicht, stimmt's? Wenn du dich 'n bißchen mehr zusammengerissen hättest, könntest du ihn ohne Ende fahren.«

Leon ließ die Arme fallen. Schlapp hingen sie von den Schultern herunter. Er trat zur Seite.

»Okay, und jetzt gib mir den Schlüssel«, sagte Harry .

Leon reichte sie ihm.

»Und die Papiere.«

»Sind im Handschuhfach.«

Harry schloß den Wagen auf und warf Rocky auf den Rücksitz. Er nahm eine Jacke von Martina und eine angebrochene Tüte Bonbons von der Hutablage und drückte sie Leon in den Arm. Dann legte er ihm die Hand auf die Schulter.

»Nimm's nicht so schwer. Du hast vorher doch auch keinen Wagen gehabt. Und vergiß nicht, daß ich dein Freund bin. Kannst dich jederzeit auf mich verlassen. Wenn irgendwas ist, ruf mich an. Okay?«

Bevor Leon antworten konnte, wandte er sich ab, stieg in den schwarzen Mercedes und fuhr weg. Gegen die Seitenscheibe bellte und geiferte der Bullterrier. Leon drehte sich um und ging ins Haus zurück.

Noah lag jetzt in einem Haufen blutverschmierter Bettwäsche. Martina kniete neben ihm. Sie blickte Leon an. Sein Gesicht war ganz grau. Aber er tat ihr nicht leid.

»Verdammt«, sagte Leon mit einem verzerrten Grinsen, »und ich hätte geschworen, Pfitzner hat mir das Auto geschenkt.«

»Vergiß dein Scheiß-Auto«, sagte Martina, »wir müssen Noah zu einem Tierarzt schaffen. Er verblutet sonst.«

Das war übertrieben. Noah hatte längst aufgehört zu bluten.

»Ich ruf Kerbel an«, sagte Leon und zog das Handy aus der Tasche, »das geht schneller, als wenn erst ein Taxi herkommen muß. Weißt du seine Nummer? Wo ist denn das Telefonbuch.«

Sie hatten Glück, Kerbel war da und versprach zu kommen. Dann warteten sie.

»Ist er in Ordnung?« fragte Leon.

»Das siehst du doch, daß er nicht in Ordnung ist!«

Martina streichelte Noahs Nase, steckte die Finger in eine Wasserschale und hielt sie ihm unters Maul. Noah leckte ihr sanft das Wasser von den Fingern, und Martina fing an zu weinen. Leon ging ins Badezimmer. Er drehte den Wasserhahn auf und betrachtete sich im Spiegel. Das abstoßende und erbärmliche Gesicht eines Versagers. Er hatte Martina nicht beschützt. Er hatte sich in seinem eigenen Haus demütigen lassen. Er war ein Nichts, ein Matsch. Und er hatte immer noch Angst. Angst vor Pfitzner. Angst, was passieren würde, wenn er dieses verdammte Buch nicht schrieb, nicht so schrieb, wie Pfitzner es haben wollte. O Gott, dieser Mann hatte doch keinen blassen Schimmer von Literatur! Pfitzner würde ihn zwingen, einen Groschenroman abzuliefern. Und wenn er ihm einfach sein Geld vor die Füße warf? Warum kam Martina jetzt nicht herein und fragte, ob er ihr Geld haben wollte? Für solche Gesten besaß sie einfach kein Feingefühl. Dafür war sie zu dumm, diese Kuh! Aber es wäre ja auch verrückt, die 50.000 Mark zurückzugeben. Sollte Pfitzner doch seinen Mist bekommen. Allen würde klar sein, daß er diesen Dreck bloß für den blöden Zuhälter angefertigt hatte, niemand würde es ihm vorwer-

141

fen, im Gegenteil: Man würde mit ihm gemeinsam lachen, weil er ein so ausgefuchster, abgebrühter Kerl war. Unwillkürlich lächelte Leon sein Spiegelbild an.

Ein Wagen fuhr vor. Leon lief mit Martina hinaus. Es war Kerbels Transporter. Der Krämer sprang heraus. Kay war bei ihm.

»Wir haben versucht, den Tierarzt in Freyenow zu erreichen«, sagte Kay. »Er ist bei einem kranken Schaf, soll aber in einer halben, spätestens in einer Stunde wieder zurück sein. Wenn wir jetzt losfahren, kommen wir zur gleichen Zeit mit ihm an. Sonst fahren wir eben weiter bis Behnsen, direkt in die Tierklinik. «

»Ich bin so froh, daß du da bist«, sagte Martina. Zu dritt gingen sie wieder ins Wohnzimmer. Kay bückte sich und hob den großen blutverkrusteten Hund mitsamt den Bettüchern hoch. Leon wollte ihr helfen, aber Kay sagte:

»Laß nur, das geht besser, wenn ich ihn allein halte.«

Sie trug Noah zu dem Transporter. Kerbel hielt die Hecktüren auf.

»So etwas passiert natürlich immer gerade dann, wenn der Wagen nicht da ist, was?« sagte er zu Leon. Kay und Martina stiegen hinten ein, um sich um Noah zu kümmern. Niemand fragte Leon, ob er mitkommen wollte. Er war ein Mann, den niemand nötig hatte, ein Mann ohne Auto, ein Mann, der seine Frau nicht verteidigt hatte, ein Mann, der nicht wußte, wie man einen verletzten Hund trug.

Kerbel wendete im Maisfeld. Leon steckte die Hände in die Hosentaschen und schlenderte hinter das Haus. Er ging bis zum Ende seines Gartens und stellte sich auf das große Brett, daß er vom Dachbo-

142

den geholt hatte, damit es wenigstens eine Stelle auf dem Rasen gab, wo man stehen konnte, ohne sich nasse Füße zu holen. Er wünschte, er wäre Raucher. Er hätte sich jetzt gern eine Zigarette angesteckt und den trockenen Rauch in die Nebelluft geblasen. Es wäre eine angemessene und tröstliche Geste gewesen. Die Luft war so feucht, daß er immer wieder die Brille abnehmen mußte, um die Tröpfchen auf den Gläsern mit einem Taschentuch abzuputzen. Das Moor war in ein gespenstisches lichtschluckendes Wattepolster gehüllt, am Boden so dicht, daß nur die Spitzen der langen Schilfgräser herausschauten. Leon gefiel das. Er wäre gern darin herumgewatet, aber er fürchtete, in ein Moorloch zu fallen. *Ein Mann, der sich nicht aus seinem Garten heraustraute.* Leon stieg über den Zaun und tat ein paar Schritte. Die Nebelwolke wallte ihm einen halben Meter über dem Boden entgegen. Dann sah er das Licht. Es war nicht mehr als zwanzig Meter entfernt. Jemand schwenkte eine Taschenlampe oder so etwas. Er kniff die Augen zusammen. Ein Schatten auf einem Baumstumpf. Leon dachte an alles, was er je über Irrlichter gehört hatte. Eigentlich hatte er gar nichts über Irrlichter gehört, aber ihm war trotzdem mulmig.

»Wer ist da?« rief er.

»Ich bin's – Isadora«, kam es aus dem Nebel.

»Wo sind Sie?«

»Hier«, kam es zurück, »hier!«

Und das Licht schwankte hin und her.

Der Tierarzt in Freyenow war ein Riese. Alles an Dr. Brunswick war gigantisch, seine bratpfannengroßen Hände, die schmutzverkrusteten Gummistiefel, Größe 50, die er immer noch nicht ausgezogen hatte, seit er von dem kranken Schaf zurückgekehrt war, sein weißer Kittel, der ihn wie ein Segel umflatterte, und sein großer Schädel mit den wenigen dicken Borsten auf der Glatze.

»Tragen Sie ihn hier rein. Sieht ja aus wie 'n Ikea-Regal nach dem dritten Umzug«, sagte er zu Kay und marschierte in das Behandlungszimmer vor, in dem noch kein Licht brannte. Er drückte mit dem Ellbogen auf den Schalter und ging hinüber zum Waschbecken, schäumte sich die Hände bis zu den aufgekrempelten Ärmeln hinauf ein.

»Binden Sie mir schon mal den Kittel hinten zu«, sagte er zu Martina. Sie schlug die Seiten des weißen Segels übereinander und knotete die Bänder auf dem gewaltigen Tierarztrücken zu einer zierlichen Schleife.

»Na, dann wollen wir uns den Burschen mal ansehen.«

Dr. Brunswick drehte sich zu Noah um, den Kay auf den Behandlungstisch gelegt hatte.

»Wer oder was hat ihn so zugerichtet – hat er mit einem Krokodil gespielt?«

»Ein Hund hat ihn gebissen«, sagte Martina. Dr. Brunswick nahm eine Pfote nach der anderen und bewegte sie vorsichtig hin und her.

»Aber nicht nur einmal! Was für ein Hund war das?«

»Ich weiß nicht. Er sah aus wie ein Schwein, mit einer dicken Nase, als wenn eine Biene hineingestochen hätte.«

»Ach so einer. Sind eigentlich liebe Tiere. Ist 'ne Schande, was aus denen gemacht wird. Aber Ihrer ist auch zäh. Ich werde ihn nähen, und dann können Sie ihn wieder mit nach Hause nehmen. Der kann was ab. Lassen Sie ihn einfach 'ne Woche schlafen, dann ist er fast wie neu. Und seien Sie froh, daß Sie sich einen ordentlichen Hund angeschafft haben. Ein Pekinese hätte das nicht überlebt.«

Er besah das linke Ohr, das nur noch an einem fingerdicken Hautstück hing, überlegte kurz und schnitt es mit einer gewöhnlichen Haushaltsschere kommentarlos ab. Noah quiekte schwach.

»Wollen Sie es als Andenken behalten?«

Er hielt Kay das Ohr hin und ließ es dann in den Ascheimer fallen. Anschließend gab er Noah zwei Spritzen, verband eine Pfote, verpflasterte das Ohr und nähte den langen Riß am Hals und an der Brust und die drei Risse am Kopf.

»Wenigstens ist Ihr Hund groß«, brummte er vor sich hin, »wie ich das hasse – mit diesem ganzen Kleinviehzeug. Aber das kann man den Leuten ja nicht sagen, da muß man trotzdem behandeln. Gestern kam ein Mann mit einem Vogelkäfig zu mir, und einer von den beiden Kanarienvögeln darin ist krank. Und ich sage dem Mann: Kaufen Sie sich doch 'nen neuen – die kosten fünfzig Pfennig. Und er sagt, er weiß, aber das kann er seiner Frau nicht erzählen, und ich soll den Piepmatz doch bitte behandeln. Ich versuch, in den Käfig zu langen, aber ich komme noch nicht mal mit meiner Hand rein. Echt, ich bin fast nicht in die Käfigtür reingekommen. Und ich greif mir einen der beiden Vögel, und es ist natürlich der falsche, nämlich der gesunde, aber bevor ich das merke, ist der auch schon vor Schreck gestorben. Nur Ärger mit diesem Kleinviehzeug. Ich wünschte, ich könnte das ganz aufgeben.«

Er bepinselte Noah mit einem violetten Desinfektionsmittel.

145

»So, fertig! Hübscher ist er dabei ja gerade nicht geworden, aber besser krieg ich es nicht hin.«

Leon war vorsichtig auf das Licht zugegangen. Erleichtert stellte er fest, daß es tatsächlich Isadora Schlei war, die auf einem Baumstumpf saß und eine Taschenlampe schwenkte. Isadora trug wieder lange Samtröcke, grün und braun und blau, mehrere Lagen übereinander, vollgesogen mit Feuchtigkeit, schmutzig an den Säumen. Ihre Haare fielen offen herunter und waren zerzaust und voller Laub und Rindenstückchen. An den dicken weißen Unterarmen hingen Unmengen von goldenen Armbändern.

»Was tun Sie hier, um Himmels willen?«

»Um Himmels willen tue ich ja schon einmal gleich gar nichts«, antwortete Isadora träge, »und zu meinem ureigenen Vergnügen und mit Absicht sitze ich hier und warte auf dich.«

Sie senkte klirrend die Arme und verschränkte sie in ihrem breiten, grünschillernden Schoß. Die Taschenlampe kollerte in die Mulde zwischen ihren mächtigen Schenkeln.

»Sie werden sich den Tod holen«, sagte Leon, »oder wenigstens eine Nierenbeckenentzündung.« Und dann, als hätte er erst jetzt gehört, was sie zu ihm gesagt hatte: »Du wartest auf mich? Wieso tust du das? Und wie kommst du darauf, daß ich hierher komme?« Er grinste und begann wieder, Isadora zu siezen. »Da haben Sie ja mächtig Glück gehabt, daß ich in den Garten gegangen bin.«

»Kein Glück«, sagte Isadora, »Geduld. Oder denkst du, dies ist das erste Mal, daß ich hier auf dich gewartet habe?«

Sie entfernte einen kleinen Zweig aus ihrem

Haar und begann, es mit ihren langen grün lackierten Fingernägeln zu strählen. Leon stellte sich vor, wie Isadora in den letzten Wochen jeden Tag herausgekommen war – bei strömendem Regen – und zwanzig Meter von seinem Haus entfernt im Nebel auf ihn gewartet hatte. Er überlegte, was er an diesen Tagen gemacht hatte … – ferngesehen, gearbeitet, Martina geliebt, gelesen, das Abflußrohr gerichtet …

»Wirklich jeden Tag?« fragte er.

»Nein«, sagte Isadora, »wie kommst du auf jeden Tag? Zwei- oder dreimal habe ich hier gesessen; und jetzt bist du da. Komm!«

Sie streckte die Hand aus, die rund und weich wie eine Säuglingshand war. Leon schüttelte belustigt den Kopf.

Was mochte nur in ihrem Hirn vorgehen? Wie kam sie darauf, daß er sich von einer Gestalt wie der ihren angezogen fühlen könnte?

»Nein, Isadora, tut mir leid. Wirklich nicht.«

Er wandte sich um. Konturenlos schimmerten die Lichter seines Hauses durch den Nebelschleier. Das leere Wohnzimmer würde nach Zigarren riechen, nach Gewalttätigkeit und nach der Angst, die er gehabt hatte. Leon verspürte nicht besonders viel Lust, dort allein zu warten, bis Martina zurückkam, um ihn als Feigling zu beschimpfen oder – noch schlimmer – gar nichts zu sagen.

»Komm«, sagte Isadora abermals und streckte ihm wieder ihre Hand hin. Ihre Fettleibigkeit und elementare Schlampigkeit reizten ihn. Dieses lächerliche Weib, was bildete es sich ein?

»Du willst, daß ich dich ficke? Ist es das, ja?« fragte Leon.

»Ich würde diesen Ausdruck nicht benutzen, aber

ich glaube, wir meinen das gleiche«, antwortete Isadora.

»Gut«, sagte Leon, »laß uns zu dir gehen.«

Er ergriff die warme, dicke Hand, zog Isadora hoch und lief ein paar Schritte vor ihr her, zerrte sie mit sich. Dann besann er sich und blieb wieder stehen.

»Geh du vor, du kennst den Weg. Hoffe ich wenigstens.«

»Das Moor ist mir so vertraut wie den Fröschen und Kröten.«

Die hohen Halme hatten sich unter der Regenlast gebeugt und wischten an Isadoras und Leons Hüften entlang. Um sie herum kroch und raschelte es. Sämtliche Mooramphibien schienen auf den Beinen zu sein, drängten sich geräuschvoll durchs Gras oder ließen sich plumpsend in Pfützen fallen. Wenn der Nebelteppich aufriß, spiegelte sich Isadoras Taschenlampe im Wasser. Einmal trieb eine haarlose tote Ratte in der rötlichen Brühe, in die Leon seine Füße setzte. Er dachte daran, was er Pfitzner hätte erwidern sollen, was er hätte sagen und tun müssen, wenn er ein richtiger Mann gewesen wäre. Glucksende, schmatzende, gurgelnde Laute begleiteten ihn und Isadora durch den toten Wald. Groß und bedrohlich tauchte unvermittelt die Schlei-Villa auf. Obwohl Leon bereits völlig durchnäßt war, schien ihm, als ginge von dem Haus noch eine zusätzliche Feuchtigkeit aus. Isadora öffnete die Haustür und schob Leon vor sich her in einen düsteren Flur. Auf der Schwelle stolperte sie. Ihre großen Brüste drückten sich weich und warm an seinen Rücken.

Sie kicherte. Dann kommandierte sie: »Nach links, die Treppe hoch.«

Leon tastete sich am Geländer vor ihr her, tappte

148

über einen schimmelig riechenden Läufer. Im ersten Stock drückte Isadora eine Tür auf und knipste das Licht an. Leon fand sich in ihrem Schlafzimmer wieder. Es war trocken. Es war gemütlich. Ein Ort, der nichts vom Wetter draußen wußte. Etwas unordentlich und ordinär vielleicht. Die Lampe hing wie ein Vogelkäfig an einem gebogenen Messingstab und besaß einen Schirm aus rotem Samt, der das Licht färbte. Auf den Tapeten schwirrten Kolibris mit Bändern in den Schnäbeln oder klitzekleinen Körben voller Blumen. Das Bett war groß und bizarr. Ein Himmelbett, seine Pfosten waren aus krummen unbehandelten Baumstämmen gemacht, selbst die Rinde war noch daran, als wäre das Bett selbst eine Pflanze und würde mit seinem grünen Baldachin eines Tages bis zur Decke wachsen. Weiße Bettwäsche, die immerhin sauber schien. Auf einer hellblauen Kommode lagen ineinander verheddert Ketten und Ohrringe, bunte Steine, getrocknete Rosen und Postkarten durcheinander, der Boden war mit Kleidungsstücken übersät. Leons Blick blieb an Isadoras riesigem Büstenhalter hängen, der von einer Stuhllehne herunterbaumelte wie ein Paar Füllhörner. Er räusperte sich.

»Kann ich etwas zu trinken haben?«

»Aber natürlich, Lieber«, sagte Isadora, »zieh dich ruhig schon aus; ich komme gleich wieder.«

Leon fragte sich, warum er hergekommen war. Was tat er hier? Sie war so unglaublich fett. Bestimmt hatte sie jahrelang keinen Mann mehr gehabt. Nicht in dieser Einöde. Das bedeutete, daß sie immerhin dankbar sein würde und vermutlich alles mit sich machen ließ. Vor seinem inneren Auge tauchte das Bild auf, wie Isadora hinterher – wenn er mit ihr fertig war – in den klebrigen Laken kauerte, aus tränenüberströmten Augen zu ihm aufsah und verständnislos »Warum?« stammelte.

Warum? Na, hatte sie ihn nicht selbst eingeladen, hatte sie nicht genau das gewollt – daß er es ihr besorgte? Leon hängte seine nasse schwarze Jacke über den Büstenhalter und setzte sich auf die Bettkante. Er mußte wieder an Pfitzner denken, an Harry. Er seufzte gequält und ließ sich hintenüber fallen, den Unterarm über die Augen gelegt. Isadora kam zurück und balancierte eine Kanne Tee und zwei Tassen auf einem Tablett. Sie trug jetzt einen glänzenden schwarzen Kimono, auf den in roten und goldenen Fäden Pagoden, Dschunken und chinesische Reisbauern bei der Ernte gestickt waren.

»Ich hatte eigentlich an etwas anderes zu trinken gedacht«, sagte Leon und richtete sich wieder auf, aber Isadora antwortete nur: »Das wird dich aufwärmen und entspannen. Du hast es nötig.« und schenkte ihm eine Tasse ein. Die Tülle der seltsam schiefen Teekanne war viel zu breit, und der Tee pladderte unkontrolliert in die Tasse, füllte auch noch die Untertasse, lief über und auf den Fußboden, ohne daß Isadora dem irgendeine Beachtung schenkte. Sie reichte Leon die tropfende Tasse und schenkte sich selbst ein, wobei sie abermals eine kleine Überschwemmung veranstaltete. Leon pustete in seinen Tee, betrachtete Isadora, die vor ihm auf dem armen Stuhl saß. Sie sah aus wie ein großes, warmes Kissen voller Trost und Liebe und Nachgiebigkeit. Leon stand auf, stellte seine Teetasse zur Seite, trat auf Isadora zu, faßte sie um ihr Kinn und bog ihr Gesicht zu sich herauf und küßte sie. Er begann langsam, zärtlich, dann legte er eine Hand an ihren Hinterkopf, zog sie fest zu sich heran und küßte sie heftiger, ließ sie seine Zähne fühlen, bohrte ihr seine Zunge tief in den Mund. Als er sich wieder von ihr löste, seinen Kopf in kurzer Entfernung von ihrem hielt, hingen Isadora die Haare wie Ranken ins Gesicht, ihre Lippen waren halb geöffnet und mit Speichel und etwas Blut verschmiert. Er fühlte sich schon besser. Isadora senkte lächelnd das Gesicht und nahm einen kleinen Schluck aus der Teetasse, die sie die ganze Zeit in einer Hand balanciert hatte. Jetzt klebte auch Blut am Tassenrand.

»Stell endlich den blöden Tee weg«, sagte er heiser. Isadora nahm mit wehmütigem Gesicht noch einen Schluck und erhob sich ebenfalls. Leon zog an der Schleife ihres Kimonogürtels. Der Kimono teilte sich, hing zu beiden Seiten herab und entblößte Isadoras große Brüste, die schwer, als wären sie mit Sand gefüllt, auf ihren Bauch herunterhingen. Isadora schlüpfte aus ihren chinesischen Landschaften. Sie ging zu dem knorrigen Bett und legte sich bäuchlings auf die Kissen, drehte den Kopf und sah Leon auffordernd an. Leon betrachtete ihren Hintern, berechnete, ob Martinas Hintern zweimal oder dreimal hineinpassen würde. Ihm fiel kein Vergleich ein für diesen hellen, rosigen, aus der Form geratenen Mond. Der Anblick stieß ihn ab, doch in dem finstersten Winkel seines Unterbewußtseins, dort, wo noch kein Lichtstrahl der Zivilisation je hingefallen war, begehrte er diese Frau. Sein Blick konnte Isadora nicht entgangen sein. Er wartete, daß sie erröten würde, schamhaft eine Decke über ihren Riesenleib zog, damit er sie trösten konnte, ihr versichern, daß er sie trotz ihrer Massen leiden mochte und trotzdem mit ihr schlafen würde.

»Was ist?« sagte Isadora, »hast du endlich genug geschaut. Komm, laß mich nicht länger warten.«

Leon setzte sich neben sie auf das Bett. Isadora stützte sich auf die Ellbogen, robbte an ihn heran, legte den Kopf mit den vielen schwarzen Haaren auf seine Brust und biß einen Knopf von seinem Hemd ab. Leon ergriff eine ihrer Brüste, wog sie in der Hand und ließ sie dann fallen wie etwas, das es nicht festzuhalten lohnte, sah zu, wie sie baumelte.

»Au«, sagte Isadora, »du bist wirklich ungeschickt. Ich fürchte, ich werde dir alles beibringen müssen.«

Leon lachte.

»Wieso bist du dir bloß so sicher, daß ich mit dir schlafen will? Vielleicht will ich ja gar nicht. Vielleicht bist du mir zu dick.«

»Ist das deine Art, mir zu gestehen, daß du keinen hochkriegst?«

Leon nahm seine Brille ab, zog sein schwarzes Hemd über den Kopf und knöpfte seine schwarze Jeans auf, zappelte sich die Unterhose von den Beinen.

»Hui«, sagte Isadora.

Er legte sich auf sie. Sie war ungeheuer weich. Na klar war sie weich, aber so weich hatte er sie nicht erwartet. Fast ohne Widerstand. Wie Brei, wie Kuchenteig. Gott, wann hatte er seinen Finger zum letzten Mal in eine Schüssel mit Kuchenteig gesteckt? Das mußte gewesen sein, als er noch ein Kind war. Er wühlte sich hinein. Es war das erste Mal, daß er mit einer Frau schlief, die dick war. Es war gut. Es war so … – so weich. So viel. Als würde er mit dem ganzen Moor schlafen. Als wäre der Morast und der Torf und die verfaulten Blätter, die Pustelpilze und die vollgesogene Rinde und all das kleine Gekriech, das darauf lebte, die Moor- und Wasserfrösche, die Kröten, Unken, Molche und Olme und was da sonst noch herumkroch und schiß und sich fortpflanzte, all das Kaulquappenzeug und der Laich und nicht zuletzt der Regen, der endlose alles auflösende Regen, der sich im Moor fing – als wäre das alles zu einer einzigen Frau geworden. Die üppigen Rundungen ihrer Krötenschenkel, die kleinen Falten auf ihren Rippen und das unermeßliche Polster ihres Hinterns. Es war nicht ganz einfach, in all das einzudringen. Isadoras Beine klebten so schenkeldick aneinander, daß er zweimal dachte, er befände sich schon in ihr, bevor er bemerkte, daß sein Schwanz nur vom Beinfett umschlossen war. Sie mußte ihm helfen, ihn nehmen und an seinen Platz bringen, ihn sich gefügig machen. Seine Stöße sandten Wellenbewegungen durch ihren Körper, zitterndes, bebendes Fleisch, daß ihm entgegenquoll. Sie strömte eine ungeheure Hitze aus. Ein Schweißfilm bildete sich zwischen seiner und ihrer Haut. Er konnte sich nicht auf sie legen, ohne sogleich ins Rutschen zu kommen oder einzusinken. Sie umhüllte ihn wie warmer Moornebel, rann an ihm herunter wie Regenwasser, gab nach wie ein weicher Grund und stieg wieder empor wie der grüne Saft in eine Pflanze. Leon wickelte seine Hände in ihre Haare, biß in das weiche, weiße Fleisch, packte sie, stieß zu. Das schien ihr zu gefallen. Sie beantwortete jeden Biß mit einem heftigeren, zerkratzte ihm mit ihren langen grünen Fingernägeln den Rücken. Ihre Schenkel klammerten sich um seine Hüften, auf seinem Hintern spürte er eine ihrer babyweichen Fersen, die ihn trat, ihn antrieb, daß er fester, fester stoßen sollte, und die mehr als einmal verhinderte, daß er aus ihr herausrutschte.

Er kam erst ein paar Minuten nachdem Isadora sich zuckend und schreiend an ihn geklammert hatte, und als er kam, war das wie der Absturz aus einem Kettenkarussell. Der große heiße Körper trank aus ihm, nahm seine Flüssigkeiten in sich auf. Leon leistete keinen Widerstand mehr und ließ sich in das weiße Brustfleisch sinken, lag einige Augenblicke schwer atmend einfach nur da. Dann wälzte er sich von Isadora herunter und betrachtete sie von der Seite. Das viele Fleisch. Gulliver in Brobdingnag. Es war ganz und gar nicht Glück, was er jetzt fühlte. Leon schaute weg, hielt nach seinen Kleidungsstücken Ausschau. So war es immer schon gewesen, in der Zeit, bevor er Martina geheiratet hatte. Fest war er diesen Frauen begegnet, und weich hatten sie ihn zurückgelassen – und mit der Sehnsucht, wieder allein zu sein. Leon angelte nach seiner Unterhose. Leise und wie besiegt zog er sich an. »Ich sollte duschen«, dachte er, »damit Martina nichts riecht.« Aber er wollte so schnell wie möglich fort von hier. Isadora ließ ihre Finger über seinen Arm gleiten.

»Was hetzt du dich so«, gluckste sie, »kommst ohne mich doch sowieso nicht nach Hause.«

Er wußte, daß sie recht hatte, daß er nicht wagen konnte, allein durch das Moor zu irren, noch dazu bei Nebel. Eine schreckliche Vorstellung, daß sie ihn zwingen könnte, hier zu bleiben, wenn ihr danach zumute war.

»Zieh dich an«, sagte Leon, »vielleicht schaffe ich es noch, zurück zu sein, bevor Martina mit der Töle wiederkommt.«

»Oh, wie lieblos«, maunzte Isadora, rekelte sich wie eine dicke Katze auf dem Rücken und ließ eine Wolke Zeugungsgeruch zwischen ihren Schenkeln hervorquellen. 300 Millionen Samenzellen auf ihrem Weg durch Mösensaft zur Eizelle.

Er hätte sie fragen sollen, ob sie verhütete. Auch das war wie immer. Auch diese Frage war ihm jedesmal zu spät eingefallen. Bei dem Gedanken, daß Isadora ein Kind von ihm bekommen könnte, wurde ihm übel. Vermutlich war sie viel zu fett, um schwanger zu werden. Aber sicher war das nicht. Leon hob den Kimono auf und drückte ihn Isadora auf den Schoß, ohne sie anzusehen. Sie stand auf, seufzte und waberte hinaus, den zerknüllten Kimono in der Hand. Leon streifte sein Hemd über.

Eine halbe Stunde später gingen sie nebeneinander durch den ertrunkenen Wald zurück. Isadora summend, plätschernd, bester Laune; Leon schweigend. Na gut, er hatte sie gehabt. Das tröstete ihn nicht. Es war leicht gewesen, sie zu haben. War es nicht immer leicht, eine Frau ins Bett zu bekommen? Leon dachte an die braunen, schwitzenden Körper von Pfitzner und dem jungen Türken, als sie miteinander geboxt hatten, und verglich sie mit dem bebenden, weichen Fleisch, das er gerade besessen hatte. Ein Körper ohne Muskeln – wie eine weiße Schnecke. Isadora war besonders schlimm, aber eigentlich waren alle Frauen so, jedenfalls nicht viel besser, nicht einmal Martina. Diese schlaffen Extremitäten – nicht zu vergleichen mit Männerbeinen, Männerarmen. Diese duftlosen Körper – bis auf den Gestank zwischen ihren Beinen. Überhaupt das weibliche Geschlechtsteil – Haare, Schrumpeliges und ein tiefes rotes Loch – und hinterher fühlte es sich an wie zerkochte Nudeln.

Vor dem Gartenzaun seines Hauses schlang Isadora ihm die Arme um den Hals und saugte sich an seinem Mund fest. Leon wurde ein bißchen schwindlig.

»Komm zu mir, wann immer es dich freut«, sagte Isadora, »dann zeige ich dir glänzende Salamander und leuchtende blaue Frösche.«

Da fiel es ihm wieder ein.

»Was ich dich schon die ganze Zeit fragen wollte … – als du vor meinem Fenster in diesem Moorloch gesessen hast – dieses Tier, das da bei dir war, dieser Schädel … – was war das?«

»Da ist nichts gewesen. Kein Tier, kein Mensch. Schließlich war ich nackt.«

Sie huschte geschmeidig davon, wurde zu einem grün-braun-blauen Samtfleck, der sich im Nebel auflöste. Leon überlegte, ob er ihr glauben sollte. Das hätte die Sache vereinfacht. Aber er glaubte ihr nicht. Er wußte, was er gesehen hatte.

Leon stieg wieder über den Zaun seines Gartens und ging zu seinem Haus. Durch das Wohnzimmerfenster sah er den Hund auf dem Boden liegen, seltsam lila bemalt und voller Verbände, wie eine Witzfigur aus einem Zeichentrickfilm, die in eine Schrottpresse geraten war. Fehlten nur noch die Sternchen um seinen Kopf. Auf dem Sofa schlief Martina, mit dem Kopf in Kays Schoß. Kay war wach, saß kerzengerade und streichelte Martina über die Haare. Das hatte Leon gerade noch gefehlt. Er spürte, wie die Feuchtigkeit durch die Nähte seines Anoraks drang. Leon klopfte sich laut die Füße auf der Veranda ab und kam ins Haus.

»Da bist du ja«, sagte Kay, »wir haben uns schon Sorgen gemacht.« Sie war aufgestanden und hatte die Hände in die Hosentaschen gesteckt. Sie war nervös. Auf dem Sofa rieb sich Martina verschlafen die Au-

156

gen. Sie sah nicht so aus, als hätte sie sich Sorgen gemacht. Leon wünschte, sie würde ihn fragen, wo er herkam, damit er lügen mußte. Er konnte es ertragen, sich als Betrüger zu fühlen. Das war nicht schlimm. Schlimm war, sich als Versager und als Feigling fühlen zu müssen. Aber sie fragte ihn nicht.

»Ich war 'n bißchen spazieren«, sagte Leon, »hab Isadora getroffen.«

Martina ging zu Noah rüber und streichelte über die unversehrten Stellen seines Schädels. Noah schlief weiter.

»Du Armer, du Tapferer«, sagte Martina. Leon sah sie nicht einmal an.

6

Bewölkung und ergiebiger Regen. Drehende Winde aus
Nord-Nord-West. Tageshöchsttemperaturen bis 18 Grad.

Leon wechselte das Handy in die linke Hand
und wischte sich die feuchte Innenfläche der rechten
an der Hose ab. Sein Gesicht war grau und schief vor
Anspannung. Auf seiner Oberlippe hatten sich kleine
Schweißtropfen gebildet.

»Ich fürchte, das schaffe ich nicht. Ich brauche
mindestens noch eine Woche. Fünf Tage – mindestens«, sagte er.

»Morgen schickst du die Seiten, ist das klar?« antwortete Pfitzners Stimme.

»Ja …, wenn …«, sagte Leon, aber Pfitzner hatte
schon eingehängt. Leon legte langsam das Handy auf
den Schreibtisch, nahm statt dessen den Brieföffner
aus Messing und befühlte geistesabwesend den Griff,
einen Löwenkopf mit aufgesperrtem Maul. Er sah
aus dem Fenster – Regen. In seinem Garten krümmte sich die fette, vollgesogene Vegetation. Leon hingegen fühlte sich saftlos und vertrocknet. Er legte

den Brieföffner wieder auf die Tischplatte und ging ins Wohnzimmer. Martina saß auf dem Sofa. Sie trug weiße Hosen und ihr riesiges FIT-FOR-LIFE-Sweatshirt und blätterte in einer Zeitschrift, deren Schlagzeilen »Pfiffige Pudel«, »Vorurteile gegen Kampfhunde« und »Großes Hundehoroskop« hießen. Vor dem Sofa lag Noah und kaute geräuschvoll an einem Markknochen. Der Knochen hätte der Wirbel eines Dinosauriers sein können, so groß war er. Noah legte den Kopf schief und versuchte vergeblich, ihn mit den Backenzähnen zu knacken. Aus seinem aufgerissenen Maul sickerte Speichel auf den Teppich. Er stopfte die Zunge in die Knochenhöhlungen, saugte und schlürfte. Leon beachtete er überhaupt nicht. Martina sah von ihrem Hundemagazin auf. Zuerst schien sie den Anblick, den Leon bot – verzerrtes Gesicht, blutunterlaufene Augen, hängende Schultern, schleppender Gang –, schweigend übergehen zu wollen. Dann sagte sie doch etwas.

»Hör zu«, sagte sie und klappte die Zeitschrift zusammen, ließ allerdings einen Finger zwischen den Seiten, »so geht das nicht weiter. Wir schaffen es doch auch ohne das Geld von diesem Kerl. Ich werde meinen Vater bitten. Und du sollst ja auch nichts von mir geschenkt nehmen. Ich werde es dir leihen, ja? Ich gebe dir einen Kredit, und du zahlst es mir irgendwann zurück.«

»Dummes Zeug«, sagte Leon und versuchte überlegen auszusehen, wodurch sein Gesicht noch schiefer wurde, »ich wäre ja dämlich, wenn ich mir so 'ne Summe entgehen ließe. Ich schreib ihm, was er haben will, und damit fertig. Es ist sein Buch. Mir doch egal, wenn nachher der größte Blödsinn aller Zeiten darin steht.«

»Aber du schreibst doch gar nicht. Was hast du denn in letzter Zeit geschrieben? Dauernd ruft der Kerl hier an! Und wieso siehst du aus wie deine eigene Leiche, wenn du mit ihm sprichst? Der macht dich fertig!«

»Zerbrich dir darüber nicht dein Köpfchen, ich mach das schon«, sagte Leon und wandte sich mit gerunzelter Stirn dem geräuschvoll kauenden und saugenden Hund zu. Martina fing an zu weinen. Natürlich, jetzt heulte sie. Ahhhh – wie Leon das haßte! Dieses erpresserische Gejaule, jedesmal, wenn ihr die Argumente ausgingen. Er betrachtete Noah mit einem so ausschließlichen Interesse, als könnte der Hund im nächsten Moment explodieren.

»Das geht nicht nur dich was an«, stieß Martina hervor. »Ich habe auch Angst. Ich will nicht, daß dieser Kerl hier noch einmal auftaucht. Ich will nicht immer zusammenzucken, wenn ich höre, wie ein Auto hier rauffährt, und beten, daß es der Krämer ist und nicht einer deiner tollen Freunde. Gib ihm endlich sein Geld wieder, damit wir unsere Ruhe haben.«

»Halt den Mund«, zischte Leon wütend, »du hast ja gar keine Ahnung. Denkst du, ich hätte es nicht schon längst versucht? Denkst du vielleicht, es macht Spaß, mir von diesem Volltrottel in mein Manuskript hineinpfuschen zu lassen? Pfitzner will sein Geld nicht zurück. Er verlangt, daß ich das Buch schreibe. Und ich werde dieses gottverdammte Buch schreiben. Und ich werde es ganz genau so schreiben, wie Pfitzner es will.«

Die Adern an seinem Hals traten vor, er atmete schwer.

»Und wenn du es einfach nicht tust?« sagte Mar-

tina. »Hast du ihn gefragt, was wäre, wenn du es einfach nicht tust?«

»Nein, ich habe ihn nicht gefragt. Weil ich es
nicht wissen will. Weil ich gottverdammtnochmal
nicht wissen will, was passiert, wenn ich das Buch
nicht schreibe oder wenn es ihm nicht gefällt.«

Noah stand auf und begann, mit den Vorderpfoten auf dem Teppich zu scharren, als wollte er mitten
im Wohnzimmer ein Loch buddeln. Seine Krallen
verhakten sich in den Wollschlingen, rote Fusseln
und Staubpartikel stoben hoch.

»Schluß!« brüllte Leon und machte einen Schritt
auf ihn zu. Der Hund stellte sich über seinen Knochen und legte eine Vorderpfote beschützend darauf.
Er knurrte Leon an.

»Jetzt ist aber gut! Gib schon her! Aus!«

Mit lang ausgestrecktem Arm versuchte Leon
den speicheltriefenden Knochen zu greifen. Noah
schnappte zu.

»Scheißvieh!«

Leon sprang zurück, schlenkerte die gebissene
Hand und trat in Richtung des Hundes in die Luft.
Es tat nicht sehr weh, aber er hatte sich erschreckt.
Noah schüttelte den Kopf, daß sein verbliebenes
Ohr klatschte. Er legte auch noch die zweite Pfote
über den Knochen und grollte tief aus dem Hals
heraus.

»Rühr den Hund nicht an«, schrie Martina und
sprang vom Sofa auf. »Er hat dir nichts getan!«

»Das Drecksvieh hat mich gebissen!«

»Warum läßt du ihn auch nicht in Ruhe? Was
geht dich sein Knochen an?«

»Der kommt aus dem Haus! Ich will das dreckige
Biest hier nicht mehr sehen! Wieso liegt der jetzt

dauernd hier rum? Im ganzen Haus stinkt es nach nassem Köter!«

»Du bist total gemein! Ich bin froh, daß Noah dich gebissen hat. Du bist durch und durch schlecht, und ein Hund spürt das.«

»Ach, so ist das! Ja? Ja? Gut zu wissen!«

Leon drehte sich um, ging mit großen Schritten in den Flur, zog seinen schwarzen Anorak an und seine zu großen Gummistiefel, öffnete die Haustür und schlug sie hinter sich zu. Wütend stapfte er in den Garten. Das ungemähte nasse Gras wischte über seine Stiefel. Der Regen empfing ihn wie einen guten Bekannten, klopfte ihm auf die Schultern und tätschelte seine Wangen. Leon zog die Kapuze über den Kopf und ging zum Geräteschuppen. Das Holz war aufgequollen, und die blau-weiße Bemalung blätterte in großen leprösen Fetzen herunter. Als er die Tür öffnete, fiel ihm der Gartenschlauch entgegen und entrollte sich. Leon bückte sich, um ihn aufzuheben, und kam dabei gegen die Bambusstäbe. Wie ein riesiges Mikadospiel stürzten sie klappernd auf ihn herunter.

»Scheiße, Scheiße, Scheiße!« brüllte er, schlug und trat nach den Stöcken, griff sich den Spaten und die Schaufel und warf dabei auch noch eine Harke um. Die Schuppentür wollte nicht richtig schließen, und darum trat er mehrmals dagegen, bis sie aus den Angeln brach. Mit Mörderblick sah er sich um. Ein Rudel gelblichweißer Nacktschnecken – V-förmig wie eine Formation Zugvögel – glitt unendlich langsam über ein längst leergefressenes Beet. Leon ließ die Schaufel fallen, packte den Spaten mit beiden Händen und hackte wie ein Besessener auf die Schnecken ein, bis sie sich in Stücken und blutigen

Blasen vor ihm krümmten. Dann warf er den Spaten fort und sprang mitten hinein in den Brei aus Erde, Schleim und Weichtierteilen, trampelte keuchend und unartikulierte Laute ausstoßend darauf herum, führte einen irren Steptanz auf, bis ihm sein rechter Gummistiefel vom Fuß zu rutschen drohte und er bei dem Bemühen, den Stiefel hochzuziehen, sich allmählich wieder beruhigte. Leon sammelte Spaten und Schippe auf und sprang in einen der Seitengräben, die sein Grundstück durchzogen. Der Aushub lag an manchen Stellen so hoch, daß Leon nicht mehr über den Rand schauen konnte. Das Grabenwasser stand ihm bis zu den Knöcheln und war voller Frösche. Unzählige dünne, braune Frösche, nicht größer als Leons Daumennagel, viel zu klein, um es mit den Schnecken aufzunehmen. Einige von ihnen trugen noch den Stummel ihres Kaulquappenschwanzes. Unermüdlich versuchten sie, die Grabenwand hochzuklettern, wischelten durch den Schlamm und retteten sich vor Leons Spatenhieben durch einen Köpfer in die trübe Brühe. Sie umkreisten ihn mit ihren winzigen Schwimmzügen und starrten mit ihren kaum stecknadelgroßen Glotzaugen zu ihm hoch. Leon hackte Erde von den Wänden herunter, kratzte sie mit der Schaufel im Wasser zusammen und schleuderte sie hinaus. Er spürte wieder die Muskulatur in seinen Armen, fühlte sich fest werden. Er würde noch eine Stunde graben. Dann würde er wieder in der Lage sein, an seinen Schreibtisch zurückzukehren und das vierte Kapitel zu überarbeiten. Anschließend würde er es in einen Umschlag mit Pfitzners Adresse packen, ohne es noch einmal durchzulesen. Er stieß den Spaten in die feuchte rote Erde, stieß zu, zerteilte Regenwürmer, grub Steine aus, schaufelte, schippte, Erde, Wasser, Sand, Schlamm, Frösche, Steine; stieß wieder zu, während es unaufhörlich auf ihn herunterregnete. Irgendwann hörte er Füße durch Pfützen klatschen. Kay stand am Rand des Grabens und sah auf ihn herunter, wie man auf einen herabgelassenen Sarg heruntersieht. Sie trug eine grüne Wachsjacke und eine schwarze Baseballmütze. Sie wischte sich den Regen von der Nase.

»Hallo Leon! Wenn du willst, helfe ich dir gleich bei deinem Swimmingpool. Ich schau nur eben bei Martina rein.«

»Tu das«, sagte Leon, ohne seine Arbeit zu unterbrechen, und schippte ein bißchen Modder in ihre Richtung, so daß Kay zurückspringen mußte, »amüsier dich mit Martina. Eßt ein paar kleine Kuchen, erzählt euch die neuesten Häkelmuster, während ich hier ersaufe.«

Kay verschwand. Nach einer halben Stunde kam sie zurück und baute sich mit verschränkten Armen am Grabenrand auf.

»Du steckst in der Klemme.«

Leon antwortete nicht, schippte nur noch heftiger. Kay sprang zu ihm herunter und nahm den Spaten, schlug Erde los, die Leon auf seine Schaufel nahm und hinausschleuderte. So arbeiteten sie schweigend zusammen. Kein Wort, nur das Knirschen des Metalls im Erdreich, das Rascheln des Regens und das dünne, zirpende Gequake der Miniaturfrösche. Schlamm spritzte auf Kays und Leons Stiefel, Hosen und Jacken. Der Regen leckte sich Rinnsale hindurch. Nach über einer Stunde schweigendem Graben und Schaufeln und Nasehochziehen sagte Kay unvermittelt:

»Pfitzner ist dir doch bloß deswegen über, weil er keine Angst vor Konsequenzen hat. Wenn du es mit Pfitzner aufnehmen willst, darfst du nicht zuviel im Strafgesetzbuch blättern.«

»Was soll ich denn machen?« sagte Leon und stützte sich wie ein Arbeiterdenkmal auf die Schaufel, »soll ich ihn erschießen?«

»Ich denke, es wäre keine ganz falsche Idee, wenn du dir eine Pistole oder so etwas zulegst.«

»Bist du verrückt?« sagte Leon. »Warum sollte ich Pfitzner erschießen? Er hat mir doch überhaupt nichts getan. Außerdem hätte ich dann seine gesamte Bande auf dem Hals. Ich schreib ihm sein Buch, und damit fertig.«

»Wer redet denn von erschießen? Aber es ist auch nicht dein Job, dir von dem Kerl Bücher diktieren zu lassen.«

»Doch! Ich schreibe, wie Pfitzner es haben will; und dann nehme ich mein Geld und bin völlig zufrieden.«

»Das glaube ich nicht. Ich glaube, daß es dir beschissen geht und daß es gut wäre, wenn du dir eine Pistole anschaffst.«

»Du hast sie doch nicht alle! Kümmer dich um deinen eigenen Kram«, sagte Leon und stieß die Schaufel in die Grabenwand. Er traf auf einen Stein. Leon hieb noch ein paarmal in die Erde, um herauszubekommen, wie groß der Stein war, dann hebelte er ihn heraus und schleuderte Stein und Schlamm in hohem Bogen aus dem Graben. Als er sich abermals bückte, traf es ihn wie ein Stromschlag. Ein heißer, überwältigender Schmerz jagte seine Wirbelsäule herauf und herunter, ein glühender Draht bohrte sich durch sein Mark und seine Nervenstränge, traf sein Hirn, wütete in seinen Lendenwirbeln und zuckte gleichzeitig in sein linkes Bein. Leon tat das nächstliegende: Er schrie so gellend auf, daß Kay vor Schreck den Spaten fallen ließ. Dann knickte er ein und ließ sich zur Seite rollen, legte sich einfach ins Wasser und stöhnte. Kay beugte sich über ihn.

»Nicht anfassen«, flüsterte Leon, »faß mich nicht an.«

Kay berührte Leons Schulter.

»Nicht anfassen!« schrie Leon, und Kay zuckte zurück und verschränkte die Arme. Leon wand sich mit zusammengekniffenen Augen und verzerrten Lippen im Wasser. Er röchelte, dann allmählich atmete er langsamer und ruhiger.

»Es geht gleich wieder. Faß mich bloß nicht an«, flüsterte er und ließ den Kopf sinken, bis die ganze rechte Gesichtshälfte unterhalb der Wasseroberfläche lag. Er starrte blind geradeaus, lauschte in sich hinein, versuchte im Zeitlupentempo eine Körperstellung zu finden, in der die Schmerzen erträglich wurden. Einer der kleinen Frösche kam angepaddelt, hielt sich an Leons Brille fest, verschnaufte kurz und schwamm weiter. Leon rollte sich auf den Bauch und begann sich aufzurichten. Er kam bis auf die Ellbogen, dann schrie er wieder und ließ sich zurücksinken.

»Du mußt mir helfen«, sagte er zu Kay, »ich komm sonst nicht hoch. Ich muß mich an dir hochziehen, aber ich muß das allein machen. Du darfst dich nicht bewegen.«

Kay hockte sich neben ihn und legte vorsichtig einen Arm um seinen Rücken. Leon legte seinen Arm um ihre Schulter, und langsam richtete Kay sich mit ihm auf.

»Nein«, schrie Leon, »nein, nein, stop, geht nicht!«

Aber Kay zog ihn hoch, während Leon schrie und sich an sie klammerte.

»Hexenschuß«, sagte Kay, »ist bestimmt ein Hexenschuß. Ich frag mich bloß, wie wir dich aus dem Graben herausbekommen sollen.«

Sie stellte ihn mit dem Gesicht zur Erdwand, so daß er sich mit den Händen abstützen konnte, und ließ ihn allein. Leon wartete und starrte durch Brillengläser, über die es braun herunterrann, auf die rote Moorerde, die unablässig Wasser ausschwitzte. Wasser, Wasser, Wasser! Und von oben der Regen. Wahrscheinlich pißten auch noch die Frösche in den Graben. Was hatte er da eigentlich versucht? Es war sinnlos. Es war völlig unmöglich, dieses Grundstück jemals trocken zu bekommen. Genausogut konnte er versuchen, den Bodensee mit einem Nylonstrumpf auszuschöpfen. Er hätte längst fortziehen sollen. Irgendwohin, wo wenig Regen fiel. Nach Spanien oder Eritrea.

»Leon, was ist denn? Ist es schlimm?«

Martinas Stimme. Sie klang besorgt, aber gleichzeitig auch irgendwie unkonzentriert. Er hob langsam und vorsichtig den Kopf.

»Ach was – vielleicht 'n Hexenschuß.«

»Du Armer! Warte mal!«

Sie kam mit einem Stück Pappe wieder, das sie auf den schlammigen Aushub legte, bevor sie sich in ihren hellen Hosen hinkniete. Sie ließ den Arm hinunterhängen und berührte Leons Wange mit ihrem Handrücken.

»Nicht anfassen! Ich habe furchtbare Schmerzen.«

Martina nahm ihre Hand weg und sah ihn ratlos an.

»Wo ist Kay?« fragte Leon.

»Sie ruft Kerbel an, damit wir dich zum Arzt fahren können.«

»Kerbel ist so ungefähr der allerletzte, den ich jetzt sehen möchte.«

»Warte«, sagte Martina, »ich bin gleich wieder da. Muß nur mal nach Noah schauen. Er hat eben so komisch gewürgt.«

Leon starrte wieder auf die Grabenwand. Martina blieb ziemlich lange weg. Er fand, daß sie nicht die richtigen Prioritäten setzte. Als sie zurückkam, trug sie ihre gelbe Regenjacke und hatte ein Taschentuch dabei, mit dem sie seine Brille putzte. Kay schleppte das große Brett heran, das auf dem versumpften Rasen als Weg diente. Sie schob es der Länge nach in den Graben und sprang zu Leon herunter. Sie stellte sich hinter ihn, hielt ihn an der Taille fest und führte ihn so auf das Brett und aus dem Graben heraus. Einen Schritt ... und noch einen Schritt – einen Schrei ... und noch einen Schrei.

Kerbels Transporter kam die Auffahrt herauf und parkte vor der Gartenpforte. Der Krämer beugte sich aus dem heruntergekurbelten Seitenfenster und fletschte das Zahnfleisch. Sein Oberkörper steckte in einem violettem Blouson mit weißem Diagonalstreifen.

»Was für ein Malheur«, rief er, »hab meiner Frau gesagt, sie muß den Laden jetzt allein machen. Nachbarschaftshilfe geht vor. Eigentlich hätte ich ja heute auch noch Kohlrabi und Kirschen holen müssen, aber ist doch klar, daß das hier ein Notfall ist.«

»Danke«, knurrte Leon, humpelte mit Kays Hilfe

zum Transporter und ließ sich seitlich auf die hintere Sitzbank kippen. Er versuchte in eine bequeme Position zu rutschen, aber seine nasse Kleidung bremste auf dem Sitzbezug. Leon kickte mit den Füßen, mußte sich halb aufrichten und mit den Händen vorwärtsziehen, schrie zweimal, bevor er so lag, daß er es aushalten konnte.

»Fahr du bitte mit«, sagte Martina zu Kay, »ich kann den Hund nicht allein lassen. Er hat sich eben übergeben und würgt immer noch. Vielleicht ist ihm ein Stück vom Knochen im Hals steckengeblieben.«

»Klar«, sagte Kay, »das kriegen wir schon allein hin – was, Leon?«

Er antwortete nicht, lag reglos auf dem Rücksitz und atmete in seinen Schmerz hinein. Kay stieg auf den Beifahrersitz, und Kerbel drehte den Zündschlüssel um.

»Will auch kein Geld dafür«, sagte er zu Martina, »ist ja schließlich ein Notfall.«

Sie sah ihn einen Augenblick verständnislos an, während der Regen auf ihre steife gelbe Kapuze prasselte. Dann begriff sie.

»Aber natürlich sollen Sie Geld haben!«

Martina lief durch eine Kette von Pfützen zum Haus zurück. »Warten Sie einen Augenblick«, schrie sie von der Veranda.

»Nein, nein! Ich will doch gar keins.«

»Warten Sie«, rief Martina und verschwand im Haus. Kam mit dem Portemonnaie in der Hand wieder zum Wagen.

»Nein, wirklich nicht«, sagte Kerbel, »ist okay, wenn Sie mich für den Hund bezahlen, wenn ich den Hund transportiere. Aber für Ihren Mann ... Ihr

Mann ist doch schließlich mein Nachbar. Da kann ich doch nichts nehmen.«

Martina schob ihm einen Fünfzigmarkschein durchs Fenster aufs Armaturenbrett.

»Für's Benzin.«

»Ach, nee … «, sagte Kerbel und legte den Gang ein. Der Transporter wendete und schwankte die Auffahrt wieder hinunter. Martina hörte, wie Leon schrie. Sein Schrei war fern und gedämpft, aber er übertönte das Motorengeräusch. Langsam drehte sie sich um, ging ein paar Schritte über den schwammigen Boden, wurde plötzlich schneller, und als sie die Veranda erreichte, rannte sie beinahe. Endlich! Endlich war sie wieder allein und konnte beenden, worin sie erst durch Kays Besuch und dann durch Leons Hexenschuß unterbrochen worden war. Sie zog die Gummistiefel, die gelbe Jacke und dann auch gleich ihr Sweatshirt aus. Noah kam mit dem Knochen im Maul aus dem Wohnzimmer und wedelte sie freundlich an. Martina zog ein Frotteegummiband aus der Hosentasche und band ihr Haar damit zusammen. Sie ging ins Badezimmer, klappte Deckel und Brille der Toilette hoch, wusch sich die Hände, seufzte und kniete sich hin. Noah ließ seinen Knochen fallen und stieß mit der Nase die angelehnte Badezimmertür auf. Da hockte sie. Jetzt ging das wieder los! Er leckte ihr tröstend über den Rücken, über die nackte Haut unterhalb des BHs. Martina schubste ihn zurück.

»Geh raus! Hau ab!«

Sie stand auf, zerrte ihn am Nackenfell hinaus und knallte die Tür vor seiner Nase zu. Noah schnappte seinen Knochen und trollte sich ins Wohnzimmer. Lustlos begann er zu nagen.

Martina wusch sich zum zweiten Mal die Hände, betrachtete ihr Gesicht im Spiegel, drückte einen imaginären Pickel aus, wusch sich zum dritten Mal die Hände und kniete sich wieder hin. Sie beugte den Kopf über das Toilettenbecken. *Vater, ich habe gesündigt.*

Kerbel hing mit dem Gesicht vor der Windschutzscheibe, donnerte aber trotzdem in jedes Schlagloch. Leon stöhnte.

»Weiter links«, sagte Kay und zeigte, wo die Fahrbahn ebener war.

»Was 'n Jammer, daß Sie ihren Wagen nicht mehr haben«, sagte Kerbel. »Ich kenn das – diese Leasing-Sachen. Erst denkt man: Mensch wie billig, und hat für 'n paar tausend Mark einen Riesenschlitten vor der Tür, und dann, nach einem Jahr, heißt's plötzlich: So, jetzt das ganze Geld, oder die Karre ist wieder weg. Und dann ist das Auto weg und das Geld auch, und dann überlegt man sich, daß das eigentlich doch nicht so billig war, weil man jetzt nämlich gar nichts mehr hat. «

Leon stöhnte wieder. Er sah die Welt von schräg unten, Kerbels am Hinterkopf plattgedrückte blonde Löckchen, Kays ausrasierten Nacken, das Gutshaus mit den Satellitenschüsseln, die Dächer der kleinen Häuser an der Straße. Alles schien ihm fremd. Leon fühlte sich allein auf der Welt, schwerkrank und völlig allein.

Kerbel stoppte vor seinem Laden. Hupte. Jemand kam heraus. Kleine Schritte, hart klappernde Absätze. Kerbel kurbelte das Fenster runter und sagte: »Bin in ein, zwei Stunden zurück.«

Ein Vollmondgesicht ging am Fenster über Leons

Kopf auf, starrte auf ihn herunter, ohne zu grüßen. So also sah Kerbels Frau aus. Sie hatte eine breite Nase und einen großen Mund und wirkte stumpfsinnig, dumm, völlig verblödet. Ihre Haare waren blondiert und verfilzt – wie Zuckerwatte. Zwei weitere Frauengesichter, Anfang fünfzig und von ähnlichem Kaliber, drängten ans Fenster. Kerbels Frau tuschelte ihnen etwas zu.

»Das ist Herr Ulbricht«, sagte Kerbel, »aber nicht *der* Ulbricht, he, he.«

Die Frauen sahen auf Leon herunter. Die mit der schwarzen Brille nickte ihm immerhin zu. Leon nickte zurück. So, jetzt hatten sie ihn genug angestarrt, jetzt konnten sie weitergehen. Warum gingen sie nicht weiter, die blöden Gänse? Was gab es da zu glotzen? Wieder schoß ein heißer Schmerz durch seinen Rücken, und er verzog das Gesicht wie ein Säugling, der gleich zu brüllen anfängt.

»Gute Besserung«, sagte eine der Frauen, »hoffentlich ist es nichts Schlimmes.«

Endlich fuhr Kerbel an. Die Gesichter wichen zurück. Leon sah Baumkronen, sah grauen Himmel, schwarze Wolken davor. Er schwebte auf einem dumpfen Schmerzteppich, lauschte dem Geräusch der Reifen auf der nassen Straße, dem Klopfen des Regens auf dem Autodach und starrte auf das zerschrammte Kunstleder der Rücklehne, wo ein Duplo-Sammelbild klebte – Asterix, dem nach der Einnahme des Zaubertranks gerade der Bizeps schwoll. Und ein Wrestling-Sammelbild: »Der Undertaker«. Der Undertaker hielt eine kleine Urne hoch.

In Freyenow holte Kerbel eine Karte aus dem Handschuhfach und stoppte an einer Bushaltestelle, um hineinzusehen. Die Scheibenwischer schlappten gleichmäßig. Der Wagen fuhr wieder an. Als sie das nächste Mal hielten, waren sie in einer Straße mit Einfamilienhäusern. Kay half Leon aufzustehen. Feine Nadeln sausten durch seinen Schädel. Kerbel wollte auch helfen und faßte ihn am anderen Arm, worauf Leon so laut schrie, daß auf der gegenüberliegenden Straßenseite ein Mann in Pyjamahose und Unterhemd vor die Haustür trat.

»Nicht anfassen«, zischte Leon, »ist gut gemeint, aber bitte nicht anfassen!«

Kerbel machte ein unglückliches Gesicht und setzte sich wieder in den Transit. Auf Kay gestützt, hinkte Leon durch eine Gartenpforte, argwöhnisch beobachtet von dem Pyjamahosenmann. Kay klingelte an einer Tür mit schwarzem Ziergitter vor der gelben Verglasung. Es schnarrte, und die Tür ließ sich aufdrücken. Kay führte Leon zu einem weißen halbrunden Tresen, hinter dem zwei Arzthelferinnen mit Karteikarten beschäftigt waren. Die eine sah hoch. Sie war hübsch. Dunkles hochgestecktes Haar, aus dem ihr ein paar absichtliche Strähnen ins Gesicht fielen, klassische Nase. Sie war jung. Robust und großbusig. Der weiße Kittel stand ihr ausgezeichnet. Mit hochgezogenen Augenbrauen musterte sie die beiden schlammverkrusteten Gestalten vor sich.

»Ein Notfall«, preßte Leon hervor. »Ich habe fürchterliche Schmerzen.«

»Waren Sie schon einmal bei uns?« fragte sie. Die andere hackte etwas in den Computer. Sie war ebenfalls dunkelhaarig und auffallend hübsch – als würde der Doktor seine Sprechstundenhilfen auf Model-Wettbewerben rekrutieren.

»Nein«, sagte Leon, »noch nicht.«

»Kann ich bitte Ihren Krankenschein haben?«

»Den habe ich vergessen. Ich bringe ihn später vorbei.«

Sie fing an, seine Personalien abzufragen und einzutippen. Bei seinem Nachnamen stutzte sie wie erwartet.

»Ulbricht? … im Ernst?«

Leon riß sich zusammen und beantwortete geduldig alle Fragen, versuchte sich von den Schmerzen abzulenken, indem er seine Umgebung betrachtete, die gelb gestrichenen Wände, den Toscana-Kalender daran, das Katzenposter, das lebensgroße Poster von einem gehäuteten Mann, der hauptsächlich aus Nervensträngen bestand, ein Glasschrank voller Medikamente, ein Paar blaue Krücken in einer Ecke und ein Plastikschild, das für den Ferienfall bereithing: »Bin vom … … bis … … im Urlaub«. Neben den Text war die Karikatur eines tennisspielenden Arztes mit Stethoskop um den Hals gezeichnet. Leon hielt sich am Tresen fest und versuchte sich zu stabilisieren. Neben ihm gähnte Kay.

»Setzen Sie sich bitte solange ins Wartezimmer«, sagte die hübsche Sprechstundenhilfe schließlich.

»Das geht nicht. Ich habe Schmerzen. Fürchterliche Schmerzen. Ich muß sofort …«

Sie lächelte sanft und strich sich eine der absichtlich unordentlichen Haarsträhnen hinters Ohr.

»Tut mir leid, aber heute haben fast alle unsere Patienten fürchterliche Schmerzen. Einer von ihnen hat seit vier Jahren fürchterliche Schmerzen. Solange Sie noch stehen und gehen können, muß ich Sie leider bitten, im Wartezimmer Platz zu nehmen.«

Sie behandelte ihn von oben herab. Dieses kleine Luder! Dieses junge, kerngesunde Miststück! Frauen wie sie brachte er normalerweise mit einer einzigen wohlabgewogenen Frechheit aus der Fassung. Eine kleine charmante Unverschämtheit − halb Kompliment und halb grobe, aber witzige Beleidigung −, und schon kamen sie ins Stottern und Stolpern, stolperten geradewegs in sein Bett hinein. Aber jetzt fühlte er sich nicht dazu aufgelegt. Er fühlte sich eher dazu aufgelegt, in Tränen auszubrechen. Widerstandslos ließ Leon sich von Kay ins Wartezimmer schleppen. Erleichtert stellte er fest, daß die meisten Stühle leer waren. Nur vier Patienten warteten vor ihm. Sie saßen so weit wie möglich auseinander. An der Stirnseite, am Fenster lümmelte ein oberschenkelamputierter junger Mann, dessen Krücken mit einem gelb-schwarzen Marsupilami-Muster bemalt waren. Das abgeschnittene und umgeschlagene Hosenbein seiner Jeans wurde von einer Wäscheklammer zusammengehalten. Eine krumme Greisin, deren Kinn am Brustbein festgewachsen schien, hatte es gerade bis zum ersten Stuhl neben der Tür geschafft. Jeweils auf halber Höhe zwischen dem Amputierten und der Greisin saßen sich zwei Frauen mittleren Alters gegenüber, denen man auf den ersten Blick nicht ansah, was ihnen fehlte. Sie blätterten in AMBIENTE und MADAME. Der junge Mann las die Sportseiten einer Zeitung. Die Mummelgreisin starrte auf ihren Schoß und unterhielt sich damit, die Lippen auf und zu zu klappen. Keiner sah aus, als hätte er Schmerzen.

»Guten Tag«, sagte Kay. Leon war zu wütend, um jemandem etwas Gutes zu wünschen.

»Tag«, antwortete es hinter AMBIENTE und MADAME.

Kay mußte Leon wie einem Kleinkind aus Anorak und Gummistiefeln helfen, während er sich an der Wand festhielt und dabei beinahe das gerahmte Foto eines indischen Grabmals herunterriß. An allen Wänden hingen mittelmäßige Fotos aus Indien. Halbmetergroße Hochglanzabzüge von Tänzerinnen mit Nasenketten und geschminkten Kerlen in bauschigen Hosen, von verstümmelten Bettlern, bettelnden Affen, pompösen Elefantenumzügen, phallischen Dschungelpflanzen, badenden Kindern und von einem untersetzten Mann mit abnorm langen Armen, der in einem weißen Leinenanzug vor Tempelruinen posierte – alles sehr bunt und in Metallrahmen gefaßt. Kay behielt Jacke und Stiefel an und setzte sich, dreckig wie sie war, neben die Großmutter. Leon blieb in Socken stehen und behielt den Empfang im Auge. Sowie der Arzt auftauchte, würde er sich ihm in den Weg stellen. Ein Arzt würde sofort begreifen, wie ernst sein Zustand war. Kay nahm sich die braune Lesezirkelausgabe von PETER MOOSLEITNERS INTERESSANTEM MAGAZIN und vertiefte sich in einen Bericht über Ufo-Landungen. Der Arzt erschien nicht. Statt dessen wurde die Greisin aufgerufen, wackelte hinaus und erschien knapp zehn Minuten später am Tresen, wo ihr die Arzthelferinnen Medikamente in eine Plastiktüte schaufelten, ihr in den Mantel halfen und sie zur Tür brachten. Als nächstes schwang der Einbeinige auf seinen gefleckten Stöcken hinaus und fand sich prompt zehn Minuten später wieder am Tresen ein. Zehn Minuten! Niemand konnte Leon weismachen, daß dieser junge Kerl oder das Friedhofsgemüse vor ihm solche Schmerzen gehabt hatten wie er.

»Ich geh mal kurz raus«, sagte Kay, stand auf und verschwand. Alle ließen ihn im Stich. Martina war der Hund wichtiger, und Kay mußte unbedingt rauchen, egal wie schlecht es ihm ging. Die großbusige Sprechstundenhilfe steckte den Kopf herein.

»Herr Ulbricht, bitte!«

Die blätternden Frauen starrten ihn böse an. Triumphierend starrte Leon zurück und schleppte sich hinaus.

Dr. Pollack war weiß gekleidet und völlig kahl. Er hatte kurze Beine und affenartig lange Arme und schien aus nichts als aus Muskeln zu bestehen. Er sprach schnell und fast im Telegrammstil. Voller Haß registrierte Leon, daß Pollack ihn kurz abfertigen wollte, um dann den nächsten Patienten dranzunehmen und noch einen, und noch einen … So einer brauchte natürlich Geld. Noch mehr Geld für Tennisstunden, Fotoreisen in exotische Länder und affige Sommeranzüge aus weißem Leinen.

»Ah, es tut im Kreuz weh, ja? Was für ein Schmerz? Stechend? Reißend? Bücken Sie sich mal nach links! Geht nicht? Und nach vorn! Nach rechts! Geht das? Ah, ich seh schon. Kann es sein, daß Ihr eines Bein kürzer ist als das andere? Sieht mir fast so aus. Versuchen Sie mal, ganz gerade zu stehen!«

Dr. Pollack setzte sich auf die Kante der Untersuchungsliege und forderte Leon auf, sich vor ihn zu stellen.

»Hier, direkt vor mich und mit dem Rücken zu mir.«

Er zog ihn mit seinen kräftigen Armen noch dichter an sich heran, so dicht, daß Leon den Brustkorb des Arztes an seinem Rücken fühlte und etwas Weiches, das vermutlich das Geschlechtsteil des Arztes war, an seinem Hintern. Was sollte das? Leon wollte unbehaglich einen Schritt vortreten, aber da hatte Dr. Pollack schon seine kurzen Beine um Leons Hüften gelegt und verschränkte die perforierten Gesundheitsschuhe vor seinem Bauch. Er klebte an ihm wie ein böser Waldschrat, der ihn nie wieder loslassen würde. Wie ein schwuler Waldschrat, der ihn gleich penetrieren wollte. Leon schnappte nach Luft. Dr. Pollack packte Leons Schultern. In einer unerwarteten Bewegung riß er die rechte nach hinten, während er gleichzeitig die linke nach vorn drückte. Leon glaubte, ein fürchterliches Reißen müßte durch seine Wirbelsäule fahren, und öffnete den Mund, um loszukreischen. Seit es ihn im Graben erwischt hatte, hatte er sich nur noch in Zeitlupe bewegt. Aber der Schmerz blieb aus. Er fühlte – mehr, als daß er es hörte – ein feines Klacken in der Nähe seines Steißbeins, so, als wäre eine Holztür sanft ins Schloß gefallen. Dr. Pollacks Hände packten erneut seine Schultern. Leon versteifte sich in Erwartung des nächsten Rucks in umgekehrter Richtung. Dr. Pollack wartete auch. Leon drehte den Kopf zu ihm um, lachte, und in diesem Moment riß der Arzt Leons Oberkörper zur anderen Seite. Er nahm seine Beine weg, und Leon taumelte einen Schritt vorwärts.

»Dann beugen Sie sich jetzt mal nach vorn! So. Weiter! Und nach links. Nach rechts. Geht's? Tut's noch weh?«

Es tat nicht mehr weh. Oder wenigstens tat es fast nicht mehr weh. Leon konnte es kaum glauben. Pollack kratzte mit dem Daumennagel an den Schlammpartikeln, die von Leons dreckiger Jeans auf seine weiße Baumwollhose übergewechselt hatten, und forderte Leon auf, sich bäuchlings auf die Liege zu legen. Auch das ging beinah ohne Schmerzen. Pollack verpaßte ihm zwei Spritzen in den Hintern und sagte: »Gymnastik! Und Dehnungsübungen unter der Dusche! So!« Er berührte den Boden mit den Fingerspitzen, was ihm bei seinen Proportionen, den kurzen Beinen und den Orang-Utan-Armen, nicht schwerfiel. »Und dabei lassen Sie sich schönes heißes Wasser auf den Rücken prasseln.«

Leon dachte an das bräunliche Moorwasser, das aus seinen Leitungen tröpfelte. Egal. Er war ja bereits wieder gesund. Er war der glücklichste Mensch auf der Welt.

Als Kay unter dem Vordach der Arztpraxis ihre Zigaretten aus der Jackentasche zog, waren sie völlig aufgeweicht, eine matschige Packung, aus der es gelb herausfloß. Das war vermutlich passiert, als sie sich in das Grabenwasser gekniet hatte, um Leon hochzuhelfen. Verfluchte Gräben! Verfluchter Regen! Es gab keinen Abfalleimer. Sie mußte das Päckchen auswringen und es wieder in die Tasche stecken. Kay ging zum Transit, um bei Kerbel zu schnorren. Kerbel öffnete sein Fenster einen Spalt und hielt ihr eine goldene Zigarettenschachtel entgegen. BENSON AND HEDGES war eine merkwürdige Marke für einen Dorfkrämer, fand Kay, aber an Kerbel war ja schon immer einiges merkwürdig gewesen. Sie nahm eine Zigarette, ließ sich Feuer geben und ging ein paar Schritte den Fußweg entlang, um sich nicht mit Kerbel über seine Einkäufe und Projekte unterhalten zu müssen. Seine neueste Schwachsinns-Idee war, einen Kaffee-Ausschank in seinem Laden einzurichten. Es nieselte bloß noch. Drei Mädchen kamen die Straße hoch. Sie waren vielleicht fünfzehn, trugen keine Jacken und unvernünftig dicke Sohlen unter ihren Turnschuhen und drängten sich unter einem blauen Regenschirm zusammen, auf den das Wort SCHEISSWETTER gedruckt war. Als sie Kay von weitem sahen, bekamen sie plötzlich einen Trippelschritt, flüsterten, kicherten verlegen miteinander. Dann, als sie nahe genug waren, um ihren Irrtum zu bemerken, brachen sie in schallendes Gelächter aus, lachten so sehr, daß sie sich aneinander abstützen mußten, und verschmolzen unter dem Schirm zu prustenden Siamesischen Drillingen. Als sie an Kay vorbeigingen, starrten sie ihr ins Gesicht und brachen in eine neue Lachsalve aus. Kay inhalierte den Rauch ihrer Zigarette und ließ ihn durch die Nasenlöcher entweichen. Die Praxis-Tür öffnete sich. Leon kam heraus. Es war kaum eine Viertelstunde vergangen, seit sie ihn im Wartezimmer zurückgelassen hatte. Kay ging ihm entgegen, aber Leon hielt sich ganz gerade und brauchte offensichtlich keine Hilfe.

»Was ist das?« sagte Kay, »eine Wunderheilung?«

»Es war bloß ein Wirbel, der rausgesprungen ist. Jetzt ist er wieder drin. Das ist alles.«

Er stieg neben Kerbel auf den Beifahrersitz. Kay setzte sich auf die Rückbank und warf ihren Zigarettenstummel aus dem Fenster.

»Mann, das freut mich aber für Sie«, sagte Kerbel, warf den Transit an und schaltete das Radio ein: ein Bericht über Arbeitslosigkeit in Ostdeutschland. Er drückte den nächsten Knopf und erwischte einen Klassiksender. Das Requiem von Mozart. Er drückte noch einen Knopf, und es gab ein fürchterliches Knacken und Rauschen. Kerbel stellte das Radio wieder aus. Leon lehnte sich zurück, fühlte, wie die Vibrationen des Wagens in seine Wirbelsäule drangen. Aber das war gar kein Vergleich mit dem, was er bis eben hatte ausstehen müssen. Wieder zogen die Bäume an ihm vorbei, Häuser, Himmel, Wolken – aber er konnte allem aufrecht entgegen sehen. Es ging ihm großartig. Er würde sich bloß etwas schonen müssen.

»Das Entwässerungssystem muß erstmal warten«, sagte er zu Kay. »Ich glaube nicht, daß ich diese Woche noch einmal eine Schaufel anrühre.«

Kerbel schien auf dieses Stichwort gewartet zu haben.

»Sie brauchen einen Brenner, einen Abflammer zum Trockenlegen«, sagte er. »Das einzige, was hilft. Glauben Sie's! Ich will ja Frau Schlei nicht kränken, aber mit Entwässerungsgräben können Sie nicht viel ausrichten. Wenn Sie wollen, besorge ich Ihnen einen Brenner. Ich kenne jemand, der eine Firma für Trockenlegungen hat. Eigentlich verleiht er die Brenner nicht, aber ich könnte es bestimmt so hindrehen, daß er für Sie eine Ausnahme macht.«

»Vor Ende der Woche will ich von diesem verdammten Schlammgrundstück nichts mehr hören«, sagte Leon.

Kay tippte ihn an, und als er sich umwandte, verdrehte sie die Augen, um ihm zu zeigen, was sie von Kerbels Vorschlag hielt.

Diesmal fuhren sie, ohne anzuhalten, durch Priesnitz hindurch. Leon sah die Frau, die ihm gute Besserung gewünscht hatte, in ihrem Garten stehen und grüne Kirschen aufsammeln. Die Kirschen wurden nicht reif in diesem Jahr. Sie vergammelten, bevor sie rot werden konnten, und fielen herunter. Leon winkte der Frau zu, aber sie war ganz in Gedanken versunken und winkte nicht zurück. Er dachte, daß er sich eigentlich öfter mal in Priesnitz sehen lassen könnte. Anteilnehmen am Leben der Priesnitzer. Schließlich war das hier seine Heimat.

Der Transit ruckelte die Auffahrt zu Leons Haus hoch, und Kerbel nahm gewissenhaft alle Schlaglöcher mit, die er auch schon auf der Hinfahrt erwischt hatte. Leon spürte es scharf in seinem Rücken. Als er Martina mit Noah auf der Veranda stehen sah, fiel ihm wieder ein, daß seine Frau lieber beim Hund geblieben war, statt ihm beizustehen. Na, egal. Schließlich war es ja auch nichts Ernstes gewesen. Kerbel hielt, und Leon riß sofort die Tür auf und sprang leichtfüßig auf den Boden. Da war er wieder, der dünne heiße Draht. Schwächer diesmal, dünner, aber er war es und bohrte sich das Rückenmark hinauf bis ins Hirn. Leon verzog das Gesicht und hielt sich an der Motorhaube fest. Also gut, springen würde er in nächster Zeit nicht.

»Geht es dir besser?« Martina stand vor ihm, wollte ihn umarmen, zögerte aber im letzten Moment.

»Darf man dich wieder anfassen?«

Leon legte ihr den Arm um die Schulter. Martina hatte sich umgezogen, trug jetzt einen knappen Rock und eine enge weiße Bluse, die an den Stellen, wo der Regen auftraf, durchsichtig wurde. Sie sah scharf aus.

»Klar«, sagte er, »aber du mußt mich jetzt pflegen. Ich werde mich am besten gleich zu Noah legen, dann hast du immer nur einen Weg.«

Kerbel wendete den Wagen. Leon ging zu ihm, öffnete die Fahrertür und reichte ihm die Hand. Die Regentropfen, die ins Auto fielen, hinterließen kleine schwarze Flecken auf dem staubigen Armaturenbrett.

182

»Danke. Ich weiß nicht, was ich ohne Sie gemacht hätte. Grüßen Sie ihre Frau.«

»Gerne. Klar doch. Immer wieder«, sagte Kerbel
aufgekratzt.

Kay war von der Rückbank nach vorn auf den
Beifahrersitz geklettert.

»Steigst du nicht aus?« fragte Leon.

»Nein, ich fahre mit zum Supermarkt. Der Fahr-
radständer muß geschweißt werden.«

Sie rumpelten los. Leon ging mit Martina ins
Haus. Während er sich mit dem leicht bräunlichen
Wasser, das an diesem Tag aus der Leitung kam, ab-
duschte, brachte sie ihm angewärmte Handtücher
und seinen Jogginganzug ins Badezimmer. Dann bereitete sie ihm ein Lager auf der Couch, legte ihm
ein Sofakissen unter den Rücken und holte sein
Kopfkissen aus dem Bett, damit er höher lag und
besser fernsehen konnte. Leon zappte sich durch die
Programme. Ab und zu bat er um ein Bier oder um
ein belegtes Brot. Der Hund war fort, trieb sich vermutlich irgendwo im Moor herum. Leon blieb bis
zum Dunkelwerden auf dem Sofa, blätterte eine alte
Sportzeitschrift durch und einen noch älteren
STERN. Dann stand er auf und ging in sein Arbeitszimmer, setzte sich noch einmal an das Kapitel, in
dem der siebzehnjährige Pfitzner sein Mädchen auf
den Strich schickte. Leon las sich die ersten Sätze
langsam und laut vor:

*Es tat ihm weh, zu sehen, wie sie die Straße hinunter-
stolperte und sich immer wieder nach ihm umdrehte, als
hoffte sie, daß er doch noch seine Meinung ändern würde,
als hoffte sie, daß er sagen würde: Komm zurück, es war
nur ein Scherz, ich wollte nur prüfen, wie sehr du mich
liebst. Aber Benno sagte nichts, auch wenn ihm vor Kum-*

mer eiskalt war. Er wußte, daß es für ihn nur diese Chance gab, reich zu werden, daß er keine Chance hatte, jemals mit Arbeit zu Geld zu kommen. Nicht bei seiner Ausbildung. Nicht in dieser Gegend. Nicht mit diesen Eltern. Wenn er jetzt schwach geworden wäre, dann hätten sie geheiratet, Kinder bekommen, er wäre in einer Fabrik gelandet und sie auch. Sie hätten in einer Zwei-Zimmer-Wohnung gehaust und sich angeschrien, und sie hätten einander gehaßt. Benno beschloß: Wenn er schon unglücklich werden sollte, dann wollte er dabei wenigstens reich sein.

Was für ein Mist! Kein Wunder, daß Pfitzner die ganze Seite durchgestrichen hatte. Alles sentimentaler Müll. Leon warf das mit dem *Kummer* hinaus und änderte den letzten Satz:

Benno beschloß, daß es reichte, wenn einer von ihnen unglücklich war, und daß nicht er das sein würde.

Leon grinste. Wenn er sich richtig erinnerte, war das eine der Stellen, über die Pfitzner sich am meisten geärgert hatte. Und eigentlich hatte er recht. Vielleicht war Pfitzner auf seine Art ein ganz guter Lektor. Leon nahm sich die nächsten Seiten vor. Es war ganz einfach. Streichen, ändern, streichen. Er rutschte auf seinem Stuhl, um einem leisen nagenden Schmerz in seinem Rücken auszuweichen. So, und morgen gleich zur Post. Er stand auf und reckte sich, genoß jede Bewegung, die er machen konnte, fühlte sich gesund. Befreit. Pfitzner konnte sich nicht beschweren, hatte keinen Grund, hier wieder aufzutauchen. Sein unerfreulicher Besuch vor zwei Wochen berührte Leon plötzlich nur noch so wenig, als hätte ihm jemand bloß davon erzählt – und eigentlich war ja auch überhaupt nichts passiert. O.K., wie Pfitzner mit Frauen sprach, das hatte Leon ja vorher schon gewußt. Und Harry war nun mal nicht zimperlich.

Aber wenn Martina sich nicht eingemischt hätte, wäre gar nichts weiter gewesen. Dann gäbe es jetzt auch nicht diese blöde Spannung zwischen ihm und Harry. So war es immer. Wenn man nicht höllisch aufpaßte, konnten Weiber jede Männerfreundschaft kaputtmachen. Er verstand nicht mehr, daß er solche Angst gehabt hatte. Hatte er überhaupt Angst gehabt?

Leon ging ins Wohnzimmer, wo ihm die Hitze des Kamins entgegenschlug. Das Feuer summte, zischte, qualmte und warf ein flackerndes Licht auf den schlafenden Hund. Noah jagte im Traum etwas Großes. Er blöffte leise und zuckte mit den Pfoten. Martina streckte vom Sofa einen Arm nach Leon aus, und er nahm ihn und legte sein Gesicht in ihre Handfläche.

»Du hast zu nasses Holz genommen«, sagte er, als er wieder aufsah, »das macht viel zu viel Rauch.« Leon stellte sich vor den Kamin und genoß die dörrende, versengende Glut des Feuers durch seine Jogginghose hindurch. Heiß und trocken. Das einzig Richtige, um es mit dem Regen aufzunehmen. Mit plötzlicher Entschlossenheit ging er zum Couchtisch, nahm das Handy und tippte eine Nummer ein.

»Tut mir leid, daß ich Sie noch so spät störe«, sagte Leon, »es ist wegen des Abflammers. Ich habe mir gedacht … «

»Sie stören überhaupt nicht«, schrie Kerbel aus dem Telefonhörer, und Leon sah sein gefletschtes Zahnfleisch vor sich, »ich fahr noch heute abend zu meinem Bruder. Nächste Woche können Sie mit der Trocknung loslegen.«

»Nein, warten Sie«, sagte Leon, »so eilig ist das nicht. Ich muß doch erst die Grundmauern freilegen. Das heißt … – ich wollte fragen, ob Sie jemanden kennen, der mir das günstig macht, das Aus-schachten, weil ich ja zur Zeit lahmgelegt bin.«

»Das kann ich machen. Bin morgen zur Stelle, und über den Preis werden wir uns schon einig.«

»Nein«, sagte Leon, plötzlich gereizt, »ich muß jetzt wissen, wieviel es kosten wird.«

»Sagen wir dreihundert, und ich fange gleich morgen an.«

Als Leon das Handy weggelegt hatte, sagte Martina:

»Hältst du das für eine gute Idee, dieses alte Tratschmaul hierher zu holen?«

»Na und«, sagte Leon, »was gibt's über uns schon zu tratschen? Außerdem arbeitet er ja draußen. Wenn du nicht willst, brauchst du die ganze Zeit kein ein-ziges Wort mit ihm zu reden.«

»Und wenn dieser Pfitzner und Harry noch ein-mal kommen … «

»Was soll das? Die kommen nicht. Und wenn schon. Ich denke nicht, daß ich mich wegen Harry schämen muß.«

»Laß uns ins Bett gehen«, sagte Martina resi-gniert.

Harry stand zur selben Zeit am Hamburger Elbstrand und wartete darauf, daß die letzen Spazier-gänger verschwanden. Es regnete nicht, aber es war zu naß, um sich auf eine der Bänke zu setzen. Er zündete sich eine neue Zigarette an. Ab und zu kam ein Schiff vorbei, ein dicker Schlepper oder eine Bar-kasse, ein langgezogener Kutter oder ein riesiger grünlich leuchtender Frachter mit exotischem Na-men und dumpf klopfendem Motor, dessen Bugwel-len auf den schmutzigen Sand klatschten. Nicht weit entfernt feierten sie eine Strandparty. Dünne Mädchen in kurzen Kleidern. Jungen in viel zu großen, hängenden Beutelhosen. Die Musik dröhnte herüber. Natürlich war die Polizei auch schon dagewesen – und wieder verschwunden –, und die wummernden Bässe waren zwanzig Minuten lang leiser geworden und hämmerten jetzt wieder in alter Lautstärke. Harry ging zu seinem Camaro, den er direkt am Strand geparkt hatte. Er öffnete den Kofferraum, um nachzusehen, ob Rocky womöglich aufgewacht war. Aber der Bullterrier lag immer noch schlaff wie ein Wärmflaschenüberzug auf dem Kofferraumboden. Harry hatte gründlich zugeschlagen. Sogar ohnmmächtig schien Rocky zu lächeln. Lächelte, wie nur ein Bullterrier lächeln konnte. Neben ihm lagen eine Rolle Blumendraht und ein Zierstein, den Harry in einem Geschäft für Gartenbedarf besorgt hatte, die verkleinerte Version eines Mühlsteins. Der Stein war so schwer, daß Harry ihn fast nicht in das Auto bekommen hatte. Er sah zu den Ravern hinüber. Die Jungen und Mädchen waren vermutlich viel zu sehr mit ihren zuckenden Gliedmaßen und modernen Drogen beschäftigt, um ihn überhaupt zu bemerken. Aber ein ältliches Paar in blauen Wachsjacken kam geradewegs auf ihn zu. Harry schloß schnell den Kofferraum und setzte sich in seinen Wagen. Dort saß er eine ganze Weile, saß, rauchte, horchte, ob Rocky winselte, und einmal rief Melanie an. Sie wollte nächste Woche einen Tag frei haben und zu ihrer Schwester fahren.

»Sieh zu, daß die Kohle stimmt«, sagte Harry. »Wenn die Kohle stimmt, bin ich gut drauf. Und wenn ich gut drauf bin, fahr ich auch mal wieder mit dir nach Mauritius.«

»Heißt das nein? Ich will doch bloß für einen Tag zu meiner Schwester. Bloß einen Tag. Dafür arbeite ich die anderen Tage auch länger.«

»Vergiß deine Schwester! Und jetzt legst du auf und bewegst deinen fetten Arsch auf die Straße.«

Endlich wurde es dunkel, endlich leerte sich der Strand. Harry öffnete den Kofferraum, steckte den Blumendraht ein und holte Rocky heraus, der inzwischen aufgewacht war und einen dunklen Urinfleck unter sich gelassen hatte.

»Drecksvieh«, sagte Harry.

Rocky war so schwach, daß er kaum stehen konnte. Harry trug ihn auf den Armen ums Auto herum und legte ihn auf die Motorhaube. Er nahm den Draht aus der Jackentasche und umwickelte mit schnellen kreisenden Bewegungen Rockys Vorderpfoten, führte den Draht zu den Hinterpfoten, band sie genauso zusammen und schnürte schließlich Vorder- und Hinterpfoten aneinander, zog den Draht von den Pfoten zu Rockys Kopf und umwickelte die Schnauze. Er stellte das Halsband zwei Loch größer und schob zwei flache Steine darunter, die er neben dem Auto fand. Den Mühlstein brauchte er gar nicht mehr. Er würde ihn Leon schenken, wenn er ihn das nächste Mal besuchte – für den Garten.

»Altes dummes Schwein«, sagte Harry und tätschelte Rocky den Schädel. Bloß zwei Minuten hatte er ihn an diesem Morgen aus den Augen gelassen. Sie waren im Park gewesen. Harry hatte Softeis kaufen wollen. Erdbeer-Vanille für sich und Schokolade für Rocky. Der Bullterrier liebte Schokoladeneis. Als Harry sich umgedreht hatte, war Rocky einem Cockerspaniel hinterhergerannt. Erst eine halbe Stunde später hatte er ihn wiedergefun-

den. Und da war es bereits passiert. Ein umgestürz-
ter Kinderwagen, eine schreiende Frau, die sich
über ein blutiges Bündel auf dem Fußweg beugte,
und daneben Rocky, in eine Aktentasche verbissen,
mit der ihn ein Mann in die Flucht zu schlagen versucht hatte.

Harry konnte keinen Ärger gebrauchen. Er hatte
zwei Prozesse laufen. Es gab Staatsanwälte, die bloß
darauf warteten, jemandem wie ihm für irgendeine
Bagatelle die Höchststrafe aufzubrummen, nur weil
sie ihn für die richtigen Sachen nicht drankriegen
konnten. Aber das sollte ihm erst einmal jemand beweisen, daß das sein Hund gewesen war. Zum Glück
zahlte er keine Hundesteuer. Er hatte gar keinen
Hund. Nie gehabt. Rockys Freß-und Wassernäpfe,
das Würgehalsband, die Ersatzleine und elf Hunde-
futterdosen lagen in einer fremden Mülltonne in einem weit entfernten Stadtteil.

Harry vergewisserte sich, daß niemand ihn beobachtete, und trug Rocky zur Elbe hinunter. Ein großer, sparsam beleuchteter Containerfrachter schob
sich langsam den Strom hinauf. Der Motor klopfte
dumpf wie ein riesiges Herz. Das Deck war leer.
Harry legte seinen Bullterrier im Sand ab und zog
sich bis auf die Unterhose aus. Dann nahm er ihn
wieder wie ein Baby in die Arme und watete in die
Elbe hinein. Es war ganz schön kalt. Als ihm das Wasser bis zum Bauchnabel reichte, ließ er Rocky los.
Das Bündel Hund ging sofort unter und wurde von
der Strömung fortgezogen. Die Bugwellen des Con-
tainerfrachters erreichten Harry und klatschten ihm
kaltes, stinkendes Elbwasser an die Brust. Er watete
zurück. Vom Ufer aus sah er den Positionslampen des
Frachters nach. Ein Schiff in der Nacht war schöner

als alles andere auf der Welt. Harry lief noch ein Stück den Strand ab und vergewisserte sich, daß Rocky nicht gleich wieder an Land getrieben worden war. Dann zog er seine Kleider an, setzte sich ins Auto, wendete und fuhr nach Hamburg zurück. Die Elbchaussee war leer. Er konnte richtig Gas geben. Der Hund war ihm nicht gleichgültig gewesen. Er hatte ihm mehr bedeutet als die meisten Menschen. Mehr als sein Vater, mehr als seine Mutter (sowieso), mehr als seine Stiefbrüder, mehr als seine Mädchen (sowieso). Aber Harry würde nie einen Fehler aus Schwäche begehen. Wenn es nötig war, konnte er jederzeit alles aufgeben. Und jetzt würde er sich einen neuen Bullterrier kaufen. Diesmal einen mit Monokel, einem lustigen dunklen Fleck um das Auge. Er würde ihn von klein auf selbst erziehen, dann gab es später auch keine unangenehmen Überraschungen. Sein neuer Bullterrier und er würden Spaß miteinander haben. Ohne Ende.

Leon starrte an die Zimmerdecke. Das war ihm erst zweimal im Leben passiert. Das erste Mal war er noch ganz jung gewesen, noch keine achtzehn, und die Frau hatte eindeutig die Schuld gehabt. Sie war eine dumme Pute gewesen, die die ganze Zeit von ihren fünf verflossenen Liebhabern erzählt hatte. Und beim zweiten Mal war er dermaßen betrunken gewesen, daß er nicht einmal mehr den Kopf hoch bekommen konnte, geschweige denn etwas anderes. Und jetzt war es eben zum dritten Mal passiert. Kein Grund, die Zimmerdecke anzustarren. Er hatte eben einen schweren Tag gehabt. War eh eine verrückte Idee gewesen, mit seinem kaputten Rücken noch mal loslegen zu wollen. Dabei war er so scharf auf

Martina gewesen. Merkwürdig. Aber kein Drama. Martina und er hatten gemeinsam darüber lachen können. Jetzt schlief sie. Ihre schmalen Schultern hoben und senkten sich. Hatte sie geseufzt? War sie doch noch wach? Nein, sie schlief. Und wenn sie sich keine Sorgen machte, warum sollte er es dann tun? Leon stand auf, ging in die Küche und holte die Milch aus dem Kühlschrank, trank in gierigen Schlucken direkt aus der schwabbeligen Tüte im Plastikhalter. Die Milch kleckerte ihm übers Kinn. Er wischte sie mit dem Handrücken fort, warf die leere Tüte in den Ausguß und ging in sein Arbeitszimmer. Er setzte sich an den Schreibtisch, nahm sich das nächste Kapitel vor. Eingehüllt vom sanften Rhythmus des Regens begann er Pfitzners »Korrekturen« zu lesen. Nicht alles, was da mit Kugelschreiber über und zwischen die Zeilen geschrieben stand, war dumm. Allerdings hatte er auch einige von Leons besten Sätzen einfach gestrichen. Na und? Leon würde noch hundert eigene Bücher schreiben können, und zwar genau so, wie er es wollte. Er reckte sich, wippte auf seinem Stuhl … Der Schmerz war noch heftiger als der, der ihn im Graben überwältigt hatte. Diesmal war es kein bohrender Draht, es fühlte sich an wie ein Schraubenzieher, der zwischen seine Wirbel gestemmt wurde. Rote Funken tanzten vor seinen Augen. Er konnte nicht einmal mehr schreien, nur heiser winseln. Wann hörte das endlich auf? Er mußte von diesem Stuhl herunter. Sofort. Er mußte sich hinlegen. Aber sobald er sich bewegte, wurde alles nur noch schlimmer. Schüttelfrost beutelte seinen Körper. Wieviel konnte ein Mensch ertragen, bis er endlich ohnmächtig werden durfte? Leon hatte keine Wahl. Um sich hinlegen zu können, mußte er sich durch den Schmerz hindurch stürzen wie durch eine brennende Wand. Er ließ sich vom Stuhl fallen.

Martina fand ihn am nächsten Morgen. Als sie die Tür des Arbeitszimmers öffnete, lag Leon vor dem Schreibtisch auf dem Bauch und hatte die Hände in den Teppich gekrallt. Sein Gesicht war tränenüberströmt und verschwollen. Seine Lippen zuckten. Er hatte die halbe Nacht geschrien, ohne daß Martina davon aufgewacht war.

»Bitte«, wimmerte Leon, »nicht anfassen. Faß mich bitte nicht an.«

Überwiegend bewölkt, aber niederschlagsfrei.
Seltene Aufheiterungen. Die Temperaturen steigen
auf 26 bis 29 Grad. Sehr schwül.

7

Leon lag festgeschnallt auf einer Liege, die nicht viel mehr als ein gepolstertes Brett mit einem schwarzen Kunststoffüberzug war. Das Brett stand schräg, in einem Winkel von knappen 45 Grad zum Linoleumboden, und Leon hing mit dem Kopf nach unten. Die Gurte verhinderten, daß er abrutschte, denn Leon hing nicht nur bedenklich schief, sondern wurde gleichzeitig auch noch durchgeschüttelt, als raste er in einem schlecht gefederten Automobil über Kopfsteinpflaster. Er hustete. Das seltsame Gerät rüttelte ihm den Schleim aus der Lunge, und wenn er die Kinnlade entspannte, klapperten seine Zähne, als hätte er Schüttelfrost. Außerdem wurde seine Darmperistaltik enorm stimuliert. Und während Leon hustete und seine Fürze unterdrückte, drehte er den Kopf zur Seite und las zum zwölften Mal und mit wachsender Erbitterung den an der Wand befestigten Zeitungsausschnitt: ENDLICH HILFE! NIE

WIEDER SCHMERZEN! – und ähnliche Lobpreisungen, die ebenso antiquiert wirkten wie das ganze Gerät.

Nach dem Rüttler ging es in den Bestrahlungsraum. Leon kannte den Weg inzwischen im Schlaf. Als er hinter der Sprechstundenhilfe die offene Tür des Wartezimmers passierte, sah er die verkrümmte Greisin. Mitleidig und interessiert beobachtete sie, wie Leon einen Fuß vor den anderen schob.

»Nicht wahr, Frau Hillmer«, brüllte die Sprechstundenhilfe widerlich munter, »das kennnen Sie noch – wie das war, als Sie auch bloß so gehen konnten?«

»O ja, o ja«, krächzte die Großmutter und sah Leon hinterher, soweit ihr verschlissener Knorpel das zuließ.

Der Bestrahlungsraum war winzig. Er mußte ursprünglich als Abstellkammer gedacht gewesen sein, und seine Ausstattung bestand aus einer höllisch heißen Rotlichtlampe auf einem Beistelltisch und einem höllisch unbequemen Küchenstuhl davor, der Leons Rückenschmerzen mindestens in dem Maß verschlimmerte, wie die Wärmestrahlung sie eventuell linderte. Die Arzthelferin rammte ihm den Stuhl in die Knie, stellte die Zeitschaltuhr der Lampe ein und überließ Leon sich selbst und seinen Grübeleien.

Vier Wochen ging das jetzt schon so. Vier Wochen – achtundzwanzig endlose Tage voller Schmerzen 672 Stunden Purgatorium – 40.320 verfluchte Minuten seines Lebens, auf die er ohne das geringste Bedauern hätte verzichten können. Heulend und brüllend war er damals von Martina und Kerbel wieder in Dr. Pollacks Praxis verfrachtet worden. Diesmal hatte er nicht warten müssen. Er durfte sich sofort ins Be handlungszimmer schleppen, wurde auf eine Liege gebettet und bekam einen Schaumstoffwürfel unter die Knie. Von Einrenken war nicht mehr die Rede gewesen. Pollack hatte ihn geröntgt und danach ratlos die Röntgenbilder gegens Licht gehalten.

»Da ist nichts«, hatte er beinah vorwurfsvoll gesagt. »Alle Symptome sprechen für Bandscheibenvorfall, aber auf dem Röntgenbild ist nichts zu sehen.«

Er hatte das Foto von Leons Lendenwirbeln an eine Leuchtwand gehängt und mit dem Zeigefinger auf eine Stelle getippt.

»Aber hier. Sehen Sie? – hier.«

Statt einer Antwort hatte Leon gestöhnt. Es war eine einseitig abgenutzte Bandscheibe, die er hätte sehen sollen.

»Das kommt, weil Ihre Beine nicht gleich lang sind. Eine viel zu starke Abnutzung für Ihr Alter.«

Seitdem hatte Leon zweimal die Woche Spritzen bekommen, dazu die Bestrahlungen und Schüttelbehandlungen. In den ersten Tagen hatte sich sein Zustand dann auch tatsächlich verbessert. Schon bald konnte er es ohne fremde Hilfe wieder vom Sofa bis zum Klo schaffen, er konnte sich anziehen (bis auf die Socken), wenn er auch allein für die Unterhose fünf Minuten brauchte, und er konnte mit Hilfe einer Würstchenzange die Unterhose vom Boden aufheben, wenn sie ihm herunterfiel. Danach – die letzten zwanzig Tage – waren jedoch keine weiteren Besserungen mehr eingetreten. Leon konnte immer noch keine Treppen steigen, nicht gerade sitzen und nicht länger als zwei Minuten stehen. Er konnte sich nicht kratzen, wenn ihn ein Fuß juckte, er konnte nicht in die Dusche steigen. Natürlich konnte er nicht mit Martina schlafen, daran war nicht einmal zu denken. Und er konnte Pfitzners verfluchtes Buch nicht fertigschreiben. Er hatte es versucht. Es ging nicht. Auch nicht im Liegen. Gerade, daß er ein dünnes Heft oder eine Zeitschrift halten oder ein Kreuzworträtsel ausfüllen konnte.

Der Wecker des Bestrahlungsgerätes rasselte los. Leon, der auf dem Küchenstuhl eine halbwegs liegende Position eingenommen hatte, stemmte sich qualvoll hoch. Im Flur wurde er von Dr. Pollack überholt. Pollack nickte ihm zu, stieß, ohne seinen Laufschritt zu bremsen, mit einer Hand die Tür zum Behandlungszimmer auf und riß mit der anderen die Krankenakte aus dem Korb daneben. Während seine Augen das Papier überflogen, wies er mit ausgestrecktem Zeigefinger auf die Liege.

»Auf den Bauch bitte. Und die Hose öffnen und ein Stück herunterziehen!«

Leon krabbelte hinauf wie eine Kröte, die einen Bordstein erklimmt. Auf Händen und Knien blieb er hocken, drehte dem untersetzten Mann, der mit tropfender Spritze neben ihm stand, den Kopf zu und sagte gereizt:

»Wie wäre es mal mit etwas anderem? Mit den Spritzen lassen meine Schmerzen genau drei Stunden nach, und dann ist alles wieder wie vorher. Wie wäre es mit Massagen? Oder verschreiben Sie mir eine Kur!«

Dr. Pollack schnaubte.

»Was Sie haben, ist eine Entzündung – Massagen helfen da gar nichts. Wenn die Schmerzen das nächste Mal nicht weg sind, bekommen Sie wieder Spritzen, und wenn sie dann immer noch nicht weggehen, bekommen Sie eben eine höhere Dosis.«

Leon ließ den Kopf auf die Arme sinken. Dr. Pollack desinfizierte die Einstichstelle, drückte noch einmal die Luft aus der Spritze und schob den schmalen Stahl glatt ins Fleisch. Er drückte die Flüssigkeit unter das Fettgewebe von Leons Hintern, zog die Nadel wieder heraus und massierte noch einmal mit dem Daumen.

»Was ist da drin?« sagte Leon.

»Etwas gegen die Schmerzen und etwas gegen die Entzündung. Mische ich selbst aus drei verschiedenen Medikamenten.«

»Ich werde dicker«, sagte Leon. »Ich werde rasend schnell dicker. Schauen Sie mich an! Ich habe doch mindestens zehn Kilo zugenommen.«

Dr. Pollack blickte auf den breiten, weißen Hintern vor sich. »Na ja, ein bißchen Cortison ist schon mit drin. Aber ganz wenig. Daran dürfte es eigentlich nicht liegen. Essen Sie halt weniger! Solange Sie sich nicht bewegen können, sollten Sie natürlich auch weniger essen.«

»Ich eß nicht viel! Ich esse kaum etwas. Und zehn Kilo in drei Wochen ... – das ist doch nicht normal!«

»Gott ... «, sagte Dr. Pollack, » ... während meiner Studienzeit habe ich auch achtzehn Kilo weniger gewogen als heute. Damals habe ich mich ausschließlich von Schwarzbrot mit Erdnußbutter ernährt. Jeden Tag drei Scheiben Schwarzbrot mit Erdnußbutter – da ist alles drin, was man braucht. Zehn Kilo halte ich übrigens für übertrieben. Haben Sie sich denn gewogen?«

Leon richtete sich auf. Der Schmerz hatte soweit nachgelassen, daß er es zügig zuwege brachte.

»Na sehen Sie«, rief Dr. Pollack, »schon geht es besser! Die tun Ihnen gut, die Spritzen.«

Leon fühlte sich hilflos. Der Arzt war ein Trottel, ein tennisspielender Quacksalber, als Person nicht ernst zu nehmen, aber der nächste Orthopäde wohnte doppelt soweit entfernt. Und zweimal die Woche diese Strecke – das konnte man von Kerbel nicht verlangen.

»Und Ruhe«, sagte Dr. Pollack. »Jetzt legen Sie sich zuhause schön hin und bewegen sich überhaupt nicht mehr. Packen Sie sich was unter die Knie, damit der Rücken entlastet wird. Vier Kissen. Und tun Sie gar nichts, hören Sie! Gar nichts!«

Kerbel wartete im Transit und las die BILD-Zeitung. Als er Leon kommen sah, wieselte er heraus und riß die Beifahrertür auf. Er trug einen roten Mechanikeroverall und schwitzte stark. Leon hielt sich am Autorahmen fest, versuchte, in der Hüfte abzuknicken. In den Transporter hineinzukommen war stets der schwierigste Teil des ganzen Unternehmens. Als er den Sitz erklommen hatte, liefen ihm die Tränen das Gesicht herunter – trotz Dr. Pollacks Medikamentencocktail. Leon hatte die Lehne so weit zurückgestellt, daß er mehr lag als saß. So ging es einigermaßen. Er war nun ebenfalls ins Schwitzen geraten, und der Schweiß von seiner Stirn floß mit den Tränen an seinem Kinn herunter. Es war unglaublich schwül. Eigentlich hätte Leon begeistert sein müssen: Es regnete nicht. Es regnete nun schon bereits seit neun Tagen nicht mehr. Ein Wunder. Irgendwo in Deutschland mußte es einen einzigen Gerechten gegeben haben, um dessentwillen der Herrgott von seinem Vorhaben, das ganze Gesocks mit einer neuen Sintflut hinwegzuspülen, im letzten Moment wieder abgesehen hatte. Trotzdem wurde es nicht richtig trocken. Der Himmel hing über dem Land wie eine kratzige, graue Wolldecke, unter der man die abgestandenen Ausdünstungen der schwammnassen Erde inhalieren mußte, und die Luft war so dick, daß sie Fäden zu ziehen schien. Die Insekten konnten ihr Glück kaum fassen. Zu Millonen schlüpften sie unter Dachschindeln, Borke und anderen klammen Verstecken hervor, krabbelten, flatterten, taumelten mit steifen Beinen und zerknüllten Flügeln durcheinander, versuchten, noch ein paar Blüten zu bestäuben oder einige Wirbeltiere anzuzapfen, und kopulierten bei jeder sich bietenden Gelegenheit. Schnell, schnell! Bevor der Regen wieder anfing. In Orten wie Freyenow mochte es noch halbwegs erträglich zugehen, aber um Leons Haus herum war die ohnehin dicke Luft mit Schwärmen von Mücken, Fruchtfliegen und diversen Kleinstlebewesen gesättigt, die einem in Mund und Nase gerieten und gemeinsam mit ihren größeren Verwandten Tag und Nacht ein Mordsspektakel veranstalteten. Hummeln, Bienen und Hornissen brummten wie Rasenmäher, Käfer klapperten mit ihren Deckflügeln, und die Grillen sägten sich vor Begeisterung beinahe die Hinterbeine durch. Tagsüber wurden sie von der heimischen Vogelwelt unterstützt. In der Nacht kam das Gebrüll der Frösche und Kröten dazu, die sich dank des überreichlichen Nahrungsangebotes Resonanzkörper wie Autohupen zugelegt hatten. Bei Dunkelheit rotteten sie sich zusammen und schrien sich die Lungen aus dem Hals. Seit es nicht mehr regnete, schlugen selbst die Fische Saltos über Wasser. Leon war vermutlich das einzige Lebewesen, das in den allgemeinen Begeisterungstaumel nicht einstimmte. Er kam ja auch kaum vor die Tür.

»Was für ein Pech Sie haben«, sagte Kerbel, während die Chausseebäume an ihnen vorbeiwischten, »grad jetzt, wo es schön geworden ist und soviel an Ihrem Haus zu tun wäre.«

Eine jämmerliche Katze wechselte die Straßenseite. Sie war getigert mit weißen Pfoten und entsetzlich mager, oder es lag an der Nässe. Kerbel ging voll in die Bremsen. Die fünf Kiessäcke auf der Ladefläche rutschten bis an die Rückbank. Leon wurde nach vorn in seinen Gurt geschleudert. Er stöhnte. Der Krämer war schlimmer als der Rüttler. Und Leon war ihm die ganze Hin-und-Rückfahrt über praktisch ausgeliefert – seiner Fahrweise und seinem Geschwätz.

»Man muß sich zu Hause etwas aufbauen«, sagte Kerbel, »hat doch keinen Zweck, wenn alle fortziehen.«

Leon döste weg, schaltete in seinem Hirn einfach den Ton ab, bis Kerbel hinter dem Priesnitzer Gutshaus in ein besonders tiefes Schlagloch krachte.

»O verdammt«, sagte Kerbel, als Leon gellend aufschrie, »kann es mir einfach nicht merken. Wenn ich das nächste Mal vorbeikomme, wird als erstes dieses Loch zugeschüttet.«

Unglaublich. Der Mann fuhr schlechter als Martina.

»Aber wie ich schon sagte«, nahm Kerbel den Leon unbekannten Gesprächsfaden wieder auf, »darüber sollten Sie schreiben – was aus der DDR geworden ist. Erst haben die Herren Politiker gesagt: Jaja, auch in der DDR gibt es gute Ansätze – ist nicht alles schlecht gewesen, und den Grünen Pfeil an Ampeln können wir vielleicht sogar übernehmen, und dann … «

Leon konnte auch für Kerbels Zweitlieblingsthema kein rechtes Interesse aufbringen. Was ging ihn der Lauf der Welt an, solange er selber nicht laufen konnte? Er schaltete abermals ab und wachte erst wieder auf, als der Wagen vor seinem Garten zum Stehen kam. Der Garten sah inzwischen aus wie eine archäologische Ausgrabungsstätte. Zu den Entwässerungskanälen war jetzt noch eine Art Burggraben gekommen, der rund um Leons Haus verlief. Kerbel hatte die Grundmauern freigelegt, um eine Sickerschicht einzubringen und mit dem Brenner arbeiten zu können.

Während der Krämer auf die Ladefläche des Transits kletterte, schlurfte Leon schon mal zur Veranda vor.

»Ich schaff das schon allein«, schrie Kerbel, »mit Ihrem Rücken sollten Sie die lieber nicht anheben.«

Das hatte Leon allerdings auch nicht vorgehabt. Schwitzflecken breiteten sich unter den Armen seines schwarzen T-Shirts aus, ein Mückenschwarm hing über seinem Kopf wie eine luftige Perücke. Kerbel versuchte einen der Säcke anzuheben, indem er ihn mit beiden Armen umschlang und an seine Brust preßte, aber er mußte ihn sofort wieder absetzen. Er sprang von der Ladefläche und ging die Schubkarre aus dem Geräteschuppen holen. Leon wartete auf dem Brett, das für ihn über dem Burggraben lag. Er wollte Kerbel bei der Anlegung der Sickerschicht zusehen. Kleine Hautflügler krabbelten über Leons Brille und betupften mit ihren Rüsseln unermüdlich die Ränder seiner Augen. Kerbel öffnete den ersten Kiessack, kippte die Schubkarre, und die Kiesel rauschten in den Graben und blieben als ein mickriger Haufen auf dem Grund liegen. Wie eine Handvoll Körner, die man einem Vögelchen hingestreut hatte. Fünf Säcke würden niemals reichen, um einen vernünftigen Kiesgürtel um das Fundament zu legen. Eher brauchten sie fünfhundert. Leon wedelte sich die Insekten aus dem Gesicht.

»Ich glaube, alles mit Kies aufzufüllen ist gar nicht so wichtig«, sagte Kerbel. »Hauptsache das nasse Stück hier am Keller. Den Rest füllen wir mit Erde. Das reicht; der Anstrich genügt. Wollte sowieso erst die Mauern trocknen.«

Er stieg über den Graben, reckte sich und nahm den Mehrflammenbrenner und die Schutzbrille von der Veranda. Er schnallte sich die Propangasflasche auf den Rücken, packte das Brennrohr am Griff, stülpte die Brille über und sprang in den Graben hinunter. Ein Brodeln und Zischen wie aus einem Hochofen setzte ein. Kerbel fletschte das Zahnfleisch, richtete den Feuerstrahl aufs Haus und heizte den Grundmauern ein. Das flammenwerferähnliche Gerät auf und ab schwenkend, marschierte er die Wand entlang.

»Zu schnell«, brüllte Leon, »das ist doch viel zu schnell.«

Kerbel sah auf und drehte am Regulierventil, bis der Feuerstrahl sich zu einer dünnen durchsichtigen Flammenzunge reduzierte, die nicht mehr Lärm als eine wütende Kreuzotter machte.

»Was?« brüllte er zurück.

»Ich glaube nicht, daß die Mauer jetzt schon trocken ist«, sagte Leon. »Das müssen Sie viel länger auf eine Stelle halten. Viel länger!«

»Geh ja noch einmal rüber«, antwortete Kerbel

gekränkt. »Ich geh ja noch einmal – noch zweimal rüber. Das weiß doch jeder, daß es beim ersten Mal nicht gleich trocknet.«

Leon hob entschuldigend die Hand.

»Ist gut«, sagte er. »Nachher können Sie den Brenner im Geräteschuppen lassen. Frau Schlei hat die Tür repariert.«

Der Krämer nickte und drehte das Ventil auf. Leon hinkte, von seiner Insektenwolke begleitet, ins Haus. Er schloß die Tür hinter sich und warf einen besorgten Blick auf die Schale, die auf dem Schuhschrank stand und in die Martina immer seine Post legte. Nur ein Handzettel: eine Unterschriftensammlung gegen die Umgestaltung des Gutshauses zum Asylantenheim. Nichts von Pfitzner. Leon atmete erleichtert durch und ging ins Wohnzimmer. Es roch nach Hund und Rasierschaum. Martina lag bäuchlings auf einem blauen Handtuch auf dem Fußboden. Sie trug eine Jeans, ihr Oberkörper war nackt, und unter den Achseln quoll ein Haarentfernungsmittel hervor. Neben ihr lag der Köter. Er sah Leon kurz an, drehte dann aber gelangweilt den Kopf wieder weg und fuhr fort, Martina den chemischen Schaum von den Rippen zu lecken. Aus Leons Mund wurde ein schmaler Strich. Es war widerlich. Es war pervers. Aber mußte er sich darüber aufregen? Nein – Leon Ulbricht mußte sich darüber nicht aufregen. Er mußte sich schonen. Das war das einzige, was er mußte. Sollte seine Frau doch machen, was sie wollte, es mit Hunden treiben oder mit Schweinen – seinen Segen hatte sie. Er würde jetzt die Beine hochlegen. Alles andere war zweitrangig. Martina stand auf und begrüßte ihn mit einem flüchtigen Kuß auf den Mund.

»Und – was hat er gesagt? Hast du diesmal etwas anderes als die Spritzen bekommen?«

Leon gab ein paar grunzende Laute von sich. Die Antwort schien Martina vollauf zu genügen. Sie kniete sich ohne weitere Fragen vor ihn hin und zog ihm die Schuhe aus. Ihre kleinen festen Brüste veränderten auch dann ihre Form nicht, als sie sich vorbeugte. Leon hätte jetzt gern etwas zu ihr gesagt, etwas wie: *He, wo du gerade da unten bist, könntest du mir eigentlich einen Gefallen tun*, aber der Wunsch sich hinzulegen war drängender. Außerdem hätte das sein Rücken vermutlich wieder nicht mitgemacht. Er konnte ja nicht einmal niesen, ohne hinterher vor Schmerzen zu brüllen.

»Kay hat gesagt, das ganze Haus bricht auseinander, wenn die Grundmauern noch lange freiliegen«, sagte Martina.

»Kay muß es ja wissen.«

»Sie sagt, das Erdreich kann jetzt nach außen drücken und deswegen wird der Keller absacken, und dann bricht das Fundament.«

Leon zuckte die Schultern, soweit sein Rücken das zuließ.

»Jetzt ist es eh zu spät.«

Er hatte einfach nicht mehr die Krafft, um sich aufzuregen. Das Haus würde auseinanderbrechen? Na prima!

Martina stand auf und ging ins Badezimmer, um sich den Enthaarungsschaum abzuwaschen. Der Hund blieb ihr auf den Fersen. Leon schleppte sich zu seinem Lager auf dem Fußboden. Das kleinste Nachgeben einer Matratze war Folter für seinen Rücken, der Festigkeit brauchte, Härte und Halt. Leon legte sich so vor das Sofa, daß er seine Unter-

204

schenkel samt den Füßen auf die Sitzfläche lagern konnte, die Oberschenkel an die Sofavorderkante gepreßt. Martina kam in einem ärmellosen rosa T-Shirt zurück und schwenkte einen verschrammten grauen Plastikeimer in der Hand.

»Noah und ich gehen noch ein paar Schnecken einsammeln«, sagte sie und verschwand gleich wieder. Leon hörte das Trappeln und Schurren der Hundepfoten im Flur und gleich darauf das Schlagen der Haustür. *Noah und ich* ... Das durfte ja wohl nicht wahr sein. Es war dieser blöde Hund, der sich zwischen ihn und sie geschoben hatte. Alles drehte sich nur noch um Noah. Dabei war der Köter doch bloß krank im Hirn. Wenn Martina wenigstens mal zu ihm ins Krankenlager schlüpfen würde. Aber er wagte nicht, sie darum zu bitten. Das letzte Mal, als er mit ihr schlafen wollte ... – wie lange war das jetzt her? Vier Wochen? Vier Wochen war das schon her! Er hatte es das letzte Mal nicht gebracht, hatte versagt, ihn nicht hochbekommen. Das durfte sich auf keinen Fall wiederholen. Und jetzt die Rückenschmerzen! Sein Körper war nicht länger ein Instrument, das ihm Lust und Vergnügungen bereitete, kein Freund, der ihm zur Seite stand. Sein Körper war nur noch ein lästiges Anhängsel, beschwerlich wie ein Rucksack voller Steine. Das Risiko, sie abermals zu enttäuschen, es wieder nicht zu bringen, war einfach zu groß. Wie hatte Dr. Pollack gesagt – tun Sie nichts. Tun Sie gar nichts.

Leo tat also gar nichts. Das hieß, er zog trotz der Hitze eine zweite Decke zu sich heran, wickelte sich mitsamt seinen verschwitzten Klamotten darin ein und griff nach der Zeitung, die Martina ihm neben einem Teller mit Keksen und Schokolade und einer

Thermoskanne voller Kaffee bereitgestellt hatte. Politik- und Wirtschaftsteil benutzte er als Fächer gegen Hitze und Fliegen und schenkte seine Aufmerksamkeit ausschließlich der letzten Seite. Lokales, Vermischtes und Kurioses waren die einzigen Nachrichten, die sein Rücken aushalten konnte. Er schob sich zwei Kekse in den Mund. Ausgebrochene Rinder hatten einen Unfall auf der Landstraße verursacht. Schau an! Rekordmißernte für Tomaten. Ja, selbst Nachtschattengewächse brauchten hin und wieder ein Tröpfchen Sonne. Neueste Erkenntnisse über die Schneckenplage. Es nützte gar nichts, Schnecken abzusammeln. Die nachfolgende Generation würde sich nur um so stärker vermehren, falls sie nicht auf genügend Schleimspuren von älteren Artgenossen stieß. Ein Mädchen war verschwunden, die Tochter eines ehemaligen hohen Funktionärs. Leon betrachtete das Foto. Na gut, das Mädchen hatte lange dunkle Haare – wie lang, das konnte man auf dem Brustbild, das noch zu Lebzeiten aufgenommen worden war, nicht erkennen. Aber das hieß ja noch gar nichts. Es mußte nicht die Leiche sein, die er gefunden hatte. Leon nahm ein Stück Schokolade. Was gab es noch Neues? Die Männer wanderten ab. Hier stand, daß es überwiegend Männer waren, die auf der Suche nach Glück und Arbeitsplätzen nach Westdeutschland übersiedelten. Die Frauen blieben in Ostdeutschland. Die Frauen und Kerbel. Eines Tages würden Kerbel alle Frauen der ehemaligen DDR gehören. Und er, Leon, war hierher gezogen. Wie hatte er das tun können? In die DDR zog man nicht, aus ihr lief man weg. Vorausgesetzt natürlich, daß man noch laufen konnte. Er nahm noch ein Stück Schokolade und legte die Zeitung zur Seite. Vorsichtig streckte er seinen

Oberkörper und befühlte seine Fingernägel. Wenn sie etwas länger gewesen wären, hätte er sie aufrollen können. Danach mußte er Pollack das nächste Mal fragen. Seine Nägel wurden jeden Tag weicher, obwohl er schon Calciumtabletten kaute.

Martinas Rückkehr unterbrach Leons mißmutige Betrachtungen. Den schmutzigen Eimer mit schmutzigen nackten Armen an die Brust gepreßt, kam sie ins Wohnzimmer und zeigte Leon ihre Beute. Er sah in den Eimer. Angeekelt und gleichzeitig fasziniert. Inzwischen waren es fast genausoviel weiße wie braune Schnecken.

»Die kannst du gleich wieder in den Garten zurückkippen«, sagte er und hielt ihr die Zeitungsseite mit dem Artikel über die Auswirkung fehlender Schleimspuren auf nachfolgende Schneckengenerationen hin.

»Nein«, schrie Martina mit gespieltem Entsetzen. Sie sah die Zeitung gar nicht erst an und stellte den Eimer neben den Kamin.

»Ich gehe mit Noah ins Moor und schütte sie aus. Ich bringe sie so weit weg, daß sie mindestens eine Woche brauchen, um wieder zurückzukommen. Und ich dreh den Eimer vorher zehnmal, daß ihnen schwindlig wird und sie nicht mehr wissen, wo sie hergekommen sind.«

Sie suchte den Hund. Er hatte sie verlassen, als sie händeweise Schnecken in den Eimer schaufelte. Sie hatte vermutet, daß Leon sich mal zusammengerissen hätte und aufgestanden wäre, um ihn hineinzulassen. Aber Noah war nicht im Haus. Wenn sie Pech hatte, machte er wieder einen seiner einsamen Spaziergänge, und das konnte Stunden dauern. Allein konnte sie sich nicht ins Moor wagen. Laut Kerbel war es so naß und tückisch, wie seit Jahrzehnten nicht mehr. Martina ging auf die Veranda.

Leon hörte von seinem Lager, wie sie nach dem Hund rief, dann ein Fiepen und Winseln und das Klopfen des Hundeschwanzes gegen die Verandaumzäunung, hörte, wie Martina völlig albern »Noah, ach, Noah-Noah-Noah-Noah« quiekte – als hätte sie ihn ein Jahr lang vergeblich gesucht –, und konnte sich die dazugehörige Szene vorstellen. Er hörte, wie Martina in den Flur zurückkam und die Leine vom Haken nahm. Er wartete, daß sie ihren Schneckeneimer holte. Aber ihre Schritte entfernten sich plötzlich, und dann war sie außer Hörweite. Sie hatte den Eimer einfach vergessen. Typisch. Leon legte sich die Zeitung gegen die peinigenden Fliegen übers Gesicht, schloß die Augen und döste. Er lauschte auf das beruhigende Geräusch, das Kerbels Flammenwerfer machte. Ein sauberes, nützliches, kontrolliertes, technisches Geräusch, das das ewige Insektengezirpe und -gesumme angenehm übertönte. Erinnerte irgendwie an die Brüder Montgolfier. Leon schlief ein.

Er wachte davon auf, daß das Handy klingelte. Seine Beine waren eingeschlafen. Beide. Die Zeitung war von seinem Gesicht gerutscht, und in seinen Augenwinkeln klebten zerquetschte Fliegen. Das Handy hörte nicht auf zu klingeln. Vielleicht war es Kerbel, der sagen wollte, wann er morgen kam. Wie spät war es? War Kerbel überhaupt schon gegangen? Das Handy klingelte. Wo lag es denn bloß? Ah, neben dem Kopfkissen. Wenn nur nicht Pfitzner dran war. Aber Leon fühlte sich noch zu benommen, um sich richtig zu fürchten.

Es war Pfitzner, und Pfitzner war wütend. Er brüllte sofort los.

»Wo sind die neuen Seiten«, brüllte er. »Ich warte! Wieso meldest du dich nicht? Wieso hebst du nicht ab, wenn ich anrufe. Scheiße! Viermal hab ich dich schon angerufen!«

»Ich ... ah ... äh ...«, sagte Leon. Seine Beine kribbelten, als würden kleine harte Käfer durch die Blutbahnen laufen.

»Du schickst die Seiten heute noch los! Und denk nicht, ich ruf dich jetzt jedesmal extra an!«

»Ich bin krank«, sagte Leon. »Bin total krank. Praktisch gelähmt. Ich kann nicht schreiben.«

»Du bist doch die Scheiße der Scheiße! Ich will den Dreck sehen. Du schickst das her. Und in einer Woche schickst du den Rest! Ich habe die Schnauze voll von dir.«

Auch Leon fing jetzt an zu schreien. Aber die Angst preßte ihm den Kehlkopf zusammen und drückte seine Stimme in unnatürliche Höhen.

»Ich bin echt krank«, kreischte er. »Du hast ja keine Ahnung. Ich habe andere Sorgen als dein Buch. Du kriegst es ja. Aber nicht jetzt; jetzt kann ich nicht.«

Pfitzner hörte schlagartig zu brüllen auf. Plötzlich sprach er ganz leise:

»Du machst es. Und zwar den ganzen Rest in einer Woche. Ist das klar?«

Sofort senkte auch Leon seine Stimme.

»Völlig unmöglich«, sagte er. »Ich kann dir zwei Sachen anbieten. Entweder schreibe ich es zu Ende, wenn ich wieder gesund bin. Dann mußt du halt warten. Jetzt geht es auf keinen Fall. Ich schaffe im äußersten Fall ein paar handschriftliche Korrekturen. Mit dem Computer kann ich überhaupt nicht arbeiten. Oder wir lassen die Sache ganz sein, und ich geb dir dein Geld zurück. Das ist vielleicht das beste. Wir können uns ja doch nicht einigen. Ist vermutlich das beste, wenn ich dir dein Geld zurückgebe.«

»Hör gut zu«, sagte Pfitzner, und seine Stimme war noch ruhiger und noch leiser. »Dir ist wohl nicht ganz klar, für wen du arbeitest. Du arbeitest für mich! So, wie meine Weiber für mich arbeiten. Und wenn eins von meinen Weibern aussteigen will, muß sie Kohle abdrücken. Wenn sie einfach abhaut, finde ich sie. Überall.«

»Du kriegst dein Geld ja. Ich überweis es dir. Oder ich geb es dir bar. Wie du willst.«

Pfitzner brüllte wieder:

»Scheiß auf das Geld. Das reicht nicht. Wenn du aussteigen willst, mußt du viel mehr abdrücken. Du schreibst das Buch!«

»Ich schick dir dein Geld, ich schick 'nen Scheck«, schrie Leon, und dann kam er vor lauter Aufregung mit seinem Daumen auf irgendeinen Knopf, und das Gespräch war unterbrochen. Um Himmels willen! Pfitzner mußte denken, daß er einfach eingehängt hatte. Leon wurde übel. Andererseits war es vielleicht ganz gut, wenn Pfitzner merkte, daß er sich nicht alles gefallen ließ. Das Handy klingelte wieder.

»Leck mich doch, du blöder Prolet«, brüllte Leo und schleuderte das Handy in Richtung Kamin. Er hatte seinen Rücken vergessen. Der Schmerz fällte ihn mitten im Wurf, er verriß, und das Handy landete im Schneckeneimer. Dort klingelte es weiter. Zehnmal. Zwanzigmal. Dann hörte es auf. Stille. Nur das unermüdliche Sägen der Grillen. Das Summen einer einzelnen Fliege direkt vor seinem Ohr. Leon ließ den Kopf – er merkte erst jetzt, daß er ihn die

ganze Zeit krampfhaft hochgehalten hatte – auf den
Boden sinken. Er starrte an die Decke. Das Handy
fing wieder an zu klingeln. Gedämpfter diesmal und
bloß zweimal. Dann verstummte es ganz. Die
Schnecken hatten sich seiner angenommen. Na also.
Leon war müde, erschöpft. Unendlich erschöpft.

Da lag er wie ein Käfer auf dem Rücken, in einer Bruchbude am Arsch der Welt, konnte sich vor
Schmerzen nicht rühren, nicht ficken und nicht
schreiben, wurde von einem Zuhältertypen bedroht,
hatte kein Auto mehr und eine Frau, die sich lieber
um den Hund kümmerte als um ihn, und sein Haus
drohte wahlweise vollzulaufen, abzusinken oder aus-
einanderzubrechen. Sonst noch was?

Er wollte schlafen, so tief und so lange, wie es
ging, und er wollte nicht aufwachen, bevor Pfitzner
von der Erdoberfläche verschwunden war.

Martina hielt Noah an der kurzen Leine und ließ
sich von ihm vorwärtsziehen. Er führte sie so sicher
wie ein ausgebildeter Blindenhund. Sie mußte nicht
einmal nachdenken, wohin sie ihre Füße zu setzen
hatte. Wie von selbst schoben sich Bulten und Steine
und trockene oder doch zumindest trockenere Stellen unter die Sohlen ihrer Gummistiefel.

»Ruhig, Dicker. So eilig haben wir es nicht.«

Röchelnd und keuchend legte Noah sich in das
Halsband. Wenn ihm eine dicke Fliege oder ein
Schmetterling vor die Nase kam, schnappte er danach
und schluckte seine Beute herunter. Mehr als eine
Stunde liefen sie schon so. Er führte sie jedesmal wo-
anders hin. Allerdings sah das Moor überall ziemlich
ähnlich aus. Birken, Moose, flach dahingestreckte
Wiesen mit Wollgras, torfige Tümpel, trüb schillernde

Pfützen, mahagonibraune Tiere, die vor ihren Füßen vorbeihuschten, und Schleier aus Wasserdampf, die aus der Entfernung dick wie Griesbrei schienen, aber immer durchsichtiger und schließlich unsichtbar wurden, wenn man näherkam. Die Vereinigung von Himmel und Erde. Es hatte den Himmel einige Monate stetigen Regens gekostet, bis er die Erde soweit gekriegt hatte. Aber schließlich hatte er sie mit seinem Wasser zermürbt, sie völlig durchsetzt, bis sie jeden Widerstand aufgab und ihm entgegendampfte.

Leichtfüßig setzte Martina über unergründliche Sumpflöcher hinweg, fühlte sich glücklich, unverletzbar und unbesiegbar; fühlte sich wie die beste Jägerin einer matriachalischen Steinzeithorde. Die Männer? Saßen in der Höhle und fädelten Trockenpilze auf, während sie, die Wolfsfrau, Fleisch besorgte und nach Feinden Ausschau hielt. Noah hatte jetzt den Heimweg eingeschlagen. Dort hinten lag schon das Schlei-Haus, und neben dem Garten, bei den geschwärzten Baumstämmen, standen Kay und Isadora selbst. Kay hatte eine Latzhose und ein rotkariertes Baumwollhemd an und hielt einen Hammer in der einen und eine Werkzeugkiste in der anderen Hand. Isadora trug die langen Haare offen, ihr wallendes braunes Baumwollkleid hatte mehrere Lagen, und Goldreifen schnürten die nackten, feisten Arme ein. Martina dachte, daß Isadora in einer matriachalischen Steinzeithorde vermutlich die Fruchtbarkeitspriesterin abgegeben hätte.

»Hallo Kay! Hallo Isadora!«

Noah zerrte Martina direkt vor die Füße der Schwestern, und Martina küßte beide auf die Wangen und löste die Leine vom Hundehalsband. Noah setzte sich hin, nieste, schüttelte den Kopf mit seinem einen Ohr und hechelte intensiv. Mückenschwärme senkten sich über die vier Warmblüter.

»Na«, sagte Isadora, schob ihre Goldreifen in Richtung Handgelenk und ließ sie klirren, »was treibt dich denn hierher?«

»Ich will die Schnecken aussetzen. Wenn es nach Leon ginge, würde er sie ja einzeln zu Tode foltern. Deswegen bringe ich sie immer ins Moor, damit er ihnen nichts tun kann.«

»Was für Schnecken?« fragte Kay.

Martina starrte auf ihre Hände, auf ihre Füße, auf Noah.

»Das darf nicht wahr sein. Ich habe sie vergessen. Ich habe den Eimer im Wohnzimmer stehengelassen. Sie stehen bei Leon. Der ist bestimmt stinksauer. Ich muß sofort zurück. Wenn die rauskriechen … Und Leon kann sich nicht bewegen. Und er haßt doch Schnecken so.«

»Wahrscheinlich kriechen sie jetzt schon die Eimerwand herunter«, sagte Isadora und lachte schadenfroh.

Martina leinte den Hund wieder an.

»Komm Noah, wir müssen zurück.«

»Ach was, bleib du ruhig bei Kay. Ich kümmere mich schon um Leon und die Schnecken«, sagte Isadora und zwinkerte Kay zu. »Schnecken sind mein Gebiet. Wird auch mal Zeit, daß ich den armen alten Leon besuche und ihm meinen berühmten Rückentee koche.«

»Wie lieb von dir«, sagte Martina, ließ Noah wieder frei und reckte neugierig den Hals, um über die Büsche in den Garten der Villa zu spähen. Die Steinfiguren schauten gerade noch aus dem hohen Gras heraus. Dazwischen wuchsen Fingerhut und Lilien.

»Ich möchte nur wissen, wieso die Schnecken ausgerechnet zu uns in den Garten kommen, bei euch ist ja fast gar nichts angefressen.«

»Das täuscht«, sagte Isadora und stapfte in ihren bestickten Hauspantoffeln aus braunem Samt davon, mitten durch eine tiefe Pfütze, »das täuscht.«

»Isadora!«

Kays Stimme war streng und frostig. Isadora drehte sich mit dem unschuldigsten Gesicht der Welt zu ihr um.

»Ja?«

»Du bist doch vernünftig?«

»Hah«, machte Isadora, »Vernunft! Du hast so etwas vielleicht nötig. Aber laß mich doch damit in Ruhe!«

Sie fing an zu pfeifen und spritzte beim Durchwaten der nächsten Pfütze absichtlich Wasser auf. Martina sah ihr nach.

»Sie ist so lieb. Total nett von ihr.«

»Na, ja«, sagte Kay und drehte nervös ihren Werkzeugkoffer in der Hand.

»Ihr wohnt ja noch einsamer als wir«, versuchte Martina ein Gespräch anzufangen.

»Hmmm.«

»Fühlt ihr euch da nie allein?«

»Allein? Nö. Eigentlich nicht.«

»Und Isadora? Die kommt ja so gut wie nie raus. Du bist doch manchmal bei uns, oder du gehst ins Dorf runter. Aber Isadora sieht man nie. Was macht die den ganzen Tag?«

»Tja ... Isadora ... Die lebt nach ihrer eigenen Ordnung. Sieht den ganzen Tag fern. Keine Ahnung, was in ihr so vorgeht.« Kay klopfte mit dem Hammer sinnlos gegen einen schleimigen schwarzen

Baum. Sofort stob ein Schwarm grünschillernder Fliegen aus einem Astloch heraus und stürzte sich auf die beiden Frauen. Noah blieb an einer Pfütze stehen und kläffte einen Frosch an.

»Ich muß noch einen Fensterladen richten«, sagte Kay, als sie den Fliegen entkommen waren, » hast du Lust, mir zu helfen? Ich zeige dir bei der Gelegenheit gleich, wie man so etwas macht.«

»Versuch es gar nicht erst«, sagte Martina. »Ich reiche dir gern die Nägel hoch. Aber versuche nicht, mir irgend etwas zu erklären. Ich kann das doch nicht. Ich mache alles falsch.«

Kay schlug einen überwucherten Weg ein, der diagonal durch den Garten und am Springbrunnen vorbeiführte. Der Brunnen funktionierte schon längst nicht mehr. Die Wasserspeier waren bis zur Unkenntlichkeit zerbröselt, und am Boden des flachen Beckens hatten sich jahrelang Sinkteilchen angesammelt. Noah hob das Bein und pinkelte gegen den Brunnenrand. Martina schimpfte ihn aus, aber das hielt Noah nicht davon ab, sein Bein auch noch über den Eingangsstufen der Villa zu heben. Unter einem morschen Fensterladen, der nur noch in einer Angel hing, stellte Kay ihren Werkzeugkasten ab, nahm einen Schraubenzieher und ein Scharnier heraus und wühlte in den Schrauben. Sie drückte Martina den Schraubenzieher in die Hand und sagte:

»Natürlich kannst du's. Es ist ganz einfach.«

»Nein«, Martinas Stimme wurde weinerlich, »du sagst, daß es ganz einfach ist, aber es ist bloß für dich einfach. Ich kann das nicht. Du willst bloß, daß ich etwas falsch mache.«

Sie warf den Schraubenzieher im hohen Bogen

weg. Noah lief ihm nach, packte ihn mit den Zähnen und brachte ihn schwanzwedelnd wieder zurück.

»Warum läßt du mich nicht in Ruhe«, wimmerte Martina. »Ich brauche es nicht zu lernen. Wozu?«

»Bloß für den Fall, daß du einmal in einem kleinen, einsamen Haus mitten in einem Moor wohnst und dein Mann einen Bandscheibenvorfall oder etwas ähnliches hat«, sagte Kay. Sie nahm Martinas linke Hand und legte ihr eine Schraube zwischen Daumen und Zeigefinger. Dann nahm sie Noah den Schraubenzieher aus dem Maul und drückte ihn ihr in die rechte.

Als Leon zum zweiten Mal aufwachte, war es, weil er ein Geräusch gehört hatte. Sein Schlaf war traumlos gewesen, hatte ihn seine Wirbelsäule und Pfitzner vergessen lassen, und er sträubte sich gegen das Wachwerden, das ihm doch nichts Besseres als Mücken, Fliegen, Schnaken, Krankheit, die Angst vor Pfitzner und jetzt womöglich auch noch einen Einbrecher anzubieten hatte. Die Haustür war nicht abgeschlossen. Jeder konnte herein. Das Geräusch kam aus dem Flur. Etwas schleifte über den Fußboden. Es hörte sich an wie eine fünfzehn Meter lange Pythonschlange, wie das schwere Schleppgewand bei einer Krönungszeremonie oder wie ein zusammengerollter Perserteppich, den jemand hinter sich herzog. Perserteppiche besaß Leon nicht.

»Martina? Martina, bist du das?«

Er bekam keine Antwort. Das Zimmer war voller Schatten. Schatten und Schnaken. Durch die Fenster sickerte ein stumpfes Grottenlicht herein. Die Insekten lärmten wie verrückt. Schienen sich kleine, extra für Insekten angefertigte Rumbarasseln mitgebracht zu haben. Wieso war Martina noch nicht zurück? Das Schlangengeräusch näherte sich dem Wohnzimmer. Dann flog die Tür auf, und Isadora stand auf der Schwelle. Dick und unausweichlich.

»Puh, ganz schön warm hier.«

Leon wandte gequält den Kopf ab. Isadora! Das war schlimmer als Pythonschlange und Einbrecher zusammen. Sie durchquerte das Wohnzimmer und holte etwas Braunes – so groß wie ihre Hand – und etwas, das wie eine weiße Baumflechte aussah, aus ihrer Rocktasche und legte beides auf den Kaminsims.

»Was ist das?« sagte Leon mißtrauisch. »Nimm das weg!«

»Ein Pilzdeckel und Zwergenbart. Gibt 'nen hervorragenden Rückentee. Falls mir nicht was Wirksameres für dich einfällt.«

Sie lachte. Leon haßte dieses ordinäre Weiberlachen. Das widerlichste Geräusch im ganzen Tierreich. Dann bemerkte Isadora den Eimer neben dem Kamin. Den Schnecken hatte es darin nicht gefallen. Die Mutigeren waren herausgeklettert, glitten in der näheren Umgebung über den Fußboden oder klebten auf der Außenwand des Eimers wie Schmuckverzierungen an einem kultischen Topf. Isadora packte den Eimer am Henkel und ging auf Zehenspitzen zwischen den ausgebrochenen Schnecken hindurch. Sie kicherte und schwenkte den Eimer in Leons Richtung.

»Nein!« sagte er. »Nein! Das wirst du nicht tun!«

»Und wenn doch?«

Er sagte es noch einmal, sehr langsam und sehr deutlich:

»Du … wirst … es … nicht … tun!«

Der Inhalt des Eimers ergoß sich mit Schwung über seinen Unterleib. Ergoß sich? Ein braun-weißer Klotz fiel auf ihn runter. Es war wie früher in der Schule, wenn er im Sportunterricht den Medizinball in den Bauch bekommen hatte. Leon schnellte hoch, brüllte zweimal auf – einmal vor Schreck und das zweite Mal, als der Schmerz in seinen Wirbeln wütete – und fiel wieder auf den Rücken.

»Bist du nicht ganz dicht? Du weißt doch, was mit meinem Kreuz ist. Wie kannst du das tun? Du blöde Kuh!«

Er stöhnte, schaufelte den Schneckenhaufen von seinem Bauch und stieß sich auch noch den Ellbogen am Sofabein. Als ob er nicht schon Schmerzen genug hätte. Das völlig eingeschleimte Handy polterte zu Boden. Leon warf eine weiße Schnecke nach Isadora. Sie hob die Schnecke auf, steckte sie sich in den Mund und verschluckte sie.

»Ist ja widerlich«, sagte Leon, »manchmal zweifle ich echt an deinem Verstand.«

Isadora ließ sich auf alle viere herunter, kroch mit langsamen Katzenbewegungen zu ihm und beugte sich über ihn. Ihr großer, in braune Baumwolle verpackter Busen schaukelte vor seinem Gesicht.

»Hau ab«, sagte Leon. »Ich küß dich nicht. Du hast gerade 'ne Schnecke gegessen. Außerdem kann Martina jeden Moment zurückkommen. Also – würdest du so freundlich sein und wieder aufstehen?«

Sie schwang einen Schenkel über seinen Körper, so daß er zwischen ihren Armen und Beinen lag. Ihr Rock lag wie ein Decke über seinem Unterleib. Sie betrachtete ihn spöttisch. Leon war wütend und kam sich ausgeliefert vor, setzte jedoch das Gesicht eines Mannes auf, der keine Gefühle kennt.

»Laß es«, sagte er kalt. »Ich steh nicht auf Wiederholungen.«

Isadora schob eine Hand unter sein T-Shirt und legte sie auf seine Rippen.

»Nein, wie das kleine Herz klopft! Am Ende fürchtest du dich noch vor mir?«

Sie krallte die Fingernägel in seine Haut und kratzte ihm über Rippen und Bauch. Ihre mütterliche Grausamkeit machte Leon schwach. Er merkte, wie sein Wille sich aus seinem Körper davonstahl. Eine ganz andere Person, irgendein nachgiebiger, harmloser Idiot, trat an die Stelle jenes Leon, den er kannte und schätzte. Isadora rollte sein T-Shirt hoch und besah zufrieden die Kratzspur, die sie ihm beigebracht hatte.

»Nicht schon wieder«, fluchte Leon. »Wie soll ich das denn Martina erklären? Das letzte Mal hast du mich so zugerichtet, daß ich mich zwei Wochen lang vor ihr nicht nackt zeigen konnte. Nicht gerade einfach, wenn man verheiratet ist.«

Isadora rutschte ein Stück rückwärts, bis sie auf seinen Oberschenkeln saß, und nestelte an dem Reißverschluß seiner Hose.

»Was wird das? Laß das!«

»Entspann dich! Ich habe etwas gegen deine Rückenschmerzen.«

»Nein, hörst du? Ich sage: nein. Martina läuft irgendwo da draußen rum. Nein!«

Isadora öffnete seinen Hosenschlitz und griff hinein.

»Dein Schwanz sagt ja. Siehst du – ganz deutlich: ja.«

Sie bewegte seinen Penis in ihrer Hand und ließ ihn nicken. Er versteifte sich. Beide versteiften sich. Leon und sein Penis.

»Ist mir scheißegal, was mein Schwanz will«, brüllte Leon, »ich will nicht. Kapierst du das endlich?«

Er versuchte sich aufzurichten und am Sofa hochzuziehen. Isadora drückte ihn mit einer Hand in seine Ausgangslage zurück.

»Ah! Ich verspreche dir, daß ich dich in Ruhe lasse. Ich werde mich ausschließlich um deinen Schwanz kümmern.«

Sie leckte sich die Lippen und beugte sich über seine Hose wie eine Tigerin, die ihrer Beute die Eingeweide aus der Bauchhöhle ziehen will. Leon fühlte sich hilflos, elend, lächerlich und war erregt wie nie zuvor. Sie beugte sich noch tiefer, und der Vorhang ihrer schwarzen Haare fiel vor ihr Gesicht. Leon griff mit der Hand hinein und riß daran, versuchte Isadora wegzuzerren. Aber gleichzeitig bewegte er schon seine Hüften – soweit sein Rücken das zuließ – stieß seinen verschwitzten Schwanz mitten hinein ins Schlingpflanzenhaar wie in etwas Warmes, Zuckendes. Und richtig, dahinter empfing ihn auch das heiße, nasse Pumpwerk, das Isadoras Mund war. Er spürte die elastischen Innenseiten ihrer saugenden Wangen; er spürte ihre Zunge, die weiche Unterseite und die Struktur der Oberseite wie die zwei verschiedenen Hautoberflächen einer Schnecke, die sich um den Schaft seines Fortpflanzungsorgans wand. Leon gab auf. Wieder griff er nach Isadoras Haar, aber diesmal, um ihr Gesicht fester auf seinen Bauch herunterzudrücken. Sie entwischte ihm, schleuderte lachend den Kopf zur Seite und stieg auf ihn drauf.

Sie hatte keine Unterhose an. Leon drang in sie ein, bohrte sich in diesen wabernden Leib voller Säfte. Isadora bewegte sich langsam schaukelnd vorwärts, aufwärts und zurück, ließ seinen Schwanz fast vollständig aus sich herausgleiten und nahm ihn wieder in sich auf. Ihr Kopf war nach vorn gesunken, ihr Mund stand halb offen. Sie sah aus, als wenn sie schliefe und stöhnte leise.

»Bitte … «, winselte Leon, » … bitte!«

Isadora schien ihn nicht zu hören. Versunken setzte sie ihr langsames Schaukeln fort, dachte gar nicht daran, das Tempo zu beschleunigen. Und dann kam es ihm. Es war nicht wie sonst, nicht wie ein Schuß, ein Platzen oder eine Eruption. Es quoll einfach so aus ihm heraus, sanft, langsam und unglaublich lange, quoll wie Milch aus einem überkochenden Topf. Es war so gut, daß ihm die Tränen übers Gesicht liefen. Und er hatte Angst gehabt, daß er impotent geworden sein könnte! Impotent? Lachhaft!

Etwas später ging es ihm dann wieder weniger gut. Isadoras Riesenkörper lastete unangenehm auf seinen Lenden, und Leon fühlte sich verschwitzt, stinkig und klebrig. Die Fliegen wußten das zu schätzen. Sein Triumph, daß er es immer noch bringen konnte, wurde von dem peinlichen Umstand getrübt, daß er gerade von einem fetten, dummen Weib gegen seinen Willen rangenommen worden war. Und daß ihm das auch noch gefallen hatte.

»Das war nicht witzig«, fauchte Leon und stützte sich auf die Ellbogen. Isadora stand auf und ging einfach aus dem Zimmer. Er sah ihr nach, dem großen, schwingenden Hintern in brauner Baumwolle, den nackten, von Goldreifen geschnürten Armen. Isadora, sein böser Dämon.

»He«, rief er ihr hinterher, »wie war ... wie war es eigentlich für dich?«

Sie verschwand in der Dunkelheit des Flurs, löste sich darin auf. Erst das Klappen der Tür gab Leon die Gewißheit, daß sie das Haus auf ganz normalem Wege verlassen hatte.

Als Martina zurückkam, hatten sich die Schnekken über das ganze Wohnzimmer verteilt. Einige waren sogar die Tapete hochgeklettert. Mittendrin lag Leon in seinen Kissen und Decken und entschleimte das Handy mit einem Handtuch.

»Was ist denn hier los? War Isadora nicht da? Sie hat mir versprochen, vorbeizukommen und den Eimer rauszutragen.«

Martina strahlte, wie jedesmal, wenn sie von ihren Ausflügen mit Noah zurückkam. Der Hund drückte sich hinter ihr ins Wohnzimmer und beschnüffelte erstaunt die halbvertrockneten Schnekken.

»Wo warst du?« sagte Leon. »Wo warst du die ganze Zeit? Denkst du, ich mach mir keine Sorgen?«

»Kay hat mir das Schrauben gezeigt. Ich habe ein Scharnier angebracht. Und dann haben wir noch gedübelt, mit Zement und allem. Und außerdem weiß ich jetzt, was man machen muß, wenn im Klo das Wasser durchläuft.«

Sie sah aus, als wäre sie zwölf Jahre alt und hätte gerade ein Pony zum Geburtstag bekommen.

»Findest du das normal, mich hier so liegenzulassen?« fragte Leon bitter. Martina sah zu Boden.

»Ich muß doch jetzt solche Sachen lernen, wo du

so krank bist. Kay will mir alles beibringen. Ich soll sie jedesmal anrufen, wenn etwas zu reparieren ist, und sie kommt dann rüber und zeigt mir, wie es geht.«

»Wir haben kein Telefon mehr«, schnauzte Leon. »Die Schnecken sind drübergelaufen, und jetzt ist es kaputt. Ist dir klar, daß ich hier vier Stunden gelegen habe – allein und ohne Telefon? Wenn ich wieder einen Rückfall gehabt hätte, dann hätte ich hier verrecken können.«

»Ich dachte, Isadora kommt vorbei«, sagte Martina kleinlaut. Leon verschränkte die Arme vor der Brust.

»Siehst ja selbst, was dabei rausgekommen ist. Ich habe versucht, das Viehzeug wieder einzusammeln, aber … «

»Mit deinem Rücken! Das sollst du doch nicht!«

»Ging ja auch nicht!«

Martina kniete sich hin und begann die Schnecken aufzuklauben. Leon sah ihr zu, schüttelte die Kekskrümel von seiner Bettdecke.

»Du hättest sie gleich verbrennen sollen. Jetzt werden wir noch tagelang auf Schneckenschleim ausrutschen.«

Er klopfte mit dem Handy auf den Boden und drückte auf den Knöpfen herum. Es blieb tot. Martina sammelte alle Schnecken ein, die sie finden konnte, aber merkwürdigerweise bekam sie den Eimer lange nicht so voll, wie er gewesen war, als sie ihn neben dem Kamin abgestellt hatte. Leon sagte sie davon lieber nichts. Schnell ging sie in den Garten und schüttete die Schnecken über den Zaun. Noah begleitete sie und kaute bei der Gelegenheit ein paar Grashalme. Dann folgte er ihr in die Küche, wo Martina den leeren Eimer ausspülte. Sie öffnete den Küchenschrank, und Noah spitzte die Ohren. Auch

Martina hatte Hunger. Den großen Hunger. Den, der mit einem Stück Brot nicht zu stillen war. Sie mußte sich richtig vollstopfen, bis oben hin. Vielleicht, wenn sie ganz leise war, gelang es ihr, sich zu erbrechen, ohne daß Leon es mitbekam. In seinem Arbeitszimmer konnte er nicht hören, was im Badezimmer vor sich ging. Aber seit er den ganzen Tag im Wohnzimmer lag, mußte Martina immer warten, bis er zum Arzt fuhr, wenn sie sich übergeben wollte. Dieses eine Mal konnte sie ja so tun, als ob ihr eben schlecht geworden wäre. Sie griff in das oberste Fach. Es war leer. Panik überfiel sie. Sie stellte sich auf einen Küchenhocker und durchsuchte den Schrank. Alles weg! Fünf Tafeln Schokolade, drei große Kekstüten, Lakritzen, Gummibären, die Familienpackung Marsriegel … einfach verschwunden. Sie sprang vom Hocker, machte den Kühlschrank auf, sah ins Gefrierfach. Die Riesen-Königsrolle. Weg! Sie zitterte. Hatte Leon also doch gemerkt, daß sie heimlich kotzte, und alle Süßigkeiten versteckt, um sie zu demütigen? Oder hatte er sie weggeworfen? Sie öffnete die Klappe unter der Spüle und sah in den Abfalleimer. Er quoll über von Schokoladenpapier, Staniolfolien, leergefressenen Kekstüten und einer schmierigen Eisverpackung. Mit spitzen Fingern zog Martina die schwarzrotgoldene Plastikhülle, in der sechs Mars-Riegel gesteckt hatten, heraus und ging damit zu Leons Lager, hielt sie ihm wortlos hin.

»Na und? Ich hatte heute großen Hunger«, sagte Leon gereizt. »Und außerdem habe ich Schmerzen.«

*Im Tagesverlauf Bewölkungszunahme. Vormittags auf-
lebender Wind aus unterschiedlichen Richtungen.
Zum Abend hin kommt es zu Schauern. Temperaturen
bei 18 Grad.*

8

Harry saß neben Pfitzner im schwarzen Mercedes und starrte aus dem Fenster. Sie waren auf dem
Weg zu Leon. Es ging bereits auf den Abend zu. Mo-
rastige Felder zogen vorbei, überlaufende Gräben,
feuchte Rinder auf feuchten Wiesen. Ein völlig ver-
drecktes Pferd ließ den Kopf hängen. Landschaften
ödeten Harry an, und diese hier ganz besonders. Einzelne große Tropfen zerplatzten auf der Windschutzscheibe. Harry steckte zwei Finger in den Kragen
seines weißen Hemdes und versuchte vergeblich, seinem Hals mehr Platz zu verschaffen. Der Schlips, der
ihn einengte, war aus einer durchsichtigen Plastikfo-
lie gemacht, in die verschiedene Roulette-Jetons
eingeschweißt waren. Ein Geschenk von Melanie.

»Alles in Ordnung?« fragte Pfitzner. Er trug
ebenfalls ein weißes Hemd, allerdings ohne Krawatte.
Die langen grauen Haare hingen ihm über die
Schultern.

»Ja, wieso fragst du?« sagte Harry.

»Na, immerhin ist er doch dein Freund.«

»Ist mein bester Freund«, sagte Harry.

Der Regen nahm zu, fiel als gleichmäßige Gitarrensaiten vom Himmel. Pfitzner stellte die Heizung an, um die beschlagene Windschutzscheibe zu trocknen. Harry rieb sich die Augen. Wenn die Autoheizung an war, hatte er immer Schwierigkeiten mit seinen Kontaktlinsen.

»Und ich kann mich auf dich verlassen?« sagte Pfitzner.

»Klar. Aber ich würde vorher gern noch einmal mit ihm reden. Ist das okay?«

»Ist schon zuviel geredet worden«, sagte Pfitzner.

Sie kamen in das Dorf hinein. Priesnitz.

»Warum er ausgerechnet hierhin wollte … «, sagte Harry. »Wäre alles nicht passiert, wenn er in Hamburg geblieben wär. Bin ich sicher. Kein Wunder, daß der merkwürdig geworden ist. Dem bekommt die Einsamkeit nicht.«

Pfitzner antwortete nicht. Vor dem Tante-Emma-Laden stand der Ford Transit, der ihnen das letzte Mal den Weg versperrt hatte. Unter dem tropfenden Vordach des Geschäfts saß ein Junge auf einem Mofa. Neben ihm lungerte ein Mädchen mit kurzen blondierten Haaren und roten Cowboystiefeln.

Jetzt platzte der Himmel auf. Es schüttete wie aus Eimern.

Im Schrittempo bog Pfitzner vor dem Gutshaus nach rechts, fuhr bis zu dem Feld voller gebeugter, verfaulter Maispflanzen und nahm den schlammigen Weg zu Blackys Haus. Kleine, brodelnde Wasserfälle stürzten ihm in den Fahrspuren entgegen, klatschten gegen den Spoiler. Schlaffe Maisblätter wischten den

Kotflügel entlang. Dies war der eine Grund, warum Pfitzner sich für den schwarzen, den alten Mercedes entschieden hatte. Er wollte sich den neuen nicht auf den Straßen dieses Lotterstaates versauen. Außerdem konnte es nicht schaden, wenn Blacky den Wagen noch einmal sah.

Pfitzner fuhr bis zur Gartenpforte und parkte am Rand einer fünf Quadratmeter großen Pfütze. Er stellte den Motor aus, ließ aber den Scheibenwischer laufen. Das Grundstück schien völlig verwüstet zu sein. Löcher, Schlammberge, gelbes Plastikzeugs. Im Haus brannte Licht. Pfitzner ließ seine goldene Gliederarmbanduhr vom Handgelenk gleiten und tat sie ins Handschuhfach. Er nahm die Pistole, die er dort deponiert hatte, überlegte kurz und legte sie wieder zurück. Harry griff nach den Jacketts, die auf dem Rücksitz lagen.

»Wir warten, bis der Regen nachläßt«, sagte Pfitzner.

Leon saß in seinem Lieblingssessel, ein Kissen im Rücken, die Füße auf einen Küchenstuhl hochgelagert. Aufrecht in einem Sessel sitzen zu können war ein Fortschritt. Sein Hintern füllte die Sitzfläche vollkommen aus. Die Lehnen preßten ihn in eine rechteckige Form. Die einzige Hose, die Leon noch paßte und die er deswegen ständig trug, war seine schwarze Jogginghose. Über seinem Bauch spannte ein schwarzes Sweatshirt. Leon drückte das Doppelkinn gegen die Brust, nagte gleichzeitig an einem Kugelschreiber und an einem seiner weichen, ausgefransten Fingernägel und sah in das Rätselheft auf seinem Schoß. Im Kamin brannte ein Feuer und schickte gewaltige Qualmwolken gegen die Zimmerdecke. Martina hatte die letzten trockenen Holzscheite, die sie im Geräteschuppen gefunden hatte, mit feuchten Ästen gestreckt. Gleichgültig gegen die Rauchentwicklung lag Noah vor dem Kamin und schnarchte leise. Im Gegensatz zu Leon litt er so gut wie nie an Albträumen. Martina saß mit einer Zeitschrift auf dem Sofa. Sie trug Jeans und ein altes fleckiges Hemd von Leon. Vor dem Sofa stand Kays Werkzeugkoffer. Am Mittag hatte Martina versucht, einen neuen Brauseschlauch in der Dusche anzubringen, und dabei die Manschette zerbrochen, mit der der alte, völlig tadellose Schlauch an der Badewannenarmatur befestigt gewesen war. Fassungslos hatte Leon die ruinierte Manschette betrachtet. Solides Metall. Es war ihm rätselhaft, wie Martina das Kunststück fertiggebracht hatte. Mit Hilfe von Kays Werkzeugkoffer zerstörte sie systematisch die wenigen Dinge, die in dieser Bruchbude bisher noch heil geblieben waren. Leon fühlte sich außerstande, sie zu bremsen. Eine jämmerliche Energie- und Hoffnungslosigkeit hatte ihn erwischt wie ein Grippevirus. Kreuzworträtsel waren das einzige, was ihn interessierte. Noch sieben leere Kästchen, und er hatte das hier fertig.

Da hörte er das Geräusch. Es hatte sich unmerklich in das Rauschen des Regens und das Knacken des Kaminfeuers gemischt und war eine ganze Weile als ein beunruhigendes, aber nicht definierbares Element darin enthalten geblieben, bis es sich schließlich als etwas Eigenständiges, als das Geräusch eines Automotors, davon abhob. Dies war der Moment, vor dem Leon sich immer gefürchtet hatte. Denn es war eindeutig nicht Kerbels Transit, der da heraufkam. Verzweifelt beugte Leon sich wieder über sein Rätselheft. Wenn es ihm gelang, diese Seite auszufüllen, ohne daß ein einziges leeres Kästchen übrigblieb, dann war es *doch* Kerbel, Kerbel mit einem neuen Auto oder sonst jemand. Martinas Eltern zum Beispiel.

Spitzbube (franz.) mit fünf Buchstaben – Filou, Strom zum Kurischen Haff? – Nebel? Bebel? – Memel natürlich!; filziger Wollstoff – Moten? Klar, warum nicht Moten. Fertig.

»Leon, hörst du denn nicht. Jetzt laß doch das verdammte Kreuzworträtsel! Leon!«

Erst jetzt nahm er wahr, daß Martina mit ihm zu sprechen versuchte. Er blickte verzagt zu ihr herüber. Sie stand auf und ging durch den Flur zur Haustür. Noah schüttelte sich und lief hinterher.

»Wer ist es?« rief Leon. Sein Herz klopfte wie mit Fäusten gegen die Rippen. Noah bellte. Einzelne grollende Laute, die er tief aus dem Bauch holte.

»Dein schwarzer Mercedes steht vor dem Gartentor«, rief Martina. Der schwarze Mercedes! Pfitzners Auto war rot. Es war also bloß Harry, der ihn besuchen kam. Natürlich. Pfitzner würde wegen so einer Lappalie doch nicht selbst herausfahren. Er hatte Harry den schwarzen Mercedes gegeben. Noah kläffte jetzt so laut, daß Leon nicht verstand, was Martina noch sagte. Sie kam zurück.

»Sie steigen nicht aus. Sie sitzen drin und steigen nicht aus.«

»Wer?« sagte Leon, »wer sitzt darin?«

Er wußte die Antwort schon. Wenn Harry nicht allein im Mercedes saß, dann konnte die zweite Person nur Pfitzner sein. Das hieß, daß er verloren war. Hoffnungslos verloren. Selbst wenn er sämtliche Kreuzworträtsel der Welt vollständig ausfüllte.

»Wer schon … «, sagte Martina. Der Hund lief im Zimmer auf und ab und bellte immer mehr.

»Ist ja gut«, versuchte Leon ihn zu beruhigen.

Noah bellte weiter.

»Sag dem Hund, daß er sich wieder hinlegen soll«, sagte Leon zu Martina.

»Warum?«

Ihre Frage brachte ihn aus der Fassung. Warum? Warum tat sie verflucht noch einmal nicht einfach, was er ihr sagte?

»Sag dem verdammten Köter, daß er sich hinlegen soll!« brüllte Leon. Gleich fühlte er sich besser. Fühlte, wie sein Selbst wieder Konturen bekam, fühlte, daß es nicht völlig unmöglich war, Pfitzner standzuhalten.

»Noah, ruhig«, sagte Martina leise, fast ohne Befehlston, mehr wie eine dringliche Bitte. Noah klappte augenblicklich die Schnauze zu und kam grollend an ihre Seite. Sie packte ihn am Halsband, zog ihn wortlos wieder hinaus auf den Flur und öffnete zum zweitenmal die Haustür. Das Wasser pladderte in langen Schnüren über den Rand der Regenrinne, hing wie der Perlenvorhang einer Wahrsagerin rund um die Veranda. Pfitzner und Harry saßen immer noch im Auto. Es war Leons Schuld, daß sie da waren. Und jetzt hatte er Angst, das fette Schwein.

Martina ließ Noah los und sprang über den Graben, der wie ein richtiger Burggraben zur Hälfte mit Wasser gefüllt war. Zwar hatte ihn Kerbel mit gelben Planen abgedeckt, aber die Planen waren vollgelaufen, zu gelben Bassins geworden und nach einem Wolkenbruch hineingestürzt. Jetzt lief der Graben voll. Nasser waren die Grundmauern noch nie gewesen. Wenn man im Keller ein Handtuch an die Wand hing, konnte man es am nächsten Tag auswringen.

Noah sprang Martina hinterher. Er folgte ihr in den hinteren Teil des Gartens, wo sie vor dem Geräteschuppen stehen blieb. Sie zerrte Noah hinein und schlug ihm die Tür vor der Nase wieder zu. Er jaulte auf, sprang gegen das morsche Holz und warf in der Aufregung Kerbels Hochleistungsbrenner um.

Inzwischen kam Leon auf die Veranda herausgehumpelt. Unsicher zog er seine Jogginghose hoch, strich sich übers Haar, putzte seine Brille am Bund des Sweatshirts und setzte sie wieder auf. Ihm war klar, was für einen Anblick er bot. Er war fett. Hatte wahrscheinlich einen halben Zentner zugelegt. Seine Arme und Beine wirkten käferartig dünn gegen den aufgeschwollenen Leib. Sein Gesicht war gedunsen, grau und häßlich von wochenlanger Bettlägerigkeit. Das einzige, was er zur Verbesserung seiner Erscheinung tun konnte, war, Harry und Pfitzner wenigstens stehend zu empfangen. Martina kam zurück, hatte also bloß den Hund weggebracht. Es wäre ihm lieber gewesen, sie wäre ganz verschwunden. Martina drückte sich an ihm vorbei ins Haus.

»Soll ich Kaffee machen?« fragte sie leise.

»Ja«, sagte Leon. Kaffee, Kuchen – er mußte Pfitzner und Harry dazu bekommen, daß sie sich hinsetzten, daß sie ins Plaudern kamen. Warum blieben sie im Auto sitzen? Warum stiegen sie nicht aus? Vielleicht sollte er rübergehen. Er stellte sich vor, wie er hinüberging, wie ein begossener Pudel neben dem Mercedes stehen blieb und wie Pfitzner bloß das Seitenfenster herunterkurbelte und ihn erschoß. Er sah sich in der großen Pfütze liegen, sah, wie sein Blut als rote Wolke in das braune Wasser quoll und wie der schwarze Mercedes zurücksetzte und davonfuhr.

Endlich stiegen Harry und Pfitzner aus. Harry hielt sich ein Handy ans Ohr.

»Polonia. Stay in Hotel Polonia. I'll pick you up there. Yes. Ich dich auch. I love you too! Ciao!« brüllte er, steckte sein Handy wieder ein und stellte sich neben Pfitzner in den Schlamm. Langsam gingen sie zum Haus, ignorierten den strömenden Regen. Leon hob bemüht lässig die Hand zum Gruß. An seinem Unterkiefer zuckte ein Muskel.

Mensch, ist der fett geworden, dachte Harry. Das war die Ehe. Ein halbes Jahr verheiratet, und ein Mann war erledigt. Pfitzner und Harry benutzten das Brett, um auf die Veranda zu kommen. Im Geräteschuppen kläffte der Hund.

»Blacky, du siehst aus wie'n Sack voll Scheiße«, sagte Pfitzner. Seine Lider hingen vor lauter Verachtung so weit herunter, daß seine Augen nur noch Schlitze waren. Leon schluckte.

»Ich fühl mich auch nicht besonders«, sagte er und holte tief Luft. »Genaugenommen geht es mir total …«

In diesem Augenblick ging Isadora am Gartenzaun vorbei. Pfitzner und Harry schauten zu ihr hinüber. Isadora trug eine schwarze, bodenlange Pelerine und sah aus wie ein dahingleitendes Tintenfaß. Leon hätte am liebsten geheult. Nie, nie ging sie aus dem Haus! Und ausgerechnet jetzt, wo er Anlauf nahm, Pfitzner alles zu erklären – jetzt mußte sie natürlich vorbeilatschen. Sie winkte ihm anzüglich zu. Pfitzner grinste überrascht.

»Hast du was mit der Dicken? Du hast was mit der, ja?«

»Die?« sagte Leon. »Die würde ich noch nicht mal als Putzfrau einstellen.«

Pfitzner und Harry lachten. Leon atmete leichter. Alles gar nicht so schlimm. Da standen sie auf der Terrasse und plauderten über Weiber. Drei Männer, die sich einig waren. Leon mußte bloß weiterreden, mußte das Gespräch in Gang halten. Solange sie sich unterhielten, konnte nichts geschehen.

»Kommt doch rein«, sagte er, »Martina macht Kaffee. Kommt ins Wohnzimmer und werdet erstmal trocken. Wir haben den Kamin brennen.«

Er ging vor ihnen her. Mensch, ist der fett geworden, dachte Harry wieder. Der watschelt ja nur noch.

»Siehst gut aus, Harry«, plapperte Leon. »Du auch, Benno! Ich muß auch unbedingt wieder mehr Sport machen. Wenn ich nur erst diese Rückengeschichte los bin …«

Martina brachte den Kaffee herein.

»Ah, Kaffee«, schrie Leon übertrieben begeistert, griff nach der fleckigen Tasse, aus der er schon den ganzen Tag getrunken hatte, und hielt sie ihr hin. Martina übersah es. Sie war genauso nervös wie Leon. Sie setzte die Kanne auf den Tisch und ging schnell wieder hinaus, um das restliche Geschirr zu holen. Leon stellte seine Tasse ab und wischte sich über die Stirn. Durchhalten! Kaffee, Kekse, Gespräch – und dann würde Pfitzner nach einer Stunde wieder gehen, und Harry würde zurückbleiben und die Sache mit dem Geld regeln. Mensch Leon, würde Harry sagen, ist es echt so schlimm? Leon würde es ihm erklären, und Harry würde es Pfitzner erklären, und alles war wieder gut. Die Schmerzen in Leons Rücken erreichten das kritische Niveau. Er konnte sich nicht mehr aufrecht halten und ließ sich mühsam in den Sessel gleiten.

»Setzt euch doch«, sagte er und zeigte auf das Sofa. Pfitzner und Harry blieben stehen. Kleine Dreckklumpen lösten sich von ihren Schuhen, und die Tropfen, die von ihnen herunterrannen, verwandelten den Dreck in einen lehmigen Brei. Pfitzner nahm eine Zigarre aus der Innentasche seines Jacketts, wickelte sie umständlich aus ihrer Cellophanhülle und zündete sie an. Er mußte sein goldenes Feuerzeug mehrmals aufschnappen lassen. Die Zigarre war feucht geworden und brannte nicht gleich, und als sie endlich brannte, stank und qualmte sie kaum weniger als der Kamin. Martina kam wieder herein, verteilte die Kaffetassen auf dem Couchtisch. Mit der Zigarre im Mundwinkel ging Pfitzner zu ihr, stellte sich hinter sie. Er legte seine Hand auf ihren rechten Oberschenkel und streichelte dann langsam aufwärts, die Hüfte entlang. Martina wich zur Seite, lief rot an und sah hilfesuchend zu Leon.

»Fürchterlicher Regen«, sagte Leon, »vor ein paar Wochen dachte ich mal, jetzt wird es endlich trokken, aber danach wurde es nur immer noch schlimmer … «!

Er war ebenfalls rot geworden und vermied Martinas Blick. Und als ihn auch noch Pfitzner und Harry anstarrten, sah er zu Boden und grinste verlegen. Jetzt bloß einen kühlen Kopf behalten! War etwas passiert? Nein, es war ja noch gar nichts passiert.

Pfitzner ließ Martina stehen, nahm einen tiefen Zug aus der Zigarre und ging hinüber zu dem Sessel, in dem Leon saß. Er stützte seine Arme auf die Sessellehnen und blies ihm den Rauch ins Gesicht.

»He«, sagte Leon und lachte verstört.

»Bring sie rüber und besorg's ihr«, sagte Pfitzner zu Harry, während er Leon, der zwischen seinen Armen eingekeilt war, ins Gesicht starrte. Leon hatte ihn beleidigt. Und jetzt würde Pfitzner es ihm mit der größten denkbaren Beleidigung zurückzahlen. Wer sich gegen Pfitzner wandte, bekam es hundertfach zurück. So war das.

»He …«, sagte Leon. Er versuchte aufzustehen. Pfitzner schlug ihn hart gegen die Brust, und Leon fiel wieder in den Sessel. Sein Rücken! Er schrie, versuchte es aber gleich noch einmal. Seine Augen waren jetzt panisch aufgerissen. Er umkrallte Pfitzners Handgelenke und versuchte, sich an ihm hochzuziehen. Pfitzner schüttelte ihn ab, holte aus und schlug ihm, ohne sich besonders zu verausgaben, mit der geballten Faust ins Gesicht. Blut sickerte aus Leons Nase. Er tastete nach seiner Brille. Harry ging zu Martina, faßte sie sanft um den Oberarm, wies mit dem Kinn zur Tür und sagte: »Los!«

Es kam, wie er es erwartet hatte: Die blöde Pute fing natürlich sofort an zu heulen. Als wäre es nicht so schon schlimm genug für Leon. Sie rotzte und flennte.

»Bitte. Nein! Bitte, das nicht.«

Harry hörte, wie Pfitzners Faust wieder in Leons Gesicht landete, hörte das Stöhnen. Er packte Martina mit einer Hand am Hals und stieß sie auf den Flur, stieß sie vor sich her den Flur hinunter und öffnete die zweite Tür. Bingo – das Schlafzimmer! Auf dem Bett lag ein Stapel gebügelter und zusammengelegter Wäsche. Handtücher und Hemden. Harrys Füße verhakten sich in den Beinen eines Zebrafells, er stolperte, fiel beinahe und mußte Martina loslassen. Sie rannte sofort zur Tür. Er lief ihr hinterher, erwischte sie auf dem Flur, riß sie an den Haaren zurück und schmiß sie aufs Bett. Sie kreischte, blieb mit dem Gesicht in den Kissen liegen und fing wieder an zu heulen. Harry nahm eines der Handtücher vom Stapel und fegte die übrige Wäsche auf den Boden. Er fummelte den Pfeifenreiniger, der seine nassen Haare zusammenhielt, heraus und rubbelte sich mit dem Handtuch den Kopf ab. Ihm war klar, daß das hier so etwas wie ein Test war. Er würde nicht versagen. Er hatte noch nie versagt. Er konnte immer. Ohne Ende. Harry öffnete den Gürtel und den Knopf seiner weiten grauen Hose und zog den Reißverschluß herunter.

»Zieh dich aus«, sagte er.

Martina hob langsam den Kopf, ohne Harry dabei anzusehen. Es passiert nicht wirklich, dachte sie. Nicht in meinem eigenen Schlafzimmer. Nicht, während Leon nur ein Zimmer weiter sitzt.

»Na los, zieh dich endlich aus«, sagte Harry. Er hatte seinen Schwanz herausgeholt und manipulierte mit beiden Händen daran herum. Martina stellte sich mit dem Rücken zu ihm und öffnete den untersten Knopf ihres Hemdes. Einen Knopf und noch einen Knopf. So langsam wie es nur ging. So langsam, wie sie es nur wagte. Es war absurd, aber plötzlich mußte sie an ihren Vater denken, sah sein verächtliches Gesicht vor sich. »Nur zu«, flüsterte das Gesicht. »Viel Spaß!«

»Mensch, mach hinne!« sagte Harry und ging mit offener Hose einen Schritt auf sie zu. Martina ließ die Knöpfe Knöpfe sein. Er sollte sie nicht anfassen. Nicht schon jetzt. Sie versuchte, das Hemd über den Kopf zu streifen, verfing sich dabei und blieb stecken. Hysterisch schluchzend zerrte sie an den Ärmeln.

»Halt still«, sagte Harry. Er legte ihr behutsam die Hand auf den Kopf und zog dann das Hemd herunter. Er fand sie zu dünn. Man konnte ja sämtliche Rippen zählen. Außerdem war sie zu groß. Sie war ja fast so groß wie er selbst. Und ihr Busen war zu klein. Viel zu klein. Das sah er schon, bevor er ihr den BH auszog. Und die Fingernägel waren kurz und nicht lackiert. Eine Frau mit unlackierten Fingernägeln war eigentlich gar keine richtige Frau für ihn.

»Hör auf zu heulen«, sagte er. »Willst du, daß Leon das hört?«

Sie war jetzt nackt. Es war kalt im Schlafzimmer. Harrys nasse Kleider strömten einen unangenehmen, muffigen Geruch aus. Er stank. Das war kein Traum. In Martinas Träumen hatte es nie Gerüche gegeben. Es passierte wirklich. Er faßte sie an, strich mit einem Finger über die Innenseite ihres Arms. Er streichelte ihren Hals. Sie war wie erstarrt. Harry küßte sie auf den Mund. Ihr wurde schlecht. Sie riß den Kopf zur Seite und erbrach sich neben das Bett. Es kam nicht viel heraus – sie hatte den ganzen Tag noch nichts gegessen – bloß ein bißchen gelber Schleim.

»Du blöde Sau«, schrie Harry und stieß sie rückwärts auf das Bett. Er griff in ihr Schamhaar und riß ihr ein Büschel aus.

»Mach die Beine breit«, schrie er. »Mach sie breiter!« Du sollst sie breiter machen, du Sau!«

Offenbar war es ihm jetzt weniger wichtig, ob Leon etwas hörte. Er zerrte ihre Schamlippen auseinander und stopfte mit einer Hand seinen Schwanz in sie hinein, ruckte ein paarmal hin und her. Es passierte wirklich, und es passierte ihr. Es tat weh. Sie wagte nicht zu schreien. Sie hatte Angst vor dem, was er tun würde, wenn sie nicht alles stumm über sich ergehen ließ. Sie hörte, wie Leon im Wohnzimmer brüllte. Er brüllte wie ein Tier. Harry zog seinen Schwanz unvermittelt wieder aus ihr heraus und kam mit weiteren Anweisungen.

»Leg dich auf den Bauch«, sagte er. »Pack das Kissen unter! Höher!«

Sie tat, was er sagte. Es war noch schlimmer. Es war schmutzig, gewalttätig und bösartig. Diesmal mußte sie schreien. Diesmal hatte sie Angst, daß sie es nicht überleben würde. Es dauerte endlos, und dann hörte es auf, und Harry kniete plötzlich vor ihrem Gesicht und packte ihr Kinn. In seiner anderen Hand war ein Messer. Er drückte die Spitze knapp unterhalb ihres linken Auges in ihre Haut.

»Ein Fehler, und ich schneid dir das Auge raus«, sagte er und nahm das Messer wieder weg. Er steckte ihr seinen Schwanz in den Mund. Sie schmeckte Blut und Kot. Ihr eigenes Blut. Ihren eigenen Kot.

»Lutsch ihn«, brüllte Harry. »Du sollst ihn lutschen!«

Er zog ihren Kopf ruckartig zu sich heran. Sie würgte und hustete. Er schlug ihr mit dem Messergriff auf den Kopf. Sie begann zu saugen. Es war wie in einem Pornofilm. Ihr Körper war eine Maschine, ein Ding, in das man von allen Seiten etwas hineinstecken konnte. Einen Penis, eine Hand, die Spitze eines Schuhs oder den Griff eines Messers.

Harry kam langsam in Fahrt. Nicht nur sein Schwanz wurde immer härter und fester, auch er selbst. Sein Körper und das, was er meinte, wenn er *ich* sagte. Jedesmal, wenn er in diesen anderen Körper eindrang, fühlte er, wie dieses *ich* deutlicher wurde. Sein Handy klingelte. Er griff in die Tasche seines Jacketts und stellte es aus. Dann machte er weiter.

Es passierte, es passierte wirklich. Jetzt war er wieder hinter ihr. Gab Anweisungen, schob ihren

Körper zurecht. Sie sollte knien, den Oberkörper
auf die Ellbogen stützen. Seine Beine an ihren Beinen. Der Stoff seiner Hosen wischte ihre Oberschenkel entlang. Die Spitze seiner albernen Krawatte kratzte über ihren Rücken. Ihr Körper war
eine Maschine. Es war gut, daß ihr Körper eine Maschine war. Eine Maschine konnte alles ertragen.
Eine Maschine ging sie nichts an. Sie hörte Noah
draußen im Schuppen bellen, hörte Leon wieder
schreien und merkte plötzlich, daß sie schon die
ganze Zeit ihre Augen geschlossen hielt. Sie öffnete
sie und sah sich im Zimmer um, ohne den Kopf zu
bewegen. Die Dämmerung hatte eingesetzt. Oder
war es schon so dunkel gewesen, als Harry sie ins
Schlafzimmer gestoßen hatte? Die Gardinen hingen
schief. Das Zebrafell rollte sich immer noch an allen
Seiten hoch, obwohl sie es jeden Morgen plattzu-
trampeln versuchte. Vor dem Bett lag eine aufge-
schlagene Zeitschrift mit einem Bild von Boris
Becker als kleinem Jungen, der einen vergleichswei-
se riesigen Tennisschläger in der Hand hielt. Sie
mußte sich wieder übergeben. Sie preßte ihren Kopf
in das Bettzeug, würgte und hoffte, daß Harry es
nicht bemerken würde. Harrys Hände ließen ihre
Taille los. Was kam jetzt? Was würde ihm als nächstes
einfallen? Sie hörte, wie er aufstand. Er stellte sich
vor sie. Er nahm ein Handtuch, wischte seinen
Schwanz damit ab, stopfte ihn in die Hose zurück
und machte den Reißverschluß zu. Martina ließ sich
auf die Seite fallen. Sie zog die Beine an den Körper
und umschlang ihre Knie. Harry setzte sich neben
sie. Er streichelte ihren Kopf, beugte sich über sie
und küßte sie zart auf die Schläfe. Er mußte vollkommen wahnsinnig sein. Gleich würde er ihr das

Messer in den Rücken rammen. Sie hoffte, daß es schnell gehen würde, schneller als eben.

»Du wirst es vielleicht nicht glauben«, sagte Harry, »aber ich habe das nicht gern gemacht.«

Er streichelte immer noch ihren Kopf, ließ dann seine Hand über ihre Schulter gleiten, bis zur Taille hinunter.

»Du bist schön«, sagte er. »Echt, du bist eine sehr schöne Frau.«

Martina rührte sich nicht, atmete kaum. Sie legte keinen Wert darauf, schön zu sein.

Kay saß in ihrem Zimmer im oberen Stockwerk der Schlei-Villa auf dem grauen Teppichboden und legte die Innenteile eines Radios nebeneinander auf eine Glasplatte. Das Glas war in die Mitte eines Rennwagenreifens eingepaßt und machte ihn dadurch zu einem Tisch. Kay hatte den Reifen als Werbegeschenk für das Abonnement einer Autozeitschrift bekommen, deren Ausgaben sich hinter ihr in einem Metallregal stapelten. Neben ihr, auf dem Fußboden, stand die ausgeschlachtete hölzerne Hülle des alten Radios, das sie mit einem Lötkolben, einem Bündel neuer Kabel und zwei neuen Röhren zu reparieren beabsichtigte. Sie war nicht richtig bei der Sache, nahm ein Kabel in die Hand, strich es glatt und starrte vor sich hin. Sie dachte an Martina und verscheuchte diesen Gedanken sofort wieder. Es hatte keinen Sinn, sich Hoffnungen zu machen. Kay beugte sich über den Lötkolben, schmolz einen halben Zentimeter Zinn und ließ ihn auf eine Platine tropfen, steckte den Draht, der aus seiner Plastikummantelung heraussah, hinein und wartete, bis der Zinn gehärtet war. Allmählich wurde es Abend. Die Regenwolken taten ein übriges. Die

Drahtenden waren kaum noch zu erkennen. Kay wollte das Licht anknipsen, aber dann vergaß sie es und starrte aus dem Fenster. Ihr ganzes Leben verbrachte sie nun schon in dieser Gegend. Ein Wunder eigentlich, daß ihr noch kein Schilf aus dem Kopf wuchs. Und kein Wunder, daß Leon so herunterkam. Wenn er Verstand hatte, zog er hier weg, und zwar so schnell wie möglich. Wenn er hier blieb, würde er verfaulen wie ein zu häufig gegossener Kaktus. Er sah ja jetzt schon ganz matschig aus. Kay stand auf. Sie hatte keine Lust mehr zu löten. Sie wollte Martina besuchen. Sofort. Sie trampelte die Treppe herunter und zog die gelben Gummistiefel an, die neben der Tür standen. Als sie nach ihrer Wachstuchjacke griff, kam Isadora im Nachthemd und mit einer Dose Fischfutter in der Hand in den Flur.

»Willst du wieder zu Leon und Martina? Ich glaube nicht, daß die dich jetzt sehen wollen. Die haben nämlich schon Besuch.«

Kay erstarrte.

»Wer?«

»Diese beiden Ganoven – weißt du –, die mit dem Gurkenhund, der dem armen Noah das Ohr abgebissen hat. Ich möchte wirklich zu gern wissen, warum Verbrecher eigentlich immer wie Verbrecher aussehen. Man sollte meinen, sie hätten ein Interesse daran, ihren Beruf geheimzuhalten …«

»Was?« Kay brüllte beinahe. »Wir müssen sofort hin. Wie lange sind die schon da?«

Isadora zuckte gelangweilt die Schultern.

»Es kann sich doch jeder seine Freunde aussuchen.«

Kay nahm ihre Jacke und warf Isadora die Pelerine zu.

»Los, zieh dich an! Schnell! Nun komm schon! Wir können Martina nicht mit den beiden Verbrechertypen allein lassen.«

»Was soll schon passieren?« murrte Isadora, stellte aber das Fischfutter auf den Boden, zog sich die Pelerine und sogar Schuhe an und folgte ihrer Schwester nach draußen. Es war fast dunkel, und es regnete. Sie liefen durch das Moor. Isadora keuchte und schnaufte, hielt aber mit. Nach der Hälfte des Weges hörten sie Noah bellen. Er bellte hektisch und ohne längere Pausen einzulegen. Es hörte sich an, als wollte er ein dringliches Telegramm durchgeben. Kay und Isadora tauschten einen Blick miteinander und beeilten sich noch mehr. Kurz bevor sie Leons Garten erreichten, hielt Isadora ihre Schwester zurück.

»Nicht so schnell! Wir wissen überhaupt nicht, was da los ist.«

»Ich weiß, daß da etwas los ist. Ich weiß es«, zischte Kay. Aber sie ging doch vorsichtiger. Das Wohnzimmerfenster war als einziges erleuchtet. Sie schlichen sich seitlich an. Noch war das Tageslicht nicht vollständig verschwunden. Kay schob langsam den Kopf vor.

Pfitzner stand neben dem Kamin und popelte mit einem Feuerhaken in der Glut. Leon kauerte in seinem Sessel. Sein Gesicht war verschwollen und von Tränen und Blut verschmiert. Er hatte gebettelt. »Laß sie gehen«, hatte er gebettelt. »Sie hat dir nichts getan.« Er hatte gebrüllt. »Rühr sie nicht an«, hatte er gebrüllt. »Nein, Harry! Tu das nicht! Ja, ja«, hatte er gebrüllt, »ja, ja, ja ja, ich tu's. Ich schreib das verdammte Buch. Ich tu's ja. Hör auf! Bitte, bitte!« Er hatte geheult. Er hatte Pfitzner angefleht, Martina zu verschonen. Jetzt war er still. Er wischte mit der Hand übers Gesicht und bekam Blut in die Augen. Es brannte. Er wünschte, es würde noch viel mehr weh tun. Schmerzen wären eine Erlösung gewesen gegen das, was er fühlte. Er war ein Niemand, das wußte er nun. Ein formloses Etwas ohne Kern. Ohne Wert. Vor Jahren, damals bei der Gewissens-Prüfung zu seiner Wehrdienstverweigerung, hatte man ihn gefragt, was er machen würde, wenn er eine Waffe hätte und zwei feindliche Soldaten versuchten, seine Freundin zu vergewaltigen. Ob er schießen würde? Er war auf diese Frage vorbereitet gewesen, hatte gewußt, was er antworten mußte: *Da ich niemals eine Waffe bei mir trage, kann ich gar nicht erst in eine solche Situation kommen.* Jetzt hätte er alles, was er besaß, ohne zu zögern gegen eine geladene Pistole getauscht. Ja, er wollte schießen. Ja, er wollte diese Schweine sterben sehen. Und während sie langsam verbluteten, würde er ihnen in die Eier treten und in ihre offenen Wunden pinkeln. Leons Gesicht verzerrte sich zu dem eines kleinen, verzweifelten Jungen. Zuerst wimmerte und schluchzte er leise, dann begann er haltlos zu heulen. So unvermittelt, wie er zu weinen angefangen hatte, hörte er auch wieder auf. Pfitzner sah kurz zu ihm herüber und sog an seiner Zigarre.

Harry kam ins Zimmer. Er zerrte Martina am Arm hinter sich her. Sie war nackt, und die Innenseiten ihrer Beine waren dunkel verschmiert.

Kay war nahe daran, durchs Fenster zu springen.

»Nicht«, flüsterte Isadora und legte ihr die Hand auf den Arm, »denk nach! Die haben vielleicht Waffen dabei. Und wir haben gar nichts.«

»Ich hol mir 'ne Schaufel«, flüsterte Kay zurück.

»Ich hol mir die Schaufel aus dem Geräteschuppen und schlag dem Kerl den Schädel ein.«

Sie schüttelte Isadoras Hand ab und rannte los.

Leon sah Martina nicht an, sondern starrte durch sie hindurch ins Leere.

»Leon«, sagte Martina und erschrak selbst, wie heiser ihre Stimme klang. Ihr Hals war geschwollen. Leon drehte sein Gesicht weg, als ließe er sie erst jetzt allein, als hätte er sie nicht schon längst allein gelassen. Pfitzner bohrte sich mit dem kleinen Finger im Ohr. Harry steckte sich das Hemd in die Hose. Allein. Martina hatte geglaubt, sie wüßte, was das hieß. Dabei hatte sie bisher ja nicht die geringste Ahnung gehabt, wie allein man sein konnte. Noahs Bellen wurde lauter. Er mußte sich befreit haben. Er bellte so verzweifelt wie an dem Tag, an dem er mitansehen mußte, wie Harrys Bullterrier in seinen Garten pinkelte. Pfitzner warf seine Zigarre in die Glut, ging zu Leon hinüber und legte ihm die Hand auf die Schulter. Möglicherweise war die Geste versöhnlich gemeint, möglicherweise war es bloß die Geste eines Löwen, der die Pranke auf seine Beute legte. Leon wehrte sich nicht. Er zeigte überhaupt keine Reaktion.

Plötzlich kamen Geräusche aus dem Flur. Harry zog seine Pistole und glitt mit einem langen Schritt zwischen Tür und Wand. Im nächsten Moment sprang schon Noah um die Ecke, blieb dann allerdings verwirrt im Raum stehen, knurrte und wußte erstmal nicht, wen er jetzt angreifen sollte. Hinter ihm kam Kay. Sie tropfte vor Nässe und hatte sich den Brenner auf den Rücken geschnallt. In der rechten Hand hielt sie das dünne Rohr, aus dem eine kleine Flamme herausleckte. Pfitzner beobachtete aus den Augenwinkeln, wie Harry sich hinter der Tür hervorschob. Aber jetzt betrat auch Isadora das Zimmer, sah Harry und schrie. Kay wirbelte auf dem Absatz herum und schleuderte Harry eine meterlange, brüllende Feuerzunge entgegen. Er heulte auf, schlug die Hände vors Gesicht und taumelte rückwärts. Mit einem unheimlichen, sirrenden Klageton brach er in die Knie. Dann krümmte er sich und fiel zur Seite. Die Hände hielt er immer noch vor das Gesicht gepreßt.

Kay regulierte den Gasaustritt und richtete die Flamme auf den Boden, wo sie sofort ein Loch in den Teppich fraß. Kays Blicke zuckten zwischen Harry und Pfitzner hin und her. Harry und Pfitzner. Pfitzner und Harry. Sie durfte Pfitzner nicht aus den Augen lassen. Er wirkte zwar genauso paralysiert wie alle anderen, reagierte nicht einmal darauf, daß Noah sich inzwischen für ihn als Gegner entschieden hatte und knurrend an seinem 2000-Mark-Jackett zerrte, aber unter seinen trägen Lidern schien er auf etwas zu lauern. War noch jemand im Haus? Da saß Leon in seinem Sessel. Neben dem Bücherregal drückte Martina den nackten Rücken an die Wand, und Isadora, vor deren Füße die Pistole gefallen war und geradezu darum bettelte, aufgehoben zu werden, stand stocksteif da und starrte Harry an. Alle starrten Harry an, starrten auf seine schwarzverbrannten Hände und warteten darauf, daß er sie herunternehmen würde. Dann begriff Kay, und die anderen begriffen es auch: Er konnte nicht. Die Hitze hatte seinen Plastikschlips emporgeschleudert und mit seinem Gesicht und seinen Händen verschmolzen. Zwischen den Fingern schauten ein Stück schwarzgelbe, blasige Folie und ein verbogener Jeton hervor.

»Wasser«, schrie Pfitzner und trat dem Hund in die Seite. »Warum holt verdammt noch mal keiner Wasser?«

Er lief mit wütend-geschäftigem Blick genau auf Isadora zu, denn Isadora stand in der Tür, und um Wasser zu holen, mußte er ja schließlich durch diese Tür. Kay zögerte, nahm ihm eine Sekunde lang ab, daß er helfen wollte. Aber sie zögerte auch nicht länger als diese Sekunde. Dann brachte sie Kerbels Turbobrenner wieder hoch und erwischte Pfitzner, der sich nach vorne warf, mit dem Feuerstrahl an der rechten Schulter. Pfitzner brüllte; sein Anzug brannte, aber er hechtete trotzdem noch auf den Boden und versuchte, die Pistole zu greifen. Isadora stieß sie mit dem Fuß weg. Nicht besonders geschickt; die Pistole rutschte gerade einmal einen halben Meter weiter, aber es genügte, daß Pfitzner sie nicht erreichte. Immer noch brüllend, rollte er auf dem Fußboden und zerrte an seinem brennenden Jackett. Kay stand mit versteinertem Gesicht neben ihm und ließ 1800 Grad heißes Feuer los. Sie führte die Flammendüse so langsam und gründlich über seinen großen, zuckenden Körper, als wäre er ein Brocken nasses Mauerwerk, das es zu trocknen galt.

Später erinnerte sich Leon vor allem daran, wie unglaublich lange es gedauert hatte, bis Pfitzner tot war. Er mußte höllische Schmerzen gehabt haben, schrie die ganze Zeit wie am Spieß. Doch selbst, als er an mehreren Stellen bereits brannte, versuchte er noch Kays Beine zu packen. Die lodernde Hitze, die sie ihm jedesmal entgegenhielt, schlug ihn zurück, zwang ihn wieder zu Boden und nahm ihm schließlich das Bewußtsein.

»Nein«, kreischte Martina, »nein!«

Noah lief zu ihr herüber, setzte sich neben sie und kratzte sich vor lauter Aufregung hinterm Ohr. Aus Leons Sessel kam ein gurgelndes Geräusch. Als Pfitzner sich nicht mehr rührte, stellte Kay die Flamme klein. Sie zitterte. Ihre Knie schlotterten, und sie schnappte nach Luft. Ein öliger Geruch, eine übelkeiterregende Mischung aus verbrannten Haaren, verbranntem Kunststoff und verbranntem Fleisch füllte den Raum. Martina schluchzte haltlos, und ihre Hände schienen ebenso am Gesicht festgeschmolzen wie bei Harry. Ihr Schluchzen wurde lauter und lauter. Kay wollte zu ihr gehen, um sie zu trösten, aber sie hatte ihr eigenes Trostbedürfnis unterschätzt. Nach zwei Schritten knickten ihr die Beine weg, und sie mußte sich hinsetzen und gegen die Wand lehnen. Der Flammenwerfer sengte die Bodenbretter an. Isadora ging zu Kay, drehte das Ventil der Gasflasche zu und half ihr, das Gerät vom Rücken zu nehmen. Danach packte sie den brennenden Teppich an einer unversehrten Ecke und schleifte ihn hinaus in den Garten. Als sie zurückkam, war Leon aus seinem Sessel aufgestanden. Er hatte sich die Pistole genommen und richtete sie auf Harry. Genau das hatte auch Isadora als Problem Nummer 3 auf ihrer Liste gehabt: Harry. Pfitzner war tot. Das konnte ein Kind erkennen. Tot wie ein Brikett. Aber Harry sah beinahe völlig unversehrt aus, auch wenn er sich bereits seit einer ganzen Weile nicht mehr gerührt hatte. Nur die Hände waren schwarz, als hätte er in Kohlenstaub gewühlt, und die Linke war an einer Stelle aufgeplatzt, so daß es rot und saftig dazwischen hervorglänzte. Leon zielte mit ausgestrecktem Arm auf Harrys Kopf. Seine Lippen waren zusammengekniffen. Martina heulte immer hysterischer. Isadora zog die Augenbrauen zusammen wie jemand, der konzentriert arbeiten möchte und durch eine Fliege gestört wird. Dann begann Leons Arm zu zittern, sein Gesicht wurde wieder schlaff, und plötzlich schluchzte er auf und ließ die Pistole sinken. Ein Speichelfaden zog sich von seinem Kinn zum Kragen seines Sweatshirts.

Martina löste sich von der Wand und schritt nackt, wie sie war, über Harrys und Pfitzners Körper hinweg, überquerte den Flur und zog die Badezimmertür hinter sich zu. Isadora kniete sich neben Harry und tastete nach seinem Puls.

»Ich glaube nicht, daß man ihn noch erschießen muß«, sagte sie und stand wieder auf. »Vermutlich ist er erstickt.«

Lautes, verzweifeltes Schluchzen drang aus dem Badezimmer. Kay stand auf und ging mit Noah nachsehen. Martina saß auf dem Badewannenrand und versuchte, sich notdürftig zu waschen. Sie zeigte Kay das Loch in den Armaturen, wo normalerweise der Brauseschlauch angeschlossen war.

»Ich kann nicht duschen.«

»Du kannst bei uns duschen«, sagte Kay.

Noah beleckte einen von Martinas Oberschenkeln.

»Ist er tot?« fragte Martina.

»Ja.«

»Ich bin froh, daß er tot ist.«

»Ich weiß«, sagte Kay. »Wie geht es dir? Bist du soweit in Ordnung, oder mußt du zu einem Arzt?«

»Sie kann zu keinem Arzt«, brüllte Isadora aus dem Wohnzimmer herüber, »das gibt bloß Fragen.«

»O doch, sie kann zu einem Arzt«, sagte Leon. »Das hier ist euer Ding. Das habt ihr angerichtet. Ihr habt die beiden umgebracht! Martina hat damit nichts zu tun. Und ich auch nicht.«

»Ah, gibt es dich auch noch?« sagte Isadora.

Kay und Martina kamen ins Wohnzimmer zurück. Martina trug Leons weißen Bademantel.

»Doch, sagte sie. »Ich habe etwas damit zu tun. Und ich wünschte, ich hätte dieses Schwein selbst umgelegt.«

Leon sah sie an, und dann sah er Kay an, die nicht nur Harry, sondern auch Pfitzner umgebracht hatte, bloß weil er Wasser holen wollte, und dann Isadora, dieses fürchterliche, fette Weib, das so selbstverständlich zwischen den entstellten Leichen herumspazierte, als hätte sie das schon tausendmal gemacht. Frauen waren in Wirklichkeit viel härter als Männer. Das hatte er schon immer gewußt.

»Ist dir klar, daß du dafür ins Gefängnis kommen kannst?« sagte er zu Martina.

Sie würdigte ihn keiner Antwort. Ruhig betrachtete sie Harry und Pfitzner, die wie die Opfer einer Flugzeugkatastrophe zwischen den Möbeln ihrer harmlosen Hausfrauenwelt herumlagen.

»Wir müssen sie rausschaffen«, sagte sie.

»Ja«, sagte Isadora, »helft mir, sie in irgend etwas zu wickeln. So können wir sie nicht anfassen.«

»Ich nehme jetzt den Mercedes, fahre ins Dorf und rufe die Polizei«, sagte Leon. »Wenn es keiner von euch tut, dann mache ich das eben.«

Er hatte immer noch die Pistole in der Hand.

»Du Schwein«, sagte Martina, »das tust du nicht.«

»Willst du das wirklich?« fragte Isadora erstaunt.«Willst du wirklich, daß alle Welt erfährt, daß du da in deinem Sessel gesessen und zugesehen hast, wie dein bester Freund deine Frau vergewaltigt hat?«

»Ich habe nicht zugesehen«, schrie Leon, »ich habe … «

»Nee«, sagte Kay giftig, »es ist bloß im Nebenzimmer passiert.« Martina rannte hinaus.

»Ihr kotzt mich an! Ihr kotzt mich ja so an!« schrie sie aus dem Flur. Leon legte die Pistole auf den Kaminsims. Nein, er würde die Polizei nicht holen. Aber nicht, weil er Kay und Isadora schützen wollte oder sich vor Pfitzners Leuten fürchtete, sondern weil er einfach keine Lust mehr hatte. Kay konnte die Sache erledigen. Sie hatte getötet, sollte sie auch sehen, wie sie sich die Leichen vom Hals schaffte. Er schlurfte wieder zu seinem Sessel und setzte sich.

Nach einer Weile kam Martina zurück. Sie hatte sich angezogen, ihre Pepitahose, ein anderes Hemd und Gummistiefel. Auf dem Arm trug sie zwei Bettdecken und die dazugehörigen Laken. Ihre Augen waren noch gerötet, aber sonst schien sie ganz ruhig.

»Darin können wir sie transportieren«, sagte sie.

»Wir brauchen bloß eins. Ein Laken genügt«, sagte Isadora.

»Die sollen alle mit weg.« Martina ließ die Bettdecken auf den Boden fallen.

»Und das auch.« Sie warf ihre Jeans und das Herrenhemd dazu.

»Kann ich heute bei euch schlafen ?« fragte sie.

»Das weißt du doch«, sagte Kay.

Sie ging die Schubkarre holen. Leon beobachtete, wie die drei Frauen Pfitzner in eine Mumie verwandelten und aufluden. Kay schob, Isadora und Martina liefen nebenher, hielten Pfitzner an den Seiten fest, daß er nicht herunterrutschte, bogen seinen Körper, als es durch die Tür ging. Viel härter als

Männer. Leon hatte das schon immer gewußt. Der Hund kläffte und umsprang die Schubkarre, als ob es zu einem lustigen Ausflug ginge.

Leon blieb allein im Wohnzimmer, allein mit Harrys Leiche. Er hatte keinen Freund mehr, nicht einmal einen toten. Er stand auf, ging wie ein Schlafwandler zum Fenster und öffnete es. Kühle, frische Luft. Der Regen rauschte. Ah, Regen, das hatte er erwartet. Er hörte, wie Kay die Schubkarre absetzte und irgend etwas von einem Autoschlüssel sagte. Jetzt wickelten sie Pfitzner wohl noch einmal aus und durchsuchten seine verbrannten Taschen. Tausendmal härter, als ein Mann jemals sein konnte. Hoffentlich war der Autoschlüssel geschmolzen.

»Er steckt«, rief Martina vom Gartentor her. Na, da hatten sie ja noch einmal Glück gehabt.

Als Isadora, Kay und Martina mit der leeren Schubkarre zurückkamen, stand Leon immer noch am offenen Fenster und kehrte ihnen den Rücken zu. Er wollte nicht sehen, wie die drei nassen Weiber sich über Harrys Körper hermachten, ihn einpackten und auf die Schubkarre luden.

»Aber nicht hier«, sagte Kay. » Ich will, daß die im Dorf mitkriegen, wie dieser Wagen wieder aus Priesnitz herausfährt. Und es müssen zwei Personen drinsitzen. Am besten, Isadora setzt sich neben mich. In der Dunkelheit wird uns keiner erkennen.«

»Ich seh nicht aus wie dieser dicke Kerl«, sagte Isadora. »Martina kann vorne sitzen. Ich leg mich hinten quer.«

»Meinetwegen«, sagte Kay. »Wird wahrscheinlich eh niemand auf der Straße sein. Hauptsache, sie hören, daß der Mercedes wieder wegfährt.«

Sie wandte sich an Martina.

»Fühlst du dich überhaupt in der Lage mitzufahren? Sonst holen wir dich nachher zu Fuß ab. Wir fahren ganz aus dem Dorf raus und dann von hinten rum ins Moor rein. Ich weiß eine gute Stelle. Aber das wird ein ziemlicher Fußweg bis zu uns.«

»Nein«, sagte Martina, »ich fahre mit. Mir geht es gut.«

Sie ging in die Küche und steckte ihre Scheckkarte ein und die vierhundert Mark Haushaltsgeld, die noch in der Kaffeedose waren. Dann ging sie ins Schlafzimmer, nahm eine Tasche aus dem Schrank und warf ein paar Sachen hinein, ging ins Badezimmer und suchte ihre Tuben und Töpfe zusammen.

»Man wird sehen, wo ihr abgebogen seid«, sagte Leon, ohne sich umzudrehen. »Man wird die Spuren sehen. Die Reifenspuren.«

Niemand antwortete ihm. Die Frauen transportierten Harry hinaus und legten ihn zu Pfitzner in den Kofferraum. Kay brachte die Schubkarre in den Geräteschuppen zurück. Als sie wieder zum Auto kam, hatte Martina es bereits gestartet und gewendet. Die Scheinwerfer erfaßten Noah, der aus der großen Pfütze trank. Seine Augen leuchteten grün. Kay setzte sich neben Martina auf den Beifahrersitz.

»Willst du fahren?«

Martina nickte.

»Und was ist mit Leon? Lassen wir den hier?« fragte Kay.

»Ach der … «, sagte Isadora vom Rücksitz und öffnete die Seitentür, um den Hund hereinspringen zu lassen. Noah schüttelte sich und spritzte das Wageninnere voll.

»Ich hasse ihn«, sagte Martina.

»Aber er konnte dir nicht helfen. Er ist krank. Es war eine ausweglose Situation. Das kannst du ihm nicht vorwerfen.«

»Ich hasse ihn«, sagte Martina und gab Gas.

Leon war allein. Er schloß das Fenster und ging in sein Arbeitszimmer. Er nahm das Manuskript vom Tisch und die Diskette aus dem Computer, legte ein paar Blätter darauf, seine Skizzen, die Schmierhefte, den Sammelordner – alles, was er sich angelegt hatte für die große Biographie über den großen Benno Pfitzner – und trug es hinüber zum Kamin. Er warf den ganzen Haufen in die Glut. Ascheflocken stoben auf. Langsam, ganz langsam fing der Rand einer einzelnen Seite Feuer. Die Seite rollte sich zusammen und flog ein Stück durch die Luft. Dann brannte das erste Heft. Die Ecke des gebundenen Manuskripts färbte sich schwarz, begann zu glühen und ging in Flammen auf. Leon wankte ins Schlafzimmer. Auf dem Bettgestell lag nur noch die Matratze. Er öffnete den Schrank und fand nach einigem Suchen eine Wolldecke. Er wickelte sich darin ein und legte sich auf die nackte Matratze. Leon hatte damit gerechnet, daß er zu aufgeregt sein würde, um schlafen zu können, aber er schlief so schnell ein, als würde er ohnmächtig.

Einige Kilometer entfernt standen Kay, Martina, Isadora und Noah am Rand eines großen Moorlochs und sahen zu, wie eine aufsteigende Luftblase zu dem Schlußpunkt unter Harrys und Pfitzners Geschichte wurde.

9

*Bedeckt, aber kaum noch Regen. Ab nachmittags ist
mit verstärkter Nebelbildung zu rechnen. Sichtweite
unter zehn Meter. Tageshöchsttemperaturen
um 17 Grad.*

Als es an der Tür klingelte, dachte Leon, daß
Kerbel gekommen wäre, um endlich den Brenner
wieder abzuholen. Der Krämer hatte sich nicht mehr
blicken lassen, war nicht einmal gekommen, um
Leon zum Orthopäden zu fahren, obwohl sie das fest
vereinbart hatten. Leon erwartete ihn sehnsüchtig.
Seit Pfitzners und Harrys Tod hatte er das Haus nicht
mehr verlassen. Der Kühlschrank war restlos geleert.
Jetzt gab es bloß noch Reis, Nudeln, eine Dose Mais,
zwei große Dosen Erbsen und Wurzeln, vier kleine
Dosen Schnittbohnen, zwei Gläser mit Spargel und
eine halbe Flasche Rum.

Aber vor der Tür stand nicht Kerbel, sondern ein
bärtiger Mann in einer braunen Lederjacke. Eine
junge Frau mit kurzen Haaren und einer katzenhaf-
ten Brille war bei ihm.

»Ja?«

Mit dem »Ja« entquoll Leons Lippen eine Wolke

üblen Mundgeruchs. Er hatte sich seit Pfitzners Tod
weder rasiert noch gewaschen, trug seinen Bademantel aus schmutzig-weißem Frottee und war so bleich,
als hätte er die letzten zehn Jahre damit verbracht, in
den fensterlosen Kellergewölben eines Klosters Bücher über Mehlwürmer zu archivieren.

»Breunig«, sagte der Mann in der Lederjacke. Seine Gesichtszüge waren unter dem grauen Bart und
den buschigen Augenbrauen versteckt. »Und das ist
Frau Siebert.«

Die Frau war klein und schlank und trug einen
Hosenanzug. »Wir sind von der Kriminalpolizei«,
sagte sie. »Und wir hätten ein paar Fragen, wenn es
recht ist, Herr ... ?«

Entsetzt starrte Leon sie durch seine schmierigen
Brillengläser an. Jetzt war es also soweit. Drei Wochen lang hatte er jeden Tag damit gerechnet, daß die
Polizei ihn festnehmen würde. Fast hatte er es gewünscht. Doch die Polizei war nicht erschienen.
Und jetzt, wo er sich langsam an den Gedanken ge-
wöhnte, davonzukommen, stand sie vor seiner Tür.

»Wie war noch gleich Ihr Name?« fragte Breunig
höflich.

»Ulbricht«, sagte Leon wie ein folgsamer Schüler.
»Mein Name ist Leon Ulbricht.«

»Dürfen wir hereinkommen?«

Leon pfriemelte an seinem Gürtel, zog den Bademantel enger um sich. Darunter trug er ein ver-
gilbtes Unterhemd und seine schwarze Jogginghose.
Er war barfuß.

»Ja, ja. Kommen Sie.«

Die Angst wich aus seinem Gesicht und machte
dem Ausdruck vollständiger Ergebenheit Platz. Er
führte sie in das Wohnzimmer, dessen Geruch er

längst nicht mehr wahrnahm. Zwischen Kleidungsstücken, Büchern, zerfledderten Zeitschriften und leeren und halbleeren Weinflaschen standen verkrustete Kochtöpfe auf dem Fußboden. Neben dem Fernseher lag eine schwarzverfärbte, zerquetschte Banane. Leon ließ sich in den Sessel fallen. Breunig schob die Decken auf dem Sofa zur Seite und setzte sich ebenfalls. Die Siebert blieb mit heruntergezogenen Mundwinkeln an der Tür stehen.

»Also gut«, begann Breunig und klappte seinen Notizblock auf, »Ihr Name ist Ulbricht, Vorname Leon, richtig? Alter?«

»Achtunddreißig.«

»Beruf?«

»Schriftsteller.«

»Schriftsteller? Oh, interessant. Ich wollte schon immer mal einen Schriftsteller kennenlernen. Was schreiben Sie denn so?«

»Gedichte.«

»Gedichte. Ah, ja.«

Breunig reichte Leon ein Foto.

»Ich würde Ihnen gern etwas zeigen.«

Leon betrachtete das Foto und sah den Kommissar erstaunt an.

»Sie kennen den Wagen sicherlich«, sagte Breunig.

»Ja, natürlich! Es ist das Auto von Herrn Kerbel. Er hat das Lebensmittelgeschäft hier im Dorf. Jedenfalls hat er genau so einen Wagen. Ob es nun dieser ist, kann ich nicht sagen. Ich habe mir nie das Nummernschild angesehen.«

»Ist ihnen der Wagen mal aufgefallen? Ist Ihnen aufgefallen, daß der Wagen hier mal gestanden hat?«

»Kerbel war oft hier. Er hat uns ja regelmäßig Lebensmittel gebracht. Für uns und für das Haus da drüben.«

Leon machte eine vage Handbewegung Richtung Wohnzimmerfenster. »Mir ist eher aufgefallen, daß er die letzte Zeit nicht mehr hier war. Ist ihm was zugestoßen?«

Breunig richtete seine blaßblauen Augen auf Leon.

»Wenn Sie sich Sorgen um Ihren Lieferanten machen, warum gehen Sie dann nicht die paar Meter ins Dorf hinunter und fragen nach?«

»Sie sagten ›UNS‹, fuhr Frau Siebert dazwischen, »Sie wohnen hier also nicht allein?«

»Meine Frau«, sagte Leon, »ich wohne hier mit meiner Frau.«

»Und wo ist Ihre Frau«, fragte Breunig.

»Bei den Nachbarinnen. Sie ist gerade zu den Nachbarinnen hinübergegangen.«

Er wollte es dem Kommissar und seiner Assistentin nicht auf die Nase binden, daß Martina ihn verlassen hatte. Breunig holte sechs Fotografien aus der Innentasche seiner Lederjacke und legte die Bilder aufgefächert vor Leon auf den Tisch.

»Haben Sie eines dieser Mädchen schon einmal gesehen?«

Leon nahm das oberste Foto in die Hand und betrachtete es. Eine unscheinbare, schüchterne Brünette, hoffnungslos unattraktiv. Er schüttelte den Kopf, nahm das nächste Bild.

»Sind die alle tot?«

»Wie kommen Sie darauf?« fragte Breunig.

»Na, entweder sind die tot oder vermißt, oder Sie betreiben nebenbei noch eine Heiratsvermittlung.«

Breunig lächelte jovial.

Das zweite, dritte, vierte Foto. Leon dachte: Keine dabei, für die es sich lohnt, zum Mörder zu werden. Das fünfte Bild – er war sich sicher, daß er dieses Mädchen mit den langen dunklen Haaren schon einmal gesehen hatte. Wenn er sich ihr Gesicht ein bißchen gedunsener dachte ... – ja, vermutlich war es die Wasserleiche.

Breunig bemerkte sofort, wie er stutzte.

»Kennen Sie die Frau?«

»Nein«, sagte Leon, »ich dachte es einen Moment. Aber ich habe mich geirrt.«

»Christine Meißner. Sagt Ihnen der Name etwas? Oder haben Sie sie vielleicht einmal zusammen mit Herrn Kerbel gesehen oder in seinem Wagen?«

Langsam begriff Leon, daß Breunig nicht wegen Harry und Pfitzner hier war, sondern wegen dieser Frauen und anscheinend auch wegen Kerbel. Kerbel? Ein Mörder? Ein Perverser? Na, wieso eigentlich nicht? Leon mußte unwillkürlich grinsen.

»Was finden Sie so lustig?« fragte Frau Siebert kühl.

»Nichts«, sagte Leon. »Sie verdächtigen tatsächlich unseren Krämer, diese Frauen umgebracht zu haben?«

»Nein, das habe ich nicht gesagt.« Breunig schüttelte den Kopf. »Aber wir verfolgen jede Spur. Und Sie sagen, daß sein Wagen oft hier stand?«

»Klar – um die Sachen zu bringen, die ich bestellt hatte.«

Leon beugte sich zu Breunig hinüber und schlug einen vertraulichen Ton an:

»Meinen Sie, man kann jemanden töten, ohne jemals erwischt zu werden? Man tötet einfach jemanden, und trotzdem wird man niemals deswegen überprüft oder auch nur gefragt oder sonstwie in Verlegenheit gebracht?«

»Natürlich«, sagte Breunig. »Vermutlich ist die Welt voller Verbrecher, die niemals zur Rechenschaft gezogen worden sind.«

Befremdet beobachtete er, wie Leon sich die Hände rieb. Der Mann war ein Psychopath – ganz klar. Leon legte gleich wieder los:

»Was meinen Sie, geht in einem solchen Mörder vor, der nie gefaßt wird? Vergißt er allmählich, was er getan hat? Wird ihm die Vorstellung, ein Verbrecher zu sein, zur Gewohnheit? Oder zerbricht er daran?«

»Ich weiß es nicht«, antwortete Breunig, ohne ihn aus den Augen zu lassen. »Die Menschen sind verschieden. Ich kenne einen Fall, wo jemand nach zwanzig Jahren unterschlagenes Geld anonym zurückgegeben hat. Was würden Sie tun? Wie würden Sie damit leben, wenn Sie ein Verbrechen begangen hätten?«

Leon riß ängstlich die Augen auf, seine Stimme wurde schrill: »Warum fragen Sie ausgerechnet mich?«

Frau Siebert warf Breunig einen Blick zu, der ihm signalisierte, für wie höchstverdächtig sie Ulbricht hielt. Es war dieser vielsagende Blick seiner Assistentin, der Breunig zu der Überzeugung brachte, daß der Mann unschuldig war, ein harmloser Spinner, ein Wichtigtuer, der sich absichtlich verdächtig machte, um Aufmerksamkeit zu erregen.

»Routine. Ich habe doch nur ganz allgemein gefragt«, sagte er sanft. »Worüber regen Sie sich denn so auf, Herr Ulbricht?«

»Ich rege mich nicht auf! Ich rege mich überhaupt nicht auf! Kein Stück!«

Und wie, um diesen Satz zu beweisen, fiel Leon schlagartig wieder in Lethargie und sah stumpf vor sich hin.

»Wissen Sie, ob Ihre Nachbarn zu Hause sind?« fragte Frau Siebert.

Leon hob in Zeitlupe den Kopf.

»Meine Nachbarn? Oh, Sie können da nicht einfach hin. Die Regenfälle, wissen Sie – der Weg ist tückisch. Sie könnten versinken.«

Frau Siebert sah ihn scharf an.

»Haben Sie etwas dagegen, daß wir Ihre Nachbarn aufsuchen?«

Ehe Leon etwas erwidern konnte, antwortete Breunig an seiner Stelle:

»Unsinn! Herr Ulbricht hat bloß etwas dagegen, daß wir im Moor versinken, nicht wahr?«

Er stand auf und streckte ihm die Hand hin. Leon drückte sie automatisch und sank dann schlaff zurück. Breunig ging hinaus. Die Assistentin folgte ihm wütend.

Als Leon wieder allein war, nahm er einen der verkrusteten Töpfe vom Fußboden, trug ihn in die Küche und griff sich die letzte Büchse Mais aus der Speisekammer. In seiner Erleichterung darüber, daß der Kommissar nicht wegen Harry und Pfitzner gekommen war, hatte er ganz vergessen zu fragen, wieso sie eigentlich hinter Kerbel her waren. Und ob er im Gefängnis saß oder sich bloß zu Hause verkroch. Leon fand den Dosenöffner in der Spüle, in der ein Stapel benutzer Teller bereits seit Tagen weichte. Seufzend öffnete er die Maisdose und schüttete ihren Inhalt in den schmutzigen Topf, stellte ihn auf den Herd und rührte mit einem Messergriff um. Er wartete nicht ab, bis der Mais richtig heiß geworden war, sondern nahm sein Essen schon vorher vom Herd und trug es ins Wohnzimmer. Er setzte sich in den Sessel; den Topf stellte er auf seinen Schoß, auf den Stoff des Frottebademantels. Kaum saß er, tat prompt sein Rücken wieder weh. Wenn ich erst wieder in Hamburg bin, werde ich es mit Akupunktur versuchen, dachte Leon. Er gab sich gern solchen Tagträumen hin – was wäre, wenn er wieder in Hamburg wohnen würde, was wäre, wenn er erst wieder vollständig gesund und Martina zu ihm zurückgekehrt war. Leon zog den Löffel, den er zwischen den Polstern des Lehnstuhls deponiert hatte, hervor und schaufelte sich ein paar lauwarme gelbe Körner in den Mund. Er schnappte sich die Fernbedienung vom Couchtisch und drückte mit dem Daumennagel auf verschiedene Knöpfe. Die Batterien waren schwach. Der Fernseher sprang nur an, wenn er die Knöpfe in einem ganz bestimmten Winkel traf. In der ersten Zeit nach Harrys und Pfitzners Tod hatte er den Fernseher Tag und Nacht laufen lassen und ständig hin und her geschaltet. Er mußte wissen, was da draußen geschah. Wurde Pfitzner gesucht? Wurde er wenigstens vermißt? Waren seine Freunde unterwegs, um ihn zu rächen? Nichts war darüber gesendet worden. Niemand hatte Notiz davon genommen, daß ein Bordellbesitzer verschwunden war, der es als Boxer noch nicht einmal bis zu einem Weltmeisterschaftskampf gebracht hatte. Und seine Freunde, wenn er denn welche hatte, waren auch nicht aufgetaucht. Keine Verbrecher, keine Zuhälter. Und bis heute auch keine Polizei. Leons Verleger hatte zweimal geschrieben und sich nach weiteren Kapiteln des Buches über Pfitzner erkundigt. Vermutlich war es Kay gewesen, die ihm die Briefe unter der Tür durchgeschoben hatte. Leon hatte seinem Verleger zurückgeschrieben, daß es das Buch nie geben würde. Unüberbrückbare Differenzen. Aber natürlich hatte er sich nicht aufraffen können, die Post ins Dorf hinunter zu bringen. Er mochte ja nicht einmal mehr lesen. Lesen war Arbeit. Und er mußte nicht mehr arbeiten. Niemand konnte ihn zwingen, zu schreiben, sich zu waschen oder aufzuräumen. Okay, er war ein Versager. Er war ein Nichts und ein Matsch – aber er war frei. Frei und über jeden Verdacht erhaben. Die Polizei suchte Kerbel, und nicht ihn.

Im Garten bellte ein Hund. Noah! Das konnte nur bedeuten, daß Martina zurückgekommen war. Sie hätte sich keinen besseren Zeitpunkt aussuchen können. Jetzt, wo Leon endlich die Polizei vom Hals hatte. Sie würden noch einmal von vorne anfangen. Er würde verlangen, daß sie nach Hamburg zurückzogen. Oder nein, nicht nach Hamburg! Er hatte keine Lust, einen von Pfitzners Bekannten zu treffen und lästigen Fragen ausgesetzt zu sein. Aber sie konnten nach Berlin ziehen oder nach Köln. Ab und zu mußte man sein Leben radikal ändern. Und wenn er sich nicht täuschte, dann hatte Martina doch noch etwas Geld. Oder sie konnte ihren Vater fragen. Und Leon würde eine Diät beginnen und mit Joggen oder Squash anfangen. Wenn seine Rückenschmerzen erst weg waren, würde er jeden Tag Sport machen. Und Martina würde für ihn Diät kochen.

Leon ging zur Haustür und öffnete sie. Noah kam herein, beschnupperte beiläufig Leons Bein und drängte sich dann an ihm vorbei ins Wohnzimmer.

»Martina?«

Leon trat auf die Veranda hinaus, sah rechts und links um die Ecke. Sie war nicht da.

»Martina!«

Keine Antwort. Er lief barfuß in den Garten. Der Nebel war aus dem Moor gekrochen und umwickelte bereits den Zaun. Leon fröstelte und zog seinen Frotteebademantel enger um sich, wischte die Sohle seines rechten Fußes am Spann des linken trocken.

»Martina! … Martina! … Martina!«

Er rief immer verzweifelter. Er legte den Kopf in den Nacken und schrie gegen den Himmel. Er heulte es heraus wie ein Coyote, der mit der Pfote in ein Springeisen geraten ist.

»Mar-tii-naaaaa!!!!!«

Wenn sie nicht zu ihm zurückkehrte, dann kam er hier nie mehr weg. Er kniff die Augen zusammen und versuchte, die Umrisse der Schlei-Villa auszumachen. Doch der Nebel war bereits zu dicht. Dort saß sie mit Kay und Isadora und ließ es sich gutgehen. Es kümmerte sie nicht, wie es um ihn stand.

Alle drei mieden sie ihn, die verfluchten Weiber. Als wäre er aussätzig. Mit wehendem Mantel lief Leon ins Haus zurück. Noah war immer noch im Wohnzimmer, beschnüffelte und beleckte das Geschirr auf dem Fußboden und fand schließlich den Topf mit dem Mais und machte sich darüber her. Als Leon keuchend im Türrahmen erschien, kniff er den Schwanz ein und versuchte zu verschwinden. Leon packte ihn am Halsband.

»Guter Hund«, schmeichelte er, zog den Gürtel seines Frottemantels aus den Schlaufen und knotete ihn am Hundehalsband fest. Mit Noah an der Frotteeleine zog er Socken und Gummistiefel an. Die Stiefel drückten. Er hatte nicht gewußt, daß, wenn man zunahm, auch die Schuhgröße sich verändern konnte. Leon humpelte hinaus auf die Veranda, ließ den Hund als ersten über das Brett balancieren und schnalzte ihm aufmunternd den Gürtel auf den Rücken. Noah schnappte danach und begann zu hopsen, knurrte vergnügt und versuchte, Leon den Gürtel aus der Hand zu zerren.

»Aus! Los, voran! Such!«

Wenn der Köter Martina heil durch das Moor gebracht hatte, dann konnte er ja wohl auch ihn zum Schlei-Haus führen.

Noah trabte ein paar Schritte geradeaus. In die völlig falsche Richtung. Leon zog die Leine stramm. Schwerfällig kniete er sich neben den Hund, hob seine Vorderpfoten hoch und drehte ihn um hundertachtzig Grad. So gut war sein Rücken wieder geworden: Er konnte bereits einen dicken Hund anheben. Nicht mehr lange, und er würde völlig geheilt sein.

»Los, such!«

Der Nebel quoll wie verschütteter Brei auf sie zu, und Noah stürzte sich geradewegs hinein. Er kannte zweifellos seinen Weg. Fragte sich bloß, was für ein Weg das war. Er lief nicht immer geradeaus. Durch die meisten Pfützen planschte er einfach hindurch, aber um manche schlug er plötzlich einen weiträumigen Bogen. Zweimal noch ruckte Leon an seiner provisorischen Leine und korrigierte Noahs Ausrichtung, dann wußte er nicht mehr, wo er sich befand. Wohin sie sich auch wandten, wartete schon der zähflüssige Nebel auf sie und ließ alles gleich milchig und verschwommen aussehen. Leon wünschte, er hätte sich etwas Wärmeres als den klaffenden Bademantel, das Unterhemd und seine Jogginghose angezogen, aber es waren ja die einzigen Kleidungsstücke, die ihm noch paßten. Ein kleines Tier wand sich vor seinen Gummistiefeln und verschwand dann schleunigst im hohen, bereits gelblich verfärbten Gras. Auch in den Zweigen kroch und raschelte es. Zweige! Sie mußten bei dem ertrunkenen Wäldchen sein. Leon hielt Noah wieder zurück und trat dichter an einen dünnen Baumstamm heran. Er war schwarz und fühlte sich seifig an. Also waren sie richtig. Allerdings versuchte Noah geradewegs daran vorbeizulaufen. Es gab einen kleinen Ringkampf zwischen ihnen, unter dem besonders der weiße Bademantel litt. Dann gelang es Leon, Noah in das Wäldchen hineinzudirigieren. Entengrütze suppte im Sumpfwasser, zog Schlieren auf der Oberfläche und lief in Leons Gummistiefel hinein, durchnäßte die Socken und machte das Scheuern an seinen Hacken noch unangenehmer. Aber schließlich stand, vom allgegenwärtigen Nebel verschleiert, Isadoras Villa vor ihnen. Leon knotete den Hund los. Nicht ohne Mühe. Der Gürtel war naß und dreckig geworden, und Noah hatte ganz schön gezogen. Leon raffte seinen Bademantel zusammen, fädelte den Gürtel durch die Schlaufen und verknotete ihn vorne vor seinem Bauch. Er sah sich nach dem Hund um. Noah hatte sich verdrückt, sich in den Nebelschwaden aufgelöst. Ein eigensinniges Biest. Leon wischte seine Hände am Mantel ab und strich sich die Haare aus der Stirn. Die Haare waren ihm auch zu lang gewachsen. Die sollte Martina ihm gleich als erstes schneiden. Er tastete nach einem Klingelknopf und fand keinen. Dann sah er den Löwenkopf mit dem Ring im Maul und schlug ihn zweimal gegen die Tür. Es war Kay, die öffnete.

»Ich will zu Martina«, sagte Leon, schubste Kay zur Seite und trampelte ins Haus.

»Martina? … Martina?«

Er stieß eine Tür auf. Die Küche. Omaschränke mit Blümchengardinen hinter den Glastüren, ein alter Gasherd, Holzstühle mit hohen Lehnen, stumpfe Töpfe und riesige Pfannen, die an der Wand hingen. In der Mitte der Küche stand Isadora vor einem großen Tisch, hatte eine weiße Schürze umgebunden und füllte mit einer Schöpfkelle Teig aus einer hellblauen Plastikrührschüssel in ein Waffeleisen. Sie schloß das Eisen, und der Teig quoll an den Seiten heraus und tropfte auf den bereits völlig verschmierten Tisch.

»Wo ist Martina?« brüllte Leon sie an.

»Hallo Leon«, sagte Isadora. »Gut siehst du aus. So schön dick. Willst du mal kosten?«

Sie zeigte auf einen Teller mit fertigen Waffeln.

»Wo ist Martina?« sagte Leon schon ruhiger. Der Waffelgeruch zog ihm in die Nase. Seit Tagen hatte er bloß Nudeln, Reis und Dosengemüse gegessen.

»Ach, das ist jetzt aber ärgerlich«, sagte Isadora. »Die ist vorgestern weg, mit dem Nachmittagszug aus Freyenow. Als wir bei dir vorbeigekommen sind, habe ich noch gefragt, ob sie sich nicht von dir verabschieden will. Aber sie wollte unter gar keinen Umständen. Sie läßt dir ausrichten, daß du die Möbel und alles andere behalten kannst.«

Leon wurde schwindlig. Er mußte sich auf einen der Küchenstühle setzen. Martina war weg! Seine letzte Chance.

»Wann kommt sie wieder?«

»Sie hat nicht gesagt, daß sie wiederkommt.«

»Warum ist sie weg? Wo ist sie hin?«

»Sie wollte erstmal zu einer Bekannten. Ich weiß nicht, wer. Irgend jemand vom Fernsehen. Und warum – da mußt du Kay fragen.«

Isadora zeigte auf ihre Schwester, die ebenfalls in die Küche gekommen war.

»Laßt mich in Ruhe«, sagte Kay und steckte die Hände in die Hosentaschen. Isadora klappte das Waffeleisen auf, zupfte die Waffel heraus und legte sie auf einen Extra-Teller, überstreute sie mit Puderzucker und schob sie Leon hin. Leon rollte die Waffel zu einer Tüte und schob sie sich in den Mund. Es schmeckte köstlich. Isadora schob ihm auch den Teller mit den übrigen Waffeln hin.

»Warum ist sie weg?« sagte er mit vollen Backen, rollte gleichzeitig zwei weitere Waffeln zusammen und stopfte sie sich ebenfalls in den Mund.

»Ist ja widerlich, wie du frißt«, sagte Kay. Sie drehte sich um und verließ die Küche. Polternd räumte sie im Flur herum.

»Die beiden haben sich gestritten«, sagte Isadora. »Wegen Noah.« Sie setzte sich neben Leon und legte ihm die Hand aufs Bein. Er ließ es zu.

»Wegen Noah?«

»Ja, Noah ist schon die ganze Woche weg. Stromert jetzt wieder allein herum. Martina hat das persönlich genommen. Und Kay hatte sich wohl falsche Hoffnungen gemacht.«

Leon rollte eine vierte und fünfte Waffel zusammen, tupfte die Enden in den Zuckerpuder und biß ab. Es war warm in der Küche. Gemütlich. Sogar das Wasser in seinen Gummistiefeln erwärmte sich. Isadoras Hand knetete langsam seinen Oberschenkel.

»Was ist denn passiert?«

»Martina hat angefangen zu weinen und behauptete, daß niemand sie liebt. Nicht einmal ein Hund. Und da sagt Kay: ›Ich. Ich liebe dich.‹ Und Martina schluchzt: ›Das ist mir egal.‹ Und da brüllt Kay: ›Na toll! Da weiß ich ja wenigstens, woran ich bin!‹ Sehr traurig, das Ganze. Alle sind im Moment so fürchterlich gereizt.«

Isadora ließ Leons Bein los und füllte erneut Teig ins Waffeleisen.

»Hah«, machte Leon schadenfroh und stopfte sich die sechste Waffel in den Mund. Ihm war schon schlecht. Trotzdem konnte er nicht aufhören zu essen. Einen Augenblick schwiegen sie. Isadora ließ Wasser in die ausgekratzte Plastikschüssel laufen, und Leon mampfte still vor sich hin.

»Wer hat sie zum Bahnhof gefahren? Kerbel?« fragte er, nachdem er heruntergeschluckt hatte.

»Ach«, sagte Isadora, »weißt du es etwa noch nicht? Guido sitzt in Untersuchungshaft.«

»Doch. Natürlich weiß ich das. Was hat er gemacht?«

Kay kam wieder herein. Es war offensichtlich, daß sie die ganze Zeit zugehört hatte.

»Kerbel hatte ein Kleid in seinem Auto«, sagte sie. »Das Kleid eines vermißten Mädchens. Bei einer Verkehrskontrolle haben sie es bei ihm gefunden. Er hat versucht, es unter den Sitz zu stopfen und sich dabei so dämlich angestellt, daß die Polizisten dadurch überhaupt erst aufmerksam geworden sind.«

»Kerbel hat doch gar nicht genug Mumm, um jemanden umzubringen«, sagte Leon.

»Natürlich war er es nicht«, sagte Isadora.

»Ich bin mir da nicht so sicher«, sagte Kay. »Auch der größte Feigling findet noch jemanden, dem er sich überlegen fühlt.«

Leon sprang auf. Der Teller fiel zu Boden, blieb aber heil.

»Meinst du mich? Sag es doch gleich, wenn du mich meinst!«

»Was seid ihr denn alle so gereizt?« sagte Isadora. »Niemand von uns glaubt doch wohl ernsthaft, daß Guido das fertigbringen würde. Und bisher gibt es ja noch nicht einmal eine Leiche – jedenfalls nicht von dem Mädchen, dem das Kleid gehört. Hoffentlich kommt die Polizei nicht auf die Idee, bei uns im Moor herumzustochern.«

Sie grinste sorglos, aber dann rief sie plötzlich »Oh-nein-oh-nein-oh-nein«, und nun rochen auch Kay und Leon den angebrannten Teig. Isadora zog den Stecker des qualmenden Waffeleisens aus der Steckdose, stieß ein Fenster auf und warf das Gerät in den Garten.

»Verdammte Schlampe«, schrie Kay, »du weißt, wie ich es hasse, deinen Müll wegzuräumen. Laß doch den Garten mal in Ruhe.«

»Es stinkt aber!« schrie Isadora zurück. »Wir schlafen im Haus und nicht im Garten. Willst du lieber in diesem Gestank schlafen? Bitteschön. Dann hol's doch wieder rein!«

»Das holst du selber!« keifte Kay.

Leon ging langsam aus der Küche, öffnete die Haustür und trat nach draußen. Ein paar Meter neben dem Eingang lag das Waffeleisen. Hinter dem geöffneten Küchenfenster kreischten und tobten die Schwestern unvermindert weiter. Leon rülpste leise. Der Nebel hatte noch mehr zugenommen. Nur noch die verstümmelten Baumkronen und einzelne lange Äste ragten aus dem Dunst, der sich über den toten Sumpfwald gestülpt hatte. Leon zog die Tür hinter sich zu und ging in den Garten. Wolkenfetzen krochen ihm entgegen und wanden sich um seine

Füße. Er wollte heim. Jetzt sofort. Wenn er ganz langsam und vorsichtig ging, konnte er es auch allein schaffen. Schließlich hatte er ja auch allein hergefunden. Am Ende des Gartens blieb Leon stehen und schüttete seine Gummistiefel aus. Er lauschte, ob Kay ihm nicht vielleicht hinterhergelaufen kam, um ihn nach Hause zu begleiten, aber er hörte nur das ferne Klopfen eines Spechts. Da marschierte er los.

Der Nebel hüllte ihn ein. Er fing sich in seinem Mantel und bildete Tröpfchen im Frottee. Leon fröstelte. Von den Ästen schien noch kältere Luft auf ihn herunterzusinken. Er nahm einen fauligen Geruch wahr, den er auf dem Hinweg nicht bemerkt hatte. Bestimmt kam der von der Entengrütze, die schon wieder in seine Stiefel hineinlief. Still war es, ungeheuer still. Auch der Specht hatte seine Arbeit eingestellt. Kein Geräusch außer dem Knacken der Zweige, die Leon beim Überklettern der Baumstämme abbrach, und hin und wieder das Plätschern eines unsichtbaren kleinen Tieres. Leon konnte nicht weiter als vier bis fünf Meter sehen. Sein Mantel wurde schwer und immer schwerer. Die Nässe drang in sein Unterhemd und seine Jogginghose. Sie eroberte jedes Stück seiner Hautfläche, bis er sich durch und durch kalt, naß, steif und hilflos fühlte. Es kam ihm vor, als wäre er seit Monaten nicht mehr richtig trocken gewesen. Er verkrampfte sich, weil er so fror, und sein Rücken meldete sich wieder. Nicht nur der Rücken, auch die Fußgelenke taten weh und sein rechtes Knie. Von den aufgeschürften Hacken ganz zu schweigen. Verbissen stieß er trotzdem die Beine vorwärts. Die Baumstämme schienen dunkler und breiter zu werden, und der Wald kam ihm viel größer vor, als er ihn in Erinnerung gehabt hatte. Er begriff nicht, wo auf einmal die vielen Bäume herkamen. Selbst, wenn er die Strecke auf allen vieren gekrochen wäre, hätte er inzwischen auf der anderen Seite angekommen sein müssen. Leon knotete den schweren, nassen Bademantel auf, der ihm ja doch nur die Wärme aus dem Körper sog, und legte ihn auf einen halbwegs trockenen Moosbuckel. Ohne diese Last schritt er schneller aus. In seinem Bauch schwappten die Waffeln. Der Entengrützenteich wurde flacher, und Leon gelangte auf weichen, aber halbwegs festen Grund, durch den unzählige kleine Bäche rannen. Er konnte sich an diese Bäche nicht erinnern, aber schließlich hatte er auf dem Hinweg auch mit einem widerspenstigen Hund zu kämpfen gehabt. Endlich hörten die Bäume auf. Leon trat aus dem Wald heraus und wäre beinahe in einen breiten Wassergraben gestürzt. Jetzt wußte er, daß er nie zuvor an dieser Stelle gewesen war. Er hatte sich verlaufen. Am besten war es wohl, umzudrehen und denselben Weg zurückzugehen. Die Vorstellung, den gespenstischen Wald noch einmal zu durchqueren, schien ihm jedoch nicht besonders verlockend, und darum beschloß er, an seinem Rand entlang zu laufen, ihn zu umkreisen, bis er wenigstens Isadoras Garten wiedergefunden hatte. Links herum ließ sich mit etwas gutem Willen auch eine Art feuchter Moorpfad ausmachen. Er lief jetzt, kam ins Schwitzen, dachte nicht mehr an gefährliche Untergründe, die verschluckten, sondern nur noch daran, so schnell wie möglich vorwärts zu kommen. Bald würde es dunkel werden, und dann war alles aus. Sein Rücken tat weh. Großer Gott, tat sein Rücken weh! Und die Knie, und die Fußgelenke! Sie waren bestimmt geschwollen. Er mußte sich einen Augenblick auf diesen Stein setzen.

Kaum saß er, begann er zu frieren. Leon pflückte einige der rotfleischigen blaubereiften Beeren, die zu seinen Füßen wuchsen, zerdrückte sie zwischen den Fingern, schnupperte daran und warf sie vorsichtshalber wieder fort. Er schlotterte vor Kälte und Erschöpfung, seine Zähne schlugen aufeinander, und sein Atem ging pfeifend und stoßweise. Sekundenlang gab er sich der Vision eines Komfort-Bades hin: ein großes gekacheltes Badezimmer mit Multi-Water-Pik-Dusche, aus der mit ungeheurem Druck Hektoliter von heißem, kristallklarem Wasser sprudelten. Er zwang sich, wieder aufzustehen, ignorierte das brüllende Verlangen seines Körpers nach Schonung und Ruhe und humpelte weiter. Schon nach wenigen Schritten stolperte er über eine Wurzel und fiel in feuchtes Moos. Dort blieb er in ergebener Verzweiflung liegen. Der Puls klopfte in seinem Hals und rauschte in seinen Ohren. Ihm war, als würde er jetzt selbst zu einem dieser matschigen, wurmzerfressenen Baumstümpfe, die hier überall herumstanden und so weich waren, daß sie beim Brechen nicht einmal ein Geräusch von sich gaben. Vor seinem Gesicht bog sich ein verzweigter Wiesenhalm, in dem sich Tautropfen gesammelt hatten, die selbst in diesem diffusen Licht wie ein Kronleuchter glitzerten. Ein großes Spinnennetz voller Wasserperlen hing zwischen einem Gestrüpp und der Baumwurzel, die ihn zu Fall gebracht hatte, und zitterte leicht. Noch etwas anderes hatte Leons Sturz aufgeschreckt. Zuerst hörte er ein leises Knistern neben seinem rechten Ohr, dann tippte es an seinen Wangenknochen, schob sich höher und noch höher und glitt kühl und schuppig auf sein Gesicht. Leon erstarrte in eiskaltem Entsetzen. Eine Schlange, eine giftige Schlange! Jetzt nur nicht bewegen, oder sie würde ihre langen Giftzähne in sein Gesicht schlagen. Die Schlange kroch über seinen Mund und sein Kinn hinweg und rutschte an seinem Hals entlang wieder zu Boden. Es war ein Gefühl, als würde ihm der stumpfe Rücken eines Messers über die Kehle gezogen. Leon sprang auf. Er schrie vor Ekel und spuckte mehrmals aus. Gerade sah er noch, wie das grau-schwarze Reptil zwischen den Gräsern verschwand. Er taumelte weiter. Da! Da war schon wieder eine Schlange. Tot hing sie über einen Ast drapiert direkt vor seiner Nase. Er mußte einen Vogel bei seiner Mahlzeit gestört haben. Auch diese Schlange hatte einen grauen Rücken und einen hellen Bauch. Auf beiden Seiten des Hinterkopfes trug sie je einen zitronengelben halbmondförmigen Fleck. Anscheinend wimmelte es hier von giftigen Nattern und Ottern, lauernden Lurchen und schlapfenden Molchen. Die Dämmerung hatte schon eingesetzt. Er ging jetzt in größerem Abstand zum Waldrand, weil er fürchtete, daß ihm eine Schlange aus einem Baum in den Nacken fallen könnte. Jedesmal, wenn sich etwas im Gras bewegte, zuckte er zusammen. Überall kroch und raschelte, schlüpfte und glitt es. Der Weg wurde wieder nasser. Seit einiger Zeit lag zu Leons rechter Seite ein über mannshoher, eintönig und melancholisch anmutender Schilfgürtel, in dem es unheimlich seufzte und knisterte. Und plötzlich war die längst überwunden geglaubte Angst, die Leon als Kind vor der Dunkelheit gehabt hatte, wieder da. Einmal scheuchte er einen sehr großen Vogel auf, der mit flappenden Flügeln floh. Dann kam wieder eines dieser merkwürdigen Geräusche aus dem Röhricht. Es klang wie ein Räuspern, aber doch eher so, als würde sich eine riesige Ente räuspern.

»Hallo?« rief Leon zitternd. »Ist da jemand?«

Er war ein moderner Mensch mit Abitur. Und wenn er auch in den Naturwissenschaften weniger glorreich abgeschnitten hatte, so war er doch mit ihren grundsätzlichen Erkenntnissen vertraut. Aber als die Riesenente sich jetzt noch einmal räusperte, rannte er panisch los, ohne sich noch einmal umzudrehen. Seine Füße klatschten in kalte Pfützen, der Matsch spritzte rechts und links hoch, Zweige fuhren ihm ins Gesicht und zerschlugen ein Glas seiner Brille. Leon achtete nicht darauf, er rannte weiter, immer weiter, rannte aus diesem Wald heraus und überquerte eine weite, feindlich anmutende Fläche braunen Grases. Von allen Seiten brüllten amphibische Geschöpfe ihm ihre unchristlichen Botschaften hinterher. Er gelangte in einen weiteren Moorwald voller toter Bäume. Hier hing der Nebel bloß noch als dünnes Tuch in den Ästen. Schwer atmend hielt Leon sich an einem glitschigen Baumstamm fest. Zweige knackten. Gehetzt fuhr er herum, starrte in die Richtung, aus der das Knacken kam. Etwas näherte sich. Etwas Großes. Ein Mensch oder ein schweres Tier. Leon spürte, wie sich die Haare in seinem Nacken aufstellten. Dann sah er das Tier. Es war Noah. Er trabte nur zehn Meter entfernt hinter einer Baumreihe entlang. Er mußte es sich anders überlegt haben, war zurückgekommen und suchte seinen Herrn. Leon schluchzte auf vor Glück.

»Noah!« brüllte er. »Noah, hierher!«

Der Hund wandte den Kopf, trabte aber unvermindert schnell weiter.

»Guter Noah! Komm her! Komm her, du lieber Noah«, bettelte Leon, hockte sich hin und streckte die Hand aus. Der Hund verschwand hinter einem

Gebüsch. Leon sprang auf und rannte ihm hinterher, mußte seine Verfolgung aber gleich wieder aufgeben. Er war völlig fertig, hatte einfach keine Reserven mehr.

»Noah! Noah komm zurück!«

Weit entfernt hörte er es noch einmal knacken.

»Noaaaaah!«

Seine Stimme hallte durch den Wald, danach war alles wieder still. Halb besinnungslos taumelte Leon weiter. Wie dunkel es schon war. Am liebsten hätte er sich einfach fallen gelassen und die Augen geschlossen. Doch dann entdeckte er in einiger Entfernung einen unheimlich weiß leuchtenden Haufen und zwang sich, darauf zu zu gehen. Es war sein alter schmutziger Bademantel. Er lag im Moos, neben einem Fliegenpilz. Daneben begann ein flacher Teich, dessen Oberfläche von grünen Schlieren überzogen war. Leon schöpfte ein letztes Mal Hoffnung. Isadoras Haus war nicht allzuweit von dieser Stelle entfernt. Er zog den nassen, schweren Frotteemantel an, knotete den Gürtel vor seinem Bauch und schlug die Richtung ein, die ihm die wahrscheinlichste schien. Wieder watete er durch den Entengrützenteich, rutschte auf schlüpfrigen Wurzeln aus und kletterte über bemooste Baumstämme. Er zitterte und fror. Seine Füße waren erstarrte Klumpen. Die Hacken fühlten sich an, als wären sie bis auf die Knochen durchgewetzt. Doch endlich, als er schon nicht mehr daran glaubte, in diesem Leben überhaupt noch irgendwohin zu kommen, gelangte er aus dem Wald heraus, und als der Nebel einen Moment aufriß, sah er sein Haus, sein eigenes Haus, in nicht allzuweiter Entfernung vor sich liegen.

Eine Stunde später saß Leon in seinem Sessel und trank in kleinen Schlucken heißen Rum aus einem Becher. Er hatte sich nackt in eine Bettdecke gewickelt. Die Jogginghose, das Unterhemd und der Bademantel hingen zum Trocknen vor dem Kamin. Leon fühlte, wie das Getränk sich warm in seinem Körper ausbreitete, seinen armen Knien Linderung bescherte und die Adern in seinen Füßen weitete. Er nieste.

Er sah aus dem Fenster, blickte in die Dunkelheit und lauschte auf den einsetzenden Regen. Er fing an zu weinen.

*Über dem Atlantik baut sich ein Orkantief auf, das
in der Nacht auch über Norddeutschland hinwegzieht.
Es kommt zu Regen, der schauerartig oder gewittrig
verstärkt wird. Der Sturm erreicht Geschwindigkeiten von
bis zu 120 km/h. Am Tage läßt die Schauerneigung
nach. Es ist heiter bis wolkig. Die Temperaturen erreichen
Werte um 9 Grad.*

10

Der Herbst wurde nicht besser als der Sommer.
Ein verregneter September ging in einen naßkalten,
windigen Oktober über und dann in einen stürmi-
schen November. Die Blätter in Leons Garten fielen
von den Bäumen, sofern sie nicht schon vorher ver-
fault waren. Niemand fegte sie zusammen. Wie eine
Decke lagen sie über dem Gras und den Beeten. Re-
genböen zerfetzten das restliche Laub, das schlapp
und schwarz von den Zweigen hing und zu schwer
war, um davonzuwehen. Es war ein kalter, nutzloser
Regen, der niemandes Durst löschte, der die Dach-
rinnen füllte, über Fenster rann und all die Löcher
überschwemmte, die Leon in seinem Garten gegra-
ben hatte. Das Haus ächzte und stöhnte jetzt öfter
und lauter. Leon hatte jede Hoffnung auf eine Ände-
rung seiner Lage aufgegeben; ja, er sehnte sich nicht
einmal mehr fort. Auf seinem Kinn und seinen Wangen war ein stoppeliger Bart gewachsen. Lust hatte er

zu gar nichts. Das bequemste von all den Dingen, zu denen er keine Lust hatte, war das Fernsehen, und darum saß er den ganzen Tag in seinem Sessel und sah fern. Nur manchmal stand er auf, schlappte in Pantoffeln in die Küche, ignorierte den tropfenden Wasserhahn und schaute nach, ob er nicht etwas anderes als Reis zu essen fände. Seit Wochen aß er nur noch Reis. Reis, Reis, Reis. Er hatte ihn von Kerbel geschenkt bekommen, als der Krämer zu ihm heraufgefahren war, um sich zu verabschieden. Kerbel war unschuldig. Natürlich war er unschuldig. Man hatte das Mädchen, dessen Kleid in Kerbels Transporter entdeckt worden war, bei Taucharbeiten an einem Schleusenwehr gefunden. Und obwohl die Leiche stark verwest war, bewiesen irgendwelche Spuren in ihrem Körper, daß Kerbel als Täter nicht in Frage kam.

Trotzdem wollte er Priesnitz verlassen.

»Hier ist ja nichts mehr zu holen«, hatte er gesagt. »Das war doch ein Irrsinn, in diesem Kaff noch den Laden halten zu wollen. Ich ziehe weg.«

Er hatte nicht verraten, wie das Kleid in seinen Wagen gekommen war, und er sagte auch nicht, wohin er ziehen wollte. Zum Abschied schenkte er Leon einen Karton voller Lebensmittel und dazu noch sechs Kilo Reis. Der Karton war schnell leer. Leon kochte den Reis und briet ihn anschließend in Öl. Er kippte ein bißchen Mehl und Zucker dazu und machte sich eine Art Kuchen daraus. Diese Kuchen aß er abwechselnd mit oder ohne Speisewürze. Und obwohl sie ihm nicht schmeckten, betrachtete er mit Sorge das Schwinden der Reisvorräte. Sein Leben vor dem Fernseher war nicht toll, aber friedlich. Er hielt seinen Kamin am Brennen, er schrieb nicht, las nicht, dachte nicht nach. Er existierte bloß und war froh, mit niemandem reden zu müssen.

Darum war es ein Schock für ihn, als er die Wagen kommen hörte. Stimmen vor seinem Haus. Ließen sie ihn denn nie in Ruhe? Hatte er nicht genug gelitten? Irgendwann mußte es dem Unglück doch langweilig werden, sich immer wieder auf dasselbe Opfer zu stürzen. Leon schlich zur Haustür und öffnete sie einen Spalt. Polizei! Vor dem Tor hielten zwei grün-weiße Geländewagen mit vergitterten Scheiben. Aus dem ersten stiegen Breunig und seine Assistentin und ein junger Polizist mit Schnauzbart. Aus dem zweiten Auto stiegen zwei weitere Polizisten in Uniform und ein Mann in einem blauen Jogginganzug. Der Mann im Jogginganzug öffnete die Heckklappe des zweiten Wagens, und Noah sprang heraus und schüttelte sich. Der Mann leinte ihn an und führte ihn in Leons Garten, wo sich bereits ein Filmteam unter einem Schirm zusammendrängte und eine Thermoskanne von Hand zu Hand ging. Auf Schirm und Thermoskanne prangte das Senderlogo – ein großes oranges V. Plötzlich standen auch Kay und Isadora am Tor. Leon war unendlich erleichtert, sie zu sehen. Er ging zu ihnen.

»Was ist hier los?« flüsterte er.

»Sie wollen ihn ausgraben«, flüsterte Kay mysteriös zurück.

Breunigs Assistentin zeigte auf das hintere Ende des Gartens, und die ganze Bande – Polizisten, Filmteam, Fotografen und eine Gruppe Schaulustiger, die jetzt auch noch aufgetaucht waren – marschierte an Leon vorbei auf die angegebene Stelle zu, vorneweg der Hund. Niemand sprach mit Leon oder beachtete ihn. Selbst Breunig tat, als hätte er ihn noch nie gesehen. Am Ende des Gartens richtete der Kameramann sein Objektiv auf den Hundetrainer, und die Frau mit dem blauen Anorak hielt ihm ein Mikrophon entgegen.

»Sagen Sie, bis zu welcher Tiefe kann Noah etwas wittern?«

Die Kamera zoomte auf Noahs einohrigen Kopf.

»Etwa zwei Meter tief, kommt darauf an, wie stark der Eigengeruch des Gewässers ist. Sein Geruchssinn ist 10.000 mal so gut wie der eines Menschen.«

»Und, was hat er bisher so gefunden?«

»Tut mir leid, aber wir müssen jetzt anfangen. Es hört gerade auf zu regnen, und dann kann der Hund besser riechen.«

Der Kameramann folgte Noah und filmte, wie er durch den Garten irrte. Er wirkte ziellos, anscheinend hatte er nicht einmal eine Fährte. Leon betrachtete ihn ängstlich. Kommissar Breunig trat von hinten an Leon heran und legte ihm die Hand auf die Schulter.

»Fürchten Sie sich nicht«, sagte er, »der Hund ist alt. Er riecht nichts mehr.«

»Aber Kerbel ist doch unschuldig«, rief Leon, »was wollen diese Menschen alle in meinem Garten?«

»Die Wahrheit«, sagte Breunig, »die Wahrheit kommt immer ans Licht.«

Leon wollte weglaufen. Er wollte ins Haus und sich verstecken, aber als er sich umdrehte, standen hinter ihm so viele Menschen, daß ein Durchkommen unmöglich schien.

»Ich war es nicht«, rief er. »Es waren diese verdammten Weiber. Und in meinem Garten liegt niemand.«

Keiner achtete auf ihn. Bloß Kay beugte ihren Mund zu seinem Ohr und flüsterte:

»Doch. Wir haben Harry neben dem Haus vergraben, und du hast es nicht einmal gemerkt. Er hat die ganze Zeit in deinem Garten gelegen.«

In diesem Moment erhob sich allgemeines Raunen. Noah hatte eine Witterung aufgenommen. Auch Leon nahm jetzt diesen durchdringenden scharfen Maggi-Geruch wahr. Der Hund schlug an. Er schien selbst am meisten erstaunt und gerührt über seine immer noch vorhandenen Spürhundqualitäten zu sein. Zwei Polizisten brachten Spaten und stießen sie in die Erde. Das Fernsehteam richtete Lampe und Kamera auf die Stelle, wo sie gruben. Nicht lange, dann sah man einen weißen Fleck. Alle bewegten sich nach vorn, und Leon wurde bis an den Rand der Grube gedrängt. Immer mehr Menschen hatten sich im Garten versammelt. Leon entdeckte den Jungen von der Tankstelle in seinem Heavy-Metal-T-Shirt; hinter Isadoras ausladender Hüfte sah er Dr. Pollack, und dort, neben dem Geräteschuppen stand Kerbel. Kerbel wollte nicht gesehen werden und machte Leon Zeichen, daß er ihn nicht verraten sollte.

»Die Leiche«, schrie der Junge von der Tankstelle, »da ist die Leiche.«

»Das ist doch niemals eine Leiche«, rief Dr. Pollack empört. »So sieht doch keine Leiche aus. Mehr bewegen! Eine Leiche würde sich viel mehr bewegen.«

Das Weiße war kein Kleidungsstück, kein bleicher Arm. Es war Papier.

»Stasi-Akten!« flüsterte der Kameramann begeistert. Die Polizisten wuchteten das Paket heraus. Leon wollte wieder fliehen, aber die neugierige, stetig anwachsende Menge hielt ihn fest.

»Stasi-Akten, du verdammter Mistkerl!« brüllte eine Stimme hinter ihm. Es war die Stimme von Martinas Vater, und als Leon sich umdrehte, sah er ihn auch schon. »Ich habe es gleich gewußt«, brüllte Martinas Vater. Zwei kleine Jungen in feuerwehrroten Regenmänteln begannen, Leon mit Schlick zu bewerfen.

»Keine Stasiakten«, rief Breunigs Assistentin, »es sind Zeitungen. Es ist das HEIMAT-ECHO.«

Jetzt erinnerte sich Leon: Das HEIMAT-ECHO war eine gratis an alle Haushalte zu verteilende Zeitung, die zu einem Gutteil aus Werbung bestand. Er hätte sie austragen sollen – für drei Pfennig pro Stück –, aber er war ja nicht blöd. Er hatte das Geld kassiert und die beiden Zeitungsbündel einfach vergraben.

»Leon«, rief seine Mutter, »Leon, warum hast du das getan?«

Seine Mutter stand ihm gegenüber auf der anderen Seite der Grube. Leon wunderte sich überhaupt nicht darüber, daß sie dort stand. Sie sah gut aus, seine Mutter. So jung. Aber sie weinte.

»Ich hau dir den Arsch blau«, rief Leons Vater. Er war tot, und er war so groß und schrecklich, wie Leon ihn in Erinnerung hatte. Und dann verwandelte er sich in Pfitzner. Pfitzner brüllte: »Eine Woche. Du hast eine Woche, um diese Zeitungen auszutragen, oder ich hau dir den Arsch blau.«

Und dann war er wieder sein Vater. Leon entdeckte eine Lücke zwischen den vielen Schaulustigen. Er konnte Martina durch diese Lücke sehen. Sie stand auf der Veranda und winkte ihm zu. Er wollte zu ihr, lief los, aber da griff seine Mutter nach seinem Bein. Leon stürzte. Seine Mutter warf sich auf ihn und rief: »Ich hab ihn, Paul, ich halt ihn fest. Schlag zu!«

Leon bekam keine Luft mehr, ihr Gewicht preßte ihm die Lungen zusammen. Mit einem Röcheln wachte er auf.

Er fand sich in seinem Badezimmer wieder. Das Deckenlicht brannte. Er lag in der Wanne, in kaltem, braunem Schmutzwasser und fror. Draußen tobte ein Sturm. Der Wind heulte und rüttelte am Haus, und der Regen rasselte auf dem Dach, als schleuderte jemand kleine Kieselsteine dagegen. Knöchern trommelten die Zweige des Birnbaums gegen das Badezimmerfenster. Leon erinnerte sich, daß er am Abend zuvor ein heißes Bad hatte einlaufen lassen, um den starren Schmerz, der ihm von der Wirbelsäule bis in die Beine gezogen war, aufzuweichen. Das Wasser war mal wieder braun aus der Leitung gekommen, aber er hatte ja auch nicht den Ehrgeiz gehabt, sauber zu werden. Er mußte eingeschlafen sein. Der Badeschaum hatte sich längst aufgelöst, und oberhalb des bereits vorhandenen Schmutzrings einen zweiten auf der Emaille hinterlassen. Es war nicht viel Wasser in der Wanne. Den meisten Raum nahm Leon selbst ein, sein vom stundenlangen Liegen im Wasser verquollen und runzelig gewordener Körper, der sich wie Teig in die Form der Wanne schmiegte. Das war einer der wenigen Vorteile, wenn man fett war – man brauchte kaum noch Badewasser. Ächzend beugte Leon sich vor und angelte nach der Kette, an der der Stopfen hing. Etwas Schwammiges, ekelhaft Wabbeliges geriet ihm zwischen die Finger. Er ließ es erschreckt los, begriff dann aber, daß das, was er gefühlt hatte, zu seinem eigenen Körper gehörte, und tastete weiter, bis er die kleinen, silbernen, aneinandergereihten Kügelchen erreichte und daran ziehen konnte. Leise schlürfend verschwand das meiste Wasser. Nur hinter Leons Hüftspeck staute es sich noch. Er drückte den Stopfen wieder in den Abfluß und drehte den Hahn auf, ließ heißes Wasser nachfließen, bis es um ihn herum angenehm mollig wurde.

»Was ist aus mir geworden?« dachte er, während er sich zurücklehnte und seine verschrumpelten Fußsohlen gegen den Wannenrand stemmte. »Ein Haufen, ein häßlicher Haufen.«

Er betrachtete die beiden Inseln seiner hängenden Brust, mit jeweils einem braunen Nippel statt einer Palme in der Mitte.

»Wie ekelhaft«, dachte er, und: »Wenigstens kommt da keine Milch raus.«

Sein Schwanz trieb auf. Sein Schwanz war immer noch groß, selbst wenn er ihn in Relation zu seinem fetten Körper setzte. Er grapschte mit seinen verquollenen Händen danach und versuchte, an Sex zu denken. Der durchschnittliche deutsche Bundesbürger dachte achtzehn Mal am Tag an Sex. Wann hatte er zuletzt daran gedacht? Vor zwei Wochen? Er konnte sich nicht mehr erinnern.

Ein Blitz erhellte das Fenster, und im selben Moment knallte es auch schon, und das Licht im Badezimmer ging aus. Leon lag in der Wanne und lauschte in die Dunkelheit. Der Regen, der ewige Regen hatte aufgehört, der Wind hielt endlich mal den Atem an. Mitten in dieses Schweigen hinein gab das Haus ein seltsames, knarrendes Geräusch von sich –

wie eine blockierte Maschine, ein Mahlwerk, in das ein Mensch mit seinem Arm oder Fuß hineingeraten war. Gleich darauf folgte ein hohles Jammern, und Leon hörte, wie es neben ihm unter der Tapete knisterte, ohne daß er in der Dunkelheit etwas erkennen konnte. Als er die Hand auf die Stelle legte, fühlte er einen fingerdicken, gezackten Riß, der weiter hinaufreichte, als er ihm mit dem Arm folgen konnte. Draußen polterte es. Ein paar Schindeln rutschten vom Dach und zerbarsten. Es knarrte noch einmal, diesmal lauter. Dann schien das Haus zu schwanken, irgendwo stürzte eine Mauer ein, der Boden zitterte, und plötzlich stand das Wasser in der Badewanne schief und lief über den Rand. Leon tastete nach dem Wasserhahn und drehte ihn auf. Erstaunlicherweise funktionierte er immer noch tadellos. Leon ließ noch ein bißchen sumpfiges heißes Wasser nachfließen, dann lehnte er sich zurück und schlief weiter.

Draußen setzte der Sturm wieder ein und fegte über Priesnitz hinweg. Äste brachen, Bäume fielen um. Der Lätta-Fahrradständer vor Kerbels verlassenem Geschäft segelte scheppernd die Straße entlang. Schäumend trat der Bach über die Ufer, überschwemmte die Gärten und spülte Pflastersteine aus dem Boden. Von Leons Haus flog die Satellitenschüssel herunter, rollte windgetrieben durchs Gras und blieb am Zaun hängen. Aber all das Scheppern, Stöhnen und Heulen um ihn herum, all das Prasseln und Krachen vermochten Leon nicht noch einmal aus dem Schlaf zu schrecken, der diesmal tief und traumlos war.

Am Morgen nach dem Sturm machte Kay sich auf den Weg ins Dorf, um nachzusehen, was für

Schäden es gegeben hatte. Isadora und sie waren einigermaßen glimpflich davongekommen. Sie würden bloß ein paar zerbrochene Dachpfannen nachkaufen müssen. Der Wind hatte nachgelassen. Hin und wieder schien sogar die Sonne durch ein Wolkenloch. Überall lagen abgebrochene Äste herum. Als Kay sich Leons Haus näherte, ging sie automatisch schneller. Sie hatte keine Lust, Leon zu begegnen. Die Gefahr war allerdings nicht besonders groß. In den letzten fünf Wochen hatte er sich kein einziges Mal blicken lassen, wenn sie an seinem Haus vorbeigekommen war. Kay sah schon jedesmal zum Schornstein. Solange Rauch aus dem Kamin stieg, lebte er ja wohl noch. Was trieb er dort wohl Tag und Nacht so allein? Wahrscheinlich suhlte er sich in seinem Leid. Oder er schrieb den ganz großen Roman.

Als sie diesmal gewohnheitsmäßig zum Schornstein sah, gab es aber keinen Schornstein mehr, und der dunkle Fleck auf dem Dach war kein Fleck, sondern ein Loch. Also war das Haus doch noch abgesackt. Wie sie es vorausgesagt hatte. Und Leon war vielleicht von den Trümmern erschlagen worden. Kay rannte los. Schon während sie über den hinteren Zaun des Grundstücks kletterte, rief sie seinen Namen. Leon antwortete nicht. Kay lief am Küchenfenster und am umgestürzten Birnbaum vorbei zum Eingang. Die Balken des hölzernen Vorbaus standen jedoch so schief, daß sie sich nicht weiter wagte.

»Leon! Leon, bist du da drin?«

Als sie um die Ecke bog und auf die andere Seite des Hauses gelangte, sah sie die ganze Bescherung. Das Haus war regelrecht in zwei Teile gebrochen, und das Fenster auf dieser Seite war verschüttet. Aber Kay brauchte sich nur zu recken, um durch den fast halbmeterbreiten Spalt, der sich im oberen Teil der Außenmauer befand, ins Wohnzimmer hinein zu sehen. Die unförmige Masse Leon saß in einem Bademantel aus grauschwarzem Frottee im Sessel und streckte die nackten dicken Füße in den Rauch, der aus dem halbverschütteten Kamin quoll, sich über dem Fußboden verbreitete und dann zu dem Mauerspalt, durch den Kay hineinsah, emporkroch. Das Bücherregal war umgefallen. Leon hatte alles liegengelassen.

»Leon«, rief Kay und hakte ihre großen Hände um zwei vorstehende Mauersteine, »bist du in Ordnung? Alles klar?«

Leon bewegte nicht einmal den kleinen Finger.

»Leon«, rief Kay noch einmal, »du mußt hier bei mir rausklettern. Vorne kannst du nicht mehr durch. Viel zu gefährlich. Komm her!«

Er reagierte nicht.

»Na gut«, sagte Kay, »bleib, wo du bist! Rühr dich nicht von der Stelle, ja? Das Haus kann jeden Moment einstürzen. Ich komme jetzt rein und hole dich.«

Er folgte ihren Anweisungen tadellos und bewegte sich keinen Zentimeter. Kay stemmte sich zu dem Spalt hoch und rutschte mit einer Lawine aus Steinen und Mörtel ins Zimmer hinein. Einen Augenblick blieb sie sitzen und lauschte angespannt, ob noch mehr Mauerwerk folgen würde. Als nichts geschah, stand sie auf und ging zu Leon. Er drehte ihr den Kopf zu und lächelte. Eines seiner Brillengläser war herausgefallen, und seine Augen waren so stumpf wie gekochte Eier.

»Kay, wie nett. Setz dich zu mir ans Feuer und wärm dich auf.«

Über den ganzen Fußboden waren schmutzige Teller und Schüsseln verteilt. Leon nahm den Kochtopf, der vor seinen Füßen stand und zur Hälfte mit einer grün verschimmelten körnigen Masse gefüllt war, und hob ihn hoch. Unter dem Topf wuselten Kellerasseln hervor.

»Nimm dir ruhig, es ist reichlich da. Reis. Sehr lecker. Er schmeckt so nussig.«

Kay schaute Leon genauer an, ob ihm irgend etwas auf den Kopf gefallen war, aber sie konnte keine Verletzungen ausmachen.

»Toller Fummel«, sagte sie mit einem Blick auf seinen dreckigen Bademantel. Leon streichelte versonnen über die Ärmel. Der Rauch quoll stärker aus dem Kamin. Kay sah, daß Leon vor einiger Zeit dazu übergegangen sein mußte, die Möbel zu verfeuern. Ein Tischbein und die Lehne eines Küchenstuhls ragten aus der Asche. Abgesehen von den Trümmern und dem umgestürzten Bücherregal war das Wohnzimmer auffallend leer. Schwamm und eine weißliche Pilzschicht wucherten auf den Wänden. Kay faßte Leon an der Schulter.

»Steh auf! Was um alles in der Welt tust du hier noch?«

»Ich denke über den Tod nach«, sagte Leon und starrte durch die eingebrochene Zimmerdecke und das Loch im Hausdach zum Himmel hoch. Ein Sonnenstrahl fiel auf seine Stirnglatze. »Meinst du, daß es ein Leben nach dem Tod gibt? Oder leben wir bloß auf die Leere und das Nichts hin?«

»Eine sehr originelle Frage«, sagte Kay. »Man merkt doch gleich, daß du Schriftsteller bist. Und jetzt laß uns abhauen!«

»Aber wenn nach dem Tod nicht alles vorbei ist

und wir noch irgendwo hinkommen, dann heißt das doch auch, daß Martinas Vater und Guido Kerbel und dieser Bengel von der Tankstelle, weißt du, der mit dem Heavy-Metal-T-Shirt und der fürchterlichen Frisur …, daß heißt doch, daß die auch alle dorthin kommen. Und was soll es für einen Sinn machen, daß dieser Heavy-Metal-Typ noch weiterexistiert? Sag selbst!«

Kay nahm seine Hand und zog leicht daran.

»Nein«, sagte Leon, »ich will nicht bis in alle Ewigkeit mit Martinas Vater zu tun haben. Ich will meine Ruhe. Den Kreislauf der ewigen Wiedergeburten überwinden.«

»Bist du betrunken?« fragte Kay, schnupperte an seinem Atem und zog stärker. Leons Hand war warm und weich und schlaff.

»Komm! Du stehst jetzt auf, und dann gehen wir raus!«

Leon biß sich auf die Unterlippe und schüttelte eigensinnig den Kopf. Sein Bademantel klaffte unterhalb des nachlässig geschlungenen Gürtels auf. Er trug nichts darunter, und man sah seinen unmäßig fetten Bauch und weitere unerfreuliche Einzelheiten seiner Anatomie. Kay nahm die beiden Hälften des Frottemantels und schlug sie übereinander.

»Herrgottnochmal, nun reiß dich doch zusammen! Bist du ein Mann oder nicht?«

Leon blickte zu ihr auf, als müßte er ernsthaft darüber nachdenken.

»Nein, ich glaube nicht«, sagte er dann.

»Und was ist das?«

Kay schlug seinen Bademantel wieder auf und zeigte auf Leons Penis, der schlaff und krumm auf der Sesselkante kauerte.

»Eine Schnecke«, sagte Leon. »Ich glaube, das ist eine Schnecke. Die muß mir unter den Mantel gekrochen sein. Nimm sie bitte weg!«

Putz rieselte von der Decke. Kay versuche Leon hochzuzerren, aber er entwand sich ihr und warf sich auf den Fußboden. Dort rollte er sich zusammen und zog die Knie bis unters Kinn.

»Laß mich hier liegen, ich kann nicht.«

Noch mehr Putz rieselte von der Decke. Kay sah sich um und überlegte. Durch das Loch in der Wand würde sie Leon nie bekommen. Vielleicht würde er nicht einmal durch das Küchenfenster passen. Sie mußten also die Haustür benutzen, und es mußte schnell gehen. Sie kniete sich neben ihn, zog den Gürtel aus den Schlaufen des Bademantels und knotete ihn um Leons Hals. Das andere Ende behielt sie in der Hand. Sie nahm das Holzbein, das wohl einmal zum Couchtisch gehört hatte, aus dem Kamin und blies auf das glimmende Ende, bis es rot aufleuchtete.

»Los jetzt«, sagte sie, »denkst du, ich will deinetwegen hier verschüttet werden?«

Leon umklammerte seine Knie nur noch fester. Kay schlug den Bademantel über seinem Hintern hoch und hielt die Glut an das haarige weiße Fleisch. Brüllend schnellte Leon auf die Füße. Der Gürtel straffte sich. Leon japste und versuchte eine Hand unter die Halsfessel zu stecken. Kay ruckte an der Leine und zog ihn wie ein Tier hinter sich her auf den Flur.

»Warum tust du das?« wimmerte Leon. Als Kay die Haustür öffnete, blieb er abermals stehen.

»Nein, nein, nein«, greinte er und klammerte sich an die Türklinke. Kay riß am Gürtel. Leon stolperte vorwärts auf die bedenklich knarrende Veranda hinaus. Zwei Schindeln rutschten herunter

»Los jetzt! Lauf!« rief Kay.

»Nein«, schrie Leon und klammerte sich an einen Balken. Der Balken gab nach, und das Vordach stürzte ein. Kay und Leon taumelten durch eine Staub- und Trümmerwolke in den Garten. Kay setzte sich auf den Rasen und hielt sich den Kopf. Leon hatte seinen Mantel und seine Brille verloren. Splitternackt bis auf den Stoffgürtel, der ihm wie eine überlange Krawatte vom Hals herunterhing, grau beschmutzt und voller Schrunden, lief er einfach geradeaus bis an das Ende seines Gartens, krabbelte trotz seiner Fülle behende über den Zaun und lief weiter, immer weiter, geradeaus ins Moor hinein. Kay wollte ihn aufhalten, aber als sie aufstand, wurde ihr schwindlig, und sie mußte sich wieder setzen.

Martina war auf dem Weg zu ihren Eltern. Die Maskenbildnerin, bei der sie gewohnt hatte, war Anfang November von Filmaufnahmen aus Spanien zurückgekommen und fand es plötzlich gar nicht mehr so praktisch, untervermietet zu haben. Kurz und gut, der Sommer war vorbei, kältere Zeiten brachen an, und Martina sollte raus. Sofort. Sie konnte doch bei ihren Eltern wohnen. Die Maskenbildnerin mußte jetzt auch einmal an sich selbst denken.

»Du willst also zurückkommen?« hatte Martinas Vater am Telefon gesagt. »Was für ein Glück, daß das so einfach geht, nicht? Erst schmeißt du den Job hin, den ich dir besorgt habe, und jetzt kommst du zurück mit nichts, und ich darf wieder zahlen, ja? Aber dein blöder Vater hat ja keine Ahnung von Literatur. Der kann ja gar nicht begreifen, was der Kerl für ein Talent ist. Ich hoffe, du hast wenigstens Spaß gehabt.«

In der S-Bahn setzte sich ihr ein Mann in einem Geschäftsanzug gegenüber, der sie über die MORGENPOST hinweg immer wieder beobachtete. Offenbar genügte es nicht, Breitcordhosen, klobige Stiefel und zwei weite Pullover übereinander anzuziehen, um solchen Blicken zu entgehen. Der Mann gegenüber raschelte mit seiner Zeitung, und als sie hinsah, lächelte er sie an und sagte:

»Das war ein schlimmes Jahr. Ein schlimmer Sommer. Nichts als Regen.«

»Ja, ein schlimmer Sommer«, antwortete Martina.

Am Bahnhof erwartete sie niemand. Ihre Mutter holte sie nicht ab, weil sie einen Apfelkuchen backen mußte für den Flohmarkt, den Pfarrer Spangenberg zu Gunsten einer Kurdenfamilie veranstaltete. Ihr Vater hatte es nicht für nötig gehalten, eine Ausrede zu erfinden.

Martina stieg in ein Taxi. Während der Fahrt begann der Taxifahrer ein Gespräch, das er nahezu allein bestritt, und jammerte über das schlechte Geschäft.

»Sie haben so wenig Gepäck«, sagte er schließlich, »haben Sie auch alles dabei? Sonst können Sie bei mir das Wichtigste kaufen.«

Er klappte sein Handschuhfach auf. Es war ungewöhnlich groß und vollgestopft mit Zahnbürsten, Zahnpasta, Tamponschachteln, Mini-Seifenstücken, Kondompackungen, Schokoladenriegeln, Batterien, Kugelschreibern, Heftpflaster, Aspirin, Zigaretten- und Streichholzschachteln und einer Shampooflasche.

»Sie können auch Musicalkarten bei mir kaufen«, sagte er. »Wie wäre es mit der ›Buddy-Holly-Show‹?«

Weil die fanatische und sinnlose Geschäftstüchtigkeit des Mannes sie an Kerbel erinnerte, kaufte Martina für eine Mark und fünfzig eines der Miniatur-Seifenstücke und eine Schachtel Streichhölzer. Das Seifenstück stammte aus einem Hotel.

Als das Taxi in die Rebhuhnstraße einbog und den Schrottplatz erreichte, bat Martina den Fahrer, sie aussteigen zu lassen. Sie wollte die letzten Meter zu Fuß gehen.

»Achtzehn Mark und vierzig«, sagte der Taxifahrer. Sie reichte ihm einen Zwanzigmarkschein. Der Taxifahrer hörte gar nicht mehr auf, in seinem Kleingeld herumzuklimpern, bis Martina endlich begriff und »stimmt« sagte. Sie stieg mit ihrer Tasche aus. Hinter dem Maschendrahtzaun hingen wie immer junge Männer in den geöffneten Autoschnauzen, und daneben gingen ihre Freundinnen mit den verschränkten Armen auf und ab. Martina fröstelte. Es regnete nicht mehr, aber die Luft war voller Nässe, die selbst durch zwei Pullover drang.

Und dann war sie daheim. Der gelbe Wagen, da stand er immer noch – ein bißchen mehr Rost daran, ein bißchen mehr Gras, das unter ihm herauswuchs. Daneben parkten zwei gebrauchte VW-Golfs mit Preisschildern hinter den Windschutzscheiben und in etwas größerer Entfernung ein fast neuer Jaguar, den ihr Vater sich zugelegt haben mußte. Sie ging bis zum Haus, stand eine ganze Weile schweigend davor. Für ihren Vater würde ihre Heimkehr bloß Genugtuung und ein Ärgernis bedeuten, und für ihre Mutter eine Enttäuschung, weil es sich nicht um die Heimkehr ihrer Schwester Eva handelte. Martina drehte sich um und ging wieder. Das Taxi stand immer noch vor dem Schrottplatz. Der Fahrer hatte alle Türen aufgerissen, zerrte jede Fußmatte einzeln heraus und schlug sie gegen eine der Türen. Martina lief zu ihm.

»Können Sie mich bitte wieder mit in die Stadt nehmen?«

»Na, hat man Sie nicht haben wollen?« fragte er grinsend.

Sie merkte nicht, daß er Spaß machte, und hatte das Gefühl, sich rechtfertigen zu müssen.

»Ich wollte niemanden besuchen«, log sie. »Ich wollte bloß mein Auto abholen. Das hatte ich hier abgestellt. Aber es springt nicht an.«

»Das haben wir gleich«, sagte der Taxifahrer, öffnete den Kofferraum und holte die Überbrückungskabel heraus.

»Wo steht denn Ihr Wagen?«

»Nein, nein, das hat keinen Zweck«, sagte Martina schnell, »es ist nicht die Batterie.«

»Woher wollen Sie das wissen? Lassen Sie es mich doch erst einmal versuchen.»

Martina kam ins Schwitzen.

»Der Tank ist leer«, fiel ihr ein. »Ich habe kein Benzin mehr.«

Der Taxifahrer legte die Kabel wieder in den Kofferraum und holte statt dessen einen Reservekanister heraus.

»Hier« sagte er. »Dreißig Mark mit Kanister.«

»Aber ich … ich brauche kein Benzin. Ich meine, das ist doch Diesel. Und ich brauche Superbenzin«, sagte Martina.

»Ist super«, sagte der Taxifahrer und zeigte mit

der Hand in seinen Kofferraum, in dem noch zwei weitere Kanister standen. Ich habe immer alles dabei.«

»Oh. Dankeschön.«

Sie nahm resigniert den Kanister und gab dem Taxifahrer dreißig Mark. Er stieg in seinen hellgelben Mercedes und fuhr davon, verschwand unwiderruflich hinter der nächsten Abbiegung. Martina traten vor Wut und Verzweiflung Tränen in den Augen. Warum erzähle ich auch so blöde Lügen, dachte sie. Mit dem Benzinkanister in der Hand ging sie wieder zu dem sandigen Areal zurück, das ihr Vater als seinen Garten bezeichnete. Wieder stand sie vor dem gelben Audi. Und dann begriff sie, was das ganze sollte – ihr Zögern vor dem Haus, das wohlsortierte Warenangebot des Taxifahrers, die idiotische Lügengeschichte, die sie ihm aufgetischt hatte, und der Benzinkanister in ihrer Hand. Ihr Puls schlug schneller. Das war kein Zufall! Das war die aufwendig vom Schicksal arrangierte Begegnung einer Frau mit ihrer Gelegenheit – der Gelegenheit, zu tun, was sie schon längst hätte tun sollen.

Martina schraubte den Kanister auf. Sie schüttete das Benzin durch eines der zerbrochenen Seitenfenster in den Innenraum des Audis, tränkte die verfaulten Polsterbezüge. Sie verspritzte es über das Dach und die zerschlitzten Reifen und goß den Rest auf die Motorhaube. Dann riß sie ein Streichholz an und ließ es fallen.

Stundenlang war Leon einfach nur geradeaus gelaufen. Sein Haus und seinen Garten hatte er weit hinter sich gelassen. Jetzt war er auf allen Seiten von Moor umgeben. Ohne seine Brille nahm sich die

Landschaft konturenlos aus, nichts als braune, gelbe, schwarze und graue Flecken, die ineinander verschwammen. Leon war unterkühlt und erschöpft und zu verwirrt, um sich darüber im klaren zu sein. Immer wieder trat er aus Versehen auf das Ende des Frotteegürtels, der von seinem Hals hing. Dann gab es jedesmal einen Ruck, er stolperte, und es würgte ihn kurz. Er stolperte weiter, bis es zu dämmern begann und er in die Nähe eines Teiches gelangte, über dessen verkrautetes, schwarzes Altwasser sich kahle Bäume und Büsche neigten. Der Teich war ein Moorsee, eines jener Gewässer, die ihr Sterben bereits in sich tragen. Schicht auf Schicht. Verwelkter Wildhopfen und Lianen verflochten die Sträucher mit den Bäumen zu einer dschungelartigen Wildnis ohne Blätter, die gleichzeitig üppig und tot, anmutig und furchterregend wirkte. Auf einem silbrigen Ast wippte ein Reiher, den Leon nur als vibrierenden Schemen wahrnahm. Ein einzelner Regentropfen aus dem ewigen Kreislauf des Wassers fiel auf Leons Kopf und war genauso kalt und naß wie vor hundert Millionen Jahren, als er auf den Kopf eines Iguanodons gefallen war. Der Uferstreifen gab bei jedem Schritt nach. Schlamm quoll zwischen Leons Zehen hindurch, und seine Fußabdrücke füllten sich mit Wasser. Er ließ sich auf alle viere nieder, tauchte seine Hände in ein Morastloch und beschmierte sein Gesicht. Er grunzte glücklich. Als er seinen Kopf wieder hob, sah er am anderen Ufer Isadora stehen. Sie war ebenfalls nackt. Und sie war wundervoll dick. Das Spiegelbild ihres weißen Leibes schwamm auf der Wasseroberfläche.

»Komm, mein einsamer Leon«, rief sie und breitete die Arme aus. Ihre Stimme war ein Rauschen und Raunen. »Komm, komm! Ich habe dich schon vermißt. Der Herbst ist so kühl. Ich will dich umarmen und wärmen!«

Leon richtete sich auf und ging auf sie zu, ging mitten hinein in die sumpfigen Untiefen. Er sackte sofort bis zu den Knien weg. Weit davon entfernt, deswegen zu erschrecken, zog er seine Beine aus dem schlürfenden Schlick und schritt mutig weiter.

»Komm, mein armer Leon«, rief Isadora. »Komm! Du sollst nie mehr allein sein und dich nie mehr fürchten müssen.«

Sie lächelte und spielte mit einer Hand an ihrem Busen. Ihre langen, schwarzen Haare waren aufs innigste mit den Zweigen der Bäume verflochten. Voller Sehnsucht streckte Leon seine Arme nach ihr aus. Noch einen Schritt tat er und noch einen. Er verlor den Grund unter den Füßen. Seine Hände griffen in feuchtwarmen Morast, glucksend schloß sich das Moor über seinem Schädel. Leon versank in eine Welt voller Dunkelheit und schwellender Weichheit. Er schmiegte sein Gesicht in die verrottenden Pflanzenfasern. Sie kamen ihm warm vor. Er wühlte sich mit Kopf und Händen hinein. Schlamm drang in seinen Mund und seine Nase, Schlamm füllte seine Gehörgänge und jede Falte seines Körpers. Leon schmatzte und schluckte, füllte seinen Magen mit Schlamm und Dunkelheit. Wie gut es war, Moder unter Moder zu sein. Leon sank zurück in den Schoß seiner wahren Mutter. Irgendwann war er geboren wurden, und jetzt starb er, und was sich dazwischen ereignet hatte, machte, wenn man es streng betrachtete, nicht viel Sinn. Seufzend ergab er sich in die feuchte Umarmung. Sofort brach der Morast mit grellem Schmerz in seine Lungen ein. Leon rang nach Luft und fraß bloß Sumpf. Nun war das Moor nicht mehr warm und sanft; es eroberte brutal seinen Brustraum, durchsickerte seine Bronchien, vermischte sich mit dem Wasser, aus dem er selbst bestand, und füllte ihn wie ein verschlickendes Schiffswrack. Er krümmte sich im Todeskampf. Endlich schwand sein Bewußtsein, und Leon verließ diesen Körper, in dem er sich achtunddreißig Jahre lang nie richtig wohl gefühlt hatte. Zurück blieben Dunkelheit und ein dicker Leib mit dem Gürtel eines Bademantels um den Hals.

Der Sturm der vergangenen Nacht hatte viel Treibgut an den Strand von Sylt gespült. Die beiden vier und sieben Jahre alten Jungen, die mit ihren Eltern an der Südspitze der Insel unterwegs waren, hatten bereits einen löchrigen Kanister, eine kaputte Boje, eine spanische Plastiktüte, ein Stück Fischernetz, massenhaft Seesterne und diverse Steine, die wie Bernstein aussahen, gefunden, mitgeschleppt und bei Gelegenheit wieder in die Nordsee geworfen. Es wehte immer noch heftig, und die Wellen gingen hoch. In der Brandung trieb etwas. Etwas Großes. Der ältere Junge war mit der Aufsicht über seinen Bruder betraut, ließ sich von der Bürde dieser Verantwortung jedoch nicht sonderlich bremsen. Er watete ins Meer und angelte mit einem Brett nach dem Ding. Es war ein Tier, ein totes Tier. Sein Bruder griff sich ebenfalls ein Stück Holz und kam ihm zu Hilfe. Die Eltern der Jungen, die ein Stück zurückgeblieben waren, um den Sonnenuntergang zu betrachten, schrien etwas. Die Jungen sahen hoch. Die Eltern gestikulierten und rannten auf sie zu. Die Jungen beeilten sich, das Tier an Land zu schaffen, bevor ihnen das verboten werden konnte. Sie stießen die Holzstücke hinein und schoben es auf den Kiesgürtel. Schaum umspülte ihre gelben Gummistiefel.

»Hab ich euch nicht verboten, ins Wasser zu gehen!« keuchte ihr Vater, betrachtete aber bereits interessiert den Kadaver. »Kommt da weg«, sagte ihre Mutter »Das ist ja widerlich.«

Sie versuchte ihren jüngeren Sohn an die Hand zu nehmen und wegzuziehen. Er zappelte und trampelte mit den Füßen, bis sie ihn wieder losließ.

»Was ist das, Papa?« fragte der ältere Junge. Der Vater sah auf den seltsam gurkenförmigen, mit Draht umwickelten Kopf des Tieres und auf seinen gedunsenen, halbverwesten Rumpf. Die Ohren und sämtliche Extremitäten fehlten. Der Vater betrachtete fachmännisch das kurze, weiße Fell.

»Eine Robbe«, sagte er. »Eine Babyrobbe. Seht ihr? Das Fell ist noch ganz weiß.«

Er lieh sich von seinem älteren Sohn das Brett und stupste damit den Kadaver an.

»Oliver, bitte … «, sagte seine Frau.

»Gleich. Einen Augenblick nur … «, antwortete der Mann. Er mußte einfach wissen, ob die Haut reißen würde. Sie riß tatsächlich.

50 Jahre Ullstein Taschenbücher
Jubiläumsausgabe

»Wer heute über die Liebe schreibt,
kann es eigentlich nur so machen.«
Süddeutsche Zeitung

Ethan Hawke
Hin und weg · Roman
ISBN 3-548-25630-9

50 Jahre Ullstein Taschenbücher
Jubiläumsausgabe

»Ein gelungenes Buch – nicht nur für Mütter oder die es noch werden wollen.« *Prinz*

Susanne Fröhlich
Frisch gepreßt · Roman
ISBN 3-548-25588-4

50 Jahre Ullstein Taschenbücher
Jubiläumsausgabe

»Eine dramatische Verbrecherjagd in Göteborg – clever und spannend erzählt.« *Der Spiegel*

Åke Edwardson
Die Schattenfrau · Roman
ISBN 3-548-25609-0

50 Jahre Ullstein Taschenbücher
Jubiläumsausgabe

»200 Jahre mecklenburgische Familiengeschichte, wunderbar fabulierend und fesselnd erzählt.«
Journal für die Frau

Helga Hegewisch
Die Totenwäscherin · Roman
ISBN 3-548-25603-1

»Eine Ausnahmeerscheinung mit ungeheurem epischen Talent«

Stuttgarter Zeitung

Karen Duve
Dies ist kein Liebeslied
Roman
276 Seiten · geb. mit SU
€ 19,90 (D) · sFr 36,–
ISBN 3-8218-0683-4

Eine junge Frau ist auf dem Weg nach London, um eine unerwiderte Jugendliebe ein letztes Mal zu treffen. Im Gepäck hat sie sechs Kassetten, die von sechs Verehrern für sie aufgenommen wurden. Ein mißglückter Liebesversuch pro Kassette. Und während sie den Songs ihrer Vergangenheit lauscht, kommt die Erinnerung wieder...

Komisch und kompromißlos erzählt Karen Duve die Geschichte einer jungen Frau, die liebt, aber nicht wiedergeliebt wird; die glaubt, daß sie so, wie sie ist, nicht bleiben kann, und alles anders macht; die fast alles riskiert und fast nichts gewinnt – nur unsere Bewunderung. Ein Roman, der wehtut, bis man sich vor Lachen kaum noch halten kann.

Kaiserstraße 66
60329 Frankfurt
Telefon: 069/25 60 03-0
Fax: 069/25 60 03-30
www.eichborn.de

Wir schicken Ihnen gern ein Verlagsverzeichnis.